양쪽의 세계

암보스 문도스

Ambos Mundos

암보스 문도스

펴낸날 | 2011년 4월 8일 초판 1쇄

지은이 | 권리
펴낸이 | 이태권
펴낸곳 | (주)태일소담
서울시 성북구 성북동 178-2 (우)136-020
전화 | 745-8566~7 팩스 | 747-3238
e-mail | sodam@dreamsodam.co.kr
등록번호 | 제2-42호(1979년 11월 14일)
홈페이지 | www.dreamsodam.co.kr

ISBN 978-89-7381-647-7 03810

• 책값은 뒤표지에 있습니다.
• 잘못된 책은 구입하신 곳에서 교환해드립니다.

양쪽의 세계

암보스 문도스

Ambos Mundos

권리 지음

소담출판사

이것은 여행기가 아니다.

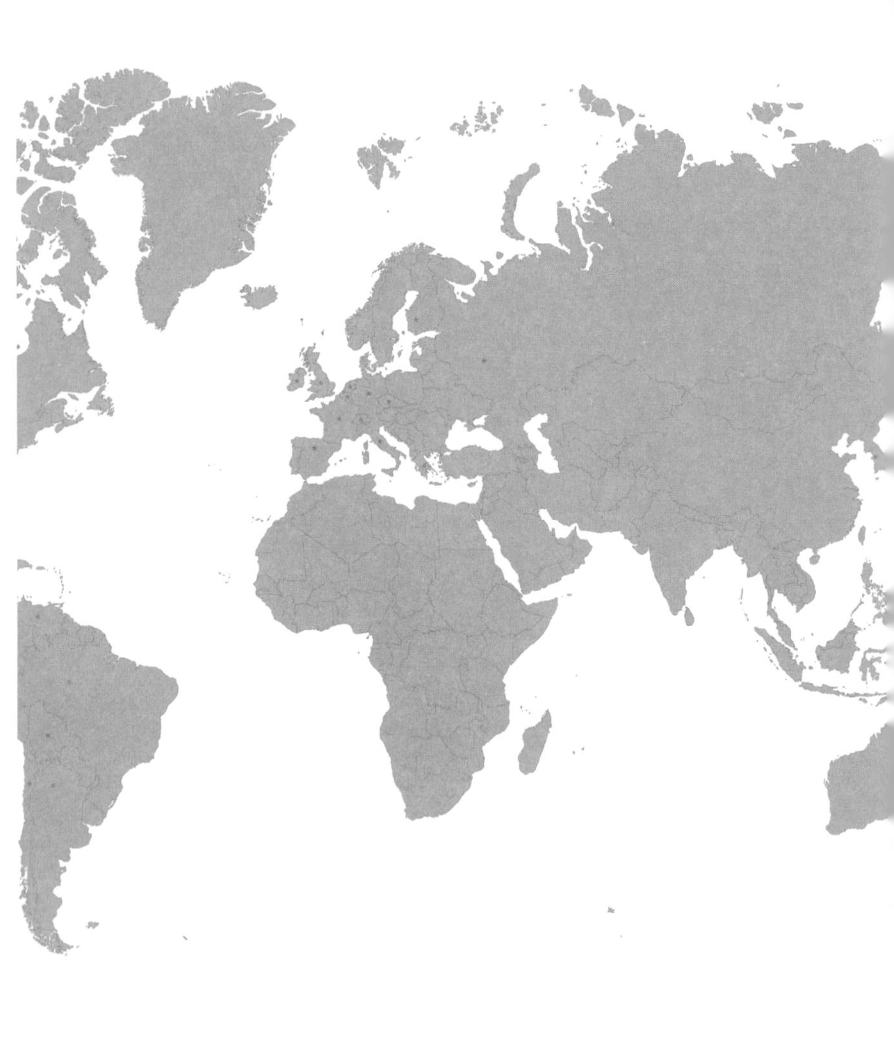

차례

프롤로그

'젊음이란 무엇보다 먼저 거의 낭비에 가까울 정도로 성급한 삶에의 충동이다.'

알베르 카뮈, 『결혼 여름』

영감의 계보

정열은 짧게 지나가고 사랑은 영속한다. 하지만 어떤 이는 이 짧은 정열을 일생 동안 지니며 살아가야 한다. 바로 예술가들이 그러한 족속이다. 짧은 정열을 다른 말로 영감이라 해도 좋으리라. 다시 말해 예술가들은 짧은 정열을 작품으로 탄생시키기 위해 끊임없이 세계의 안과 밖, 즉 양쪽의 세계Ambos mundos[1]를 들락거리며 정력적으로 고통을 추구하는 자들이다. 그들은 예술을 통해 허기를 채운다. 예술가에게 허기가 없다면 거짓이다. 실체가 비어 있기 때문에 그들은 언제나 뭔

1_ 암보스 문도스, 스페인어로 '양쪽의 세계'라는 뜻.

가를 갈망한다. 허영이 그 속을 채운다. 그러나 허영으로 채운 속은 여전히 비어 있다. 작가들은 끊임없이 새로운 것을 갈망한다. 작가는 다름 아닌 욕망의 동물인 것이다.

욕망은 광기와 연결되어 있다. 미쳐 있다는 것이야말로 육체가 욕망을 제어할 수 없는 상태이다. 내 머리가 미처 생각할 겨를이 없고, 내 몸이 반응하는 대로 내버려두는 것이 바로 욕망하는 상태이다. 광기는 대가를 바라지 않는다. 욕망하는 본능을 넘어서, 그 외의 것을 욕심낼 때 인간은 괴로워지는 것이다. 왜냐하면 그것은 광기가 아니라 탐욕에 가깝기 때문이다. 인간은 진심으로 뭔가에 미칠 때 타인의 시선을 의식하지 않게 된다. 돈이나 명예, 물질이 타인을 위한 만족이라면, 좋아하는 것을 순수하게 욕망하는 마음이야말로 자기만족이 되며 이것은 행복으로 이어진다.

예술가는 오로지 순수한 자신의 욕망을 위해 개성을 추구한다. 욕망은 작품을 통해 해소되는 것이며, 개성은 서로 다른 욕망들이 충돌하면서 발현된다. 그들은 일회용과도 같은 욕망을 스스로 발현시키고 해소함으로써 권력에의 의지를 스스로 단절시킨다. 그들이 가지려고 다투는 것은 돈이나 무기나 석유가 아닌, 욕망과 개성이라는 추상적 대상이다. 만일 누군가가 예술의 순수한 속성을 상품화하려고 애쓰지 않는다면, 그리하여 예술가가 단순히 사고팔리는 객체로 주저앉지 않고 욕망의 주체로 남는다면, 싸움은 일어나지 않는다. 무언가를 소유하려고 하는 순간 인간은 이기적이고 물적인 욕망으로 가득한 동물이 되어버리는 것이다. 그때부터 전쟁인 것이다. 전쟁은 욕망을 해소하고자 하는 행위가 아니라, 또 다른 욕망을 찾아내기 위한 행위이기 때문이다.

고흐는 죽기 전 15개월간 이틀에 한 장씩 그림을 그려냈다. 절망과 희망의 양극단을 내달리는 예술가에게는 마성에 홀린 듯한 상태가 찾아온다. 그리고 인간은 누구나 극단적인 상황이 되면 예술적 욕망으로 끓어오르며, 이윽고 영감이 찾아오는 황홀경에 빠진다. 혼잣말을 하거나, 넋이 나간 듯한, 뭔가를 할 수밖에 없는 절박한 느낌에 사로잡힌다면 영감이 온 것이다.

영감은 빛과 같다. 너무나 빠른 속도로 우리 곁을 지나가기 때문에 타율 좋은 예술가들만이 그 영감을 정확하게 때릴 수 있다. 더욱이 그런 기회는 쉽게 오지 않는다. 가브리엘 가르시아 마르케스는 '예술적 재능은 모든 재능들 가운데 가장 신비로운 것인 바, 인간은 그 재능 덕에 무엇인가 얻을 것이라는 기대는 전혀 하지 않은 채 자신의 모든 삶을 바친다'고 했다. 즉 예술가는 타인 만족을 위한 욕망은 타기하고 자기만족을 위한 욕망에 몸 바쳐야 한다. 후자의 욕망 안에서 태어나는 순수한 결정체가 영감이다.

알베르 카뮈는 산문집 『안과 겉』에서 영감이 떠오르는 장면을 이렇게 묘사했다.

그러한 기쁨을 맛볼 수 있는 것은 착상이 떠오를 때, 주제가 나타나는 순간, 갑자기 눈을 뜬 감수성 앞에서 작품의 마디마디가 윤곽을 드러내는 순간, 상상력이 지성과 완전히 융합되는 저 감미로운 순간이다. 그러한 순간들은 홀연히 나타났다가는 또 홀연히 사라져버린다. 그 뒤에 남는 것은 작품의 제작, 다시 말해서 오랜 고역이다.

영감은 어디서 와서 어디로 가는 것일까. 가만히 길을 걷다가 불현듯 떠오르는 이 생각은 대체 어디에 기원을 두고 있을까. 영감은 단순히 개인과 집안의 역사와 유전자 밑에 가라앉은 상흔에서 비롯되었을 수도 있다. 어쩌면 도스토옙스키의 말대로 그가 읽어온 책들 사이에 서표처럼 끼워져 있는 건지도 모른다. 가령 카뮈가 『백경』을 읽고 영감을 받아 탄생시킨 『페스트』에서 어렴풋이 보존된 영감의 실체를 확인할 수 있다. 또한 보르헤스의 「바빌로니아의 복권」 속에서 카프카가 발견되기도 하고, 움베르토 에코의 『장미의 이름』에서 보르헤스가 발견되기도 한다. 영감은 허먼 멜빌에서 알베르 카뮈로, 카프카에서 보르헤스에서 다시 움베르토 에코로 옮겨 왔을 뿐이다. 그것이 진정한 영감이냐, 아니냐를 가늠할 때는 오로지 직관에만 의존해야 한다. 왜냐하면 영감이라는 것 자체가 뚜렷한 형체를 갖고 있지 않으며 오로지 느낌으로만 존재하기 때문이다. 영감은 화석처럼 누군가의 가슴에 머물러 있다가 다시 떠난다. 그렇다면 카뮈에서 허먼 멜빌에서 또 도스토옙스키로 올라가다 보면 나의 영감의 기원을 찾을 수 있을까. 어쩌면 그 진정한 기원은 음악이나 미술에서 찾을 수 있을지 모른다. 어쨌든 인간의 연상 작용과 반대 순서로 올라가다 보면 언젠가 내 영감의 계보라도 만들 수 있을 것이다. 혹시 계보가 완성된다면 나를 완전히 발견하는 때가 올 것인가.

인생은 타향에서 태어나 고향으로 돌아가는 여정이라고 한다. 모든 사람들이 집을 나와 떠돌다가 자신의 진짜 고향으로 돌아간다. 오디세우스가 그러했고, 돈키호테가, 또 홍길동이 그러했다. 사람들은 집을 나와서 살아남고 또 사라진다. 그것이 인생이다. 요컨대 내가 영감을 찾아가는 여정이 '나의 고향은 어디인가?'란 물음에 대한 답으로서 완성된다면 더 바랄 것이 없으리라.

小搖
1
소요

천 개의 질문

2002년 9월 23일 오전 7시 19분, 동서울터미널에서 속초행 시외버스를 타, 동명항 입구에서 내렸다. 여기서 배를 타고 러시아로 가려는 것이었다. 블라디보스토크에 모스크바행 7박 8일 시베리아 열차가 기다리고 있었다. 모스크바로 가면 유럽행 비행기를 타는 것보다 30만 원은 절약할 수 있었다. 수중에는 매문賣文으로 번 40만 원을 포함해 각종 아르바이트로 긁어모은 300만 원이 전부였다. 혹시라도 배낭에 빠진 물건이 없는지 생각하며 러시아 자루비노Zarubino행 선박에 올라탔다. 뒤늦게 멀미약을 빠뜨렸다는 것이 생각났지만 이미 배는 출발했다.

동춘 페리 안에는 샤워실과 화장실, 생수병, 오락실 등과 더불어 낯뜨거운 포스터가 벽에 걸려 있었다. 오후 2시, 배 안에서 블라디보스토크에 간다는 아저씨 둘을 만났다. 그들은 각각 영어 학원 원장과 사업가였는데 고등학교 선후배 사이였다. 나는 그들이 사향, 곰쓸개, 미국, 리모델링, 학벌, 정치 등에 관한 난삽한 대화를 하는 것을 듣고 있다가 3시간 정도 낮잠을 잤다. 다행히 배가 별로 흔들리지 않아 멀미가 나지는 않았다. 저녁때 계란 2개와 아저씨들이 준 누룽지를 먹은 뒤 석양의 노을을 바라보며 사진을 찍었다. 배를 그렇게 오래 타본 것은 처음이었다. 그때는 추석 무렵이라 보름달이 휘영청 떠 있었다. 페리 안 침상은 수십 명이 서로 한데 누워 자게 되어 있었다. 그 때문에 밤새 아저씨들이 자꾸만 수작을 걸어왔다. 나는 모든 게 귀찮아져서 바깥에 나가 오랫동안 갑판을 서성였다.

새벽, 상인들 수다 소리에 일어나 망망대해를 바라보던 기억이 떠오른다. 새벽의 발그레한 어둠에는 어린아이의 젖꼭지 같은 아름다움이 있었다. 어쩐지 새벽 4시 반에 깨어 있는 인간이 되고 싶다는 것이 첫째, 동해가 내 곁에서 멀어지고 있다는 것이 둘째로 떠오른 생각이었다. 왜 길을 떠났을까? 남들처럼 졸업과 동시에 번듯한 회사에 취직했더라면 인생이 평탄하게 흘러갔을 텐데.

그러나 나는 남들과 같은 방식으로 살고 싶지 않았다. 9시에 출근해 6시에 퇴근하는 삶, 회사에 속한 삶, 타율적인 삶보다 나만의 삶을 살고 싶었다. 능동적이고 창조적인 삶. 내 인생이 한 편의 예술 작품이 될 수 있도록 삶의 새로운 방식을 만들어내고 싶었다.

나의 20대는 물음으로만 존재했다.

—세계는 필연인가, 우연인가?

—인간은 자유의지로 태어날 수 있을까? 그렇다면 자유의지로 죽을 수도 있을까?

—착한 인간은 왜 갑자기 악에 물드는가?

—인간에게 가장 절박한 문제는 무엇인가?

—나의 주인은 누구인가? 언어인가? 구조인가? 무의식인가? 이성인가? 인식인가? 이데올로기인가? 자아인가? 가짜 자아인가?

—무엇을 쓸 것인가? 아니, 무엇을 쓰지 않을 것인가?

—인간만이 종교를 가질까?

—욕망이란 무엇인가?

—나는 누구인가? 정신과에 상담 온 환자인가? 의사인가?

—허위와 가식으로 둘러싸인 전혀 견고하지 않은 세계에 어떻게 대응할 것인가?

—나를 거절하는 세계에 어떤 대답을 줄 것인가?

—나는 낙천적인가, 비관적인가?

—사랑이란 무엇인가?

—자유로운 (그러나 외로운) 삶이냐, 아니면 안정적인 (그러나 구속받는) 삶이냐?

—나는 왜 종종 불안해지는가?

—인간의 본성은 있을까, 없을까?

—남자가 변기 사용 후 뚜껑을 내려놓지 않는 것은 본능인가?

—구레나룻은 머리카락인가, 털인가?

—오후 4시에 먹는 밥은 점심인가, 저녁인가?

—스튜어디스인가, 스튜디어스인가?

이상한 것은 시간이 갈수록 대답이 아니라, 질문의 개수가 무한 증폭된다는 점이다. 중요한 사실은 이것이다. 정확한 질문을 해야 정확한 답을 얻을 수 있으며, 모든 패러다임의 주인은 바로 문제를 내는 쪽이라는 것.

아침 해를 맞아 부끄러운 듯 붉어지던 동해의 물처럼 내 마음도 흔들리고 있었다. 배에는 중국인 보따리장수나 사업차 가는 비즈니스맨 들이 대부분이었다. 내가 거의 유일한 순수 여행객이었다. 그래서인지 석양이나 일출을 보고 흥분하는 사람은 나뿐인 듯했다. 세찬 가을바람에 귀가 얼어버릴 것 같았다. 나는 뜨거운 라면으로 끼니를 때운 뒤 식당으로 내려가 여권 심사를 받았다. 거기서 사업하는 친절한 한국인 남자분을 만나 어제 만난 중년 아저씨 일행과 함께 러시아로

입국하게 되었다. 환전을 끝낸 뒤 체브레크라는 러시아 빵으로 배를 채웠다. 자루비노항 앞에는 시내로 가는 버스가 하루에 두세 대밖에 없었다. 슬라비안카로 가는 고속정을 탈까 하다가 모인 사람들끼리 차를 전세 내 함께 가기로 하였다.

오전 10시, 우리는 오기로 한 택시를 기다렸다. 한국에만 코리안 타임이 있는 것이 아니었다. 택시 운전사는 기별도 없이 오지 않고, 우리는 러시아의 뙤약볕 아래에서 인간 육포가 되는 체험을 했다. 러시아 시계는 한국보다 훨씬 느리게 갔다. 나는 느려터진스키가 빨리 오기를 기다리며 만 번의 한숨을 쉬었다. “왜 러시아에서 보드카를 마시는지 알아요?” 러시아에서 사업하는 아저씨가 물었다. ‘열 받은 인간의 머리에 불이 붙을 수 있는지 실험하려는 게 아닐까요?’ 나는 술을 넙죽 들이켰다. “독한 술을 마시면 정신이 몽롱해져서 시간 가는 줄 모르거든요.” 그날 보드카가 없었다면 2시의 태양을 이겨내지 못했으리라. 우리는 러시아에서 인기가 좋다는 한국 라면을 안주 삼아 보드카를 반 잔씩 마셨다. 식도와 배가 타는 듯하고 머리가 알싸해졌다. 달리의 시계처럼 시간 개념이 말랑말랑하게 변해 현실감각이 사라졌다.

드디어 느려터진스키가 도착했다. 약속보다 불과 4시간밖에 늦지 않은 시간이었다. 사샤라는 이름의 운전사는 영어를 거의 하지 못했다. 하지만 1시간 동안 자다가 늦었다고 하는 것만은 확실해 보였다. 광활한 비포장도로가 눈앞에 펼쳐졌다. 모래 부딪치는 소리를 내며 차가 덜컹덜컹 움직였다. 옆으로 우리 차만큼 더러운 차들과 담배꽁초를 꽂아놓은 듯 굴뚝 많은 집과 강과 낚시꾼들이 지나갔다. 심심해진 차 안에서 영어 학원 원장님의 강의가 시작되었다. 그는 딸에게 어떻게 영어 교육을 시켰는지, 자신이 어떻게 신춘문예를 통과했는지, 그리고 이 드넓은 땅에 골프장이라도 심어야지 그냥 놀려서 되겠느냐 하는 등의 말을 했다. 2시간여가 지나자 바늘처럼 빽빽이 꽂힌 침엽수림과 드문드문 자리 잡은 집들이 지나가더니 마침내 철길이 보였다. 코카콜라 간판과 그라피티로 뒤덮인 벽, '청량리행'이나 '안전 운행'이라는 한국어가 적힌 간판을 달고 도로를 씽씽 달리는 버스와 도요타 자동차, 오뚜기 식품을 비롯해 새우깡이나 꽃게랑, 베이컨칩 같은 한국산 과자, 패스트푸드점 등의 모습은 러시아에 대한 내 예상과 거리가 먼 풍경이었다. 철도 옆에는 수박과 꽃다발, 음료수 등을 파는 상인들이 즐비했다. 사업가 아저씨의 말에 따르면 블라디보스토크까지는 아직 50킬로미터가 남아 있었다.

나는 일행과 헤어져 블라디보스토크 역으로 갔다. 84달러짜리 호텔은 물이 나오지 않았고 30달러짜리는 외국인을 받지 않았다. 나는 역에서 가깝고 멀리 아무르 강이 내다보이는 호텔의 6044호에 투숙했다. TV에서는 오리온 초코파이 광고가 흘러나왔다. 호텔 앞에는 널따란 공원이 있었다. 나는 노상에서 닭고기와 야채가 들어 있는 거대한 샤우르마러시아식 케밥를 샀다. 입을 우물거리며 공원을 돌아다니는 건 언제나 즐거웠다. 사진관, 트램펄린과 더불어 내 눈에 띈 것은 사방에 설치된 야외 가라오케였다. 광장 한가운데에 마이크가 서 있었는데, 아주머니, 아이 할 것 없이 그것을 잡고 노래를 불러댔다(방房 문화의 일환으로 나온 한국과 일본의 노래방, 무대처럼 꾸민 유럽식 노래방을 체험한 나에게도 그 당시 러시안 스타일 가라오케는 상당히 독특하게 다가왔다). 공원 한편에는 어디선가 가져온 배가 있었다. 알고 보니 그곳은 나이트클럽이었다. 젊은이들은 40루블약 1600원을 내고 배 안에 들어가 밤새 춤을 추었다. 러시아 여자들은 굴곡진 몸매가 예뻤다.

다음 날 오전, 호텔 변기에 물이 흘러나오지 않았다. 카운터 여자는 3일간 단수라는 설명이 쓰인 쪽지를 보여주었다. 페트병의 물로 눈곱만 떼고 오전에 시베리아 횡단 열차를 타러 갔다. 일찍 서둘렀건만 막상 도착하니 오후 2시 35분에 떠난다는 열차가 없었다. 모스크바행은 짝숫날밖에 출발하지 않는다는 것이었다. 나는 당황해 돌아다녔다. 하지만 모스크바가 오늘 블라디보스토크로 이사를 오지 않는 이상, 모스크바에 갈 일은 없으리란 것을 깨달았을 뿐이었다. 금방 허기가 졌다. 피라조크라는 삼각형 모양의 빵을 우물거리며 물병의 뚜껑을 땄다. 병 입구에서 보기 좋게 '피식' 하는 소리가 나며 탄산이 밖으로 새어 나왔다. 미네랄워터는 좀체 적응하기 힘들었다. 마치 쇳가루에 콜라를 타서 마시는 기분이었다.

그때 마침 라이더 재킷을 입은 키 큰 남자 둘이 내 곁으로 다가왔다. 미소가 예쁜 남자가 크고 푸른 눈을 치켜뜨며 "일본인입니까?" 하고 일본어로 말을 걸었다. 내가 한국인이라고 하자 두 사람은 내 곁에 다가와 앉았다. 그들은 쇼스릭과 료하라는 이름의 러시아 남자들이었다. 쇼스릭의 티셔츠에는 'Bike all'이라는 말이 쓰여 있었다. 그가 할 줄 아는 영어는 '퍽킹 잉글리시'가 전부였고, 내가 할 줄 아는 러시아어도 '야 카레얀카나는 한국 여자입니다'가 다였다. 료하는 하바롭스크 출신으로 블라디보스토크의 'CAT'라는 회사에서 일하는 엔지니어였다. 내가 사정을 설명하자, 료하는 다음 날 오후에만 모스크바행이 있다고 재차 말해주었다. 대신 하바롭스크를 경유하는 열차를 타면 된다고 하기에 나는 두 사람과 동행하기로 했다.

열차를 예약한 뒤 우리는 함께 블라디보스토크 시내를 돌아다녔다. 블라디보스토크 해안은 샌프란시스코에 종종 비유된다. 그만큼 아름답기로 유명하다. 두 사람은 나를 커다란 배와 한국 해군이 심어놓았다는 식수, 한국 민속박물관이 있는 곳에 데려갔다. 그들의 배려가 기분 좋았다. 쇼스릭은 라디오 방송국에서 일하는 친구 하나를 거리에서 만났다. 그는 준비했다는 듯 커다란 가방에서 오토바이의 금속 핸들을 꺼내더니 그 친구에게 건네주었다. 알고 보니 쇼스릭은 우수리스크 출신의 바이커였다. 오토바이를 타고 러시아를 횡단한 적도 있다고 했다. '아, 나도 언젠간 바이크를 타고 세계 일주를 하고 싶다'는 생각이 들기 시작한 것은 그때부터였다.

그 친구와 헤어지고 이번에는 료하의 인터넷 친구 스비에타를 만났다. 스비에타는 약간의 영어와 일본어를 했다. 스비에타는 영어 공포증이 있었다. 우리는 거의 대화를 나눌 수 없었다. "안녕? 이름이 뭐야?", "나는 한국에서 왔고, 러시아에 대해서 아는 거라곤 길에 유난히 동전이 많이 떨어져 있다는 것뿐이야."가 대화라고 할 순 없었다.

곧 열차 시간이 되었다. 료하와 나는 쇼스릭, 스비에타와 헤어져 기차역으로 갔다. 료하는 고향으로 가는 길이었다. 우리의 자리는 떨어져 있었다. 옆 객실에 있던 료하는 틈나는 대로 피라조크와 홍차를 가져다주었다. 나는 그와 함께 한국에 관한 많은 이야기를 나눴다. 한국어의 자음, 모음을 가르쳐주자 그는 한국어가 마치 큐브 같다고 했다. 초성, 중성, 종성이 조합을 이뤄 하나의 글자가 되는 것이 신기한 모양이었다.

다음 날 아침, 우리는 허둥지둥 열차 밖으로 나왔다. 가방이 어깨에 달려 있는지, 다리에 달려 있는지 모를 정도였다. 기차가 예상보다 일찍 하바롭스크에 도착했던 것이다. 등에 난 식은땀은 찬 공기에 금세 얼어버렸다. 하바롭스크는 아직 겨울도 아닌데 무척이나 춥고 흐렸다. 내 상상 속의 음산하고 가난한 전형적인 러시아의 정경과 닮아 있었다. 신경질적이고 불친절한 공기였다. 차가운 열차 밖에는 료하의 어머니가 마중을 나와 있었다. 어머니는 그에게 짧은 환영의 키스를 보내주고, 그의 짐 몇 개를 집으로 가져갔다. 아직 열차 시간이 꽤 남아 있었기에 우리 둘은 역 맞은편의 아무르 강 근처에서 산책을 하기로 했다. 강 주변에는 작은 시장이 있었다. 갑자기 19세기 말 러시아의 한복판에 들어온 것 같은 이상한 기분을 느꼈다. 저울로 몸무게를 달아주고 돈을 받는 상인을 비롯해, 과일상, 빵 장수 들이 손님을 기다렸다.

아무르 강은 넓고 깨끗했으며 유람선이 몇 척 떠 있었다. 역으로 돌아오는 길에 갑자기 천둥을 동반한 우박 비가 후드득 떨어지기 시작했다. 우리는 주위의 공사판에서 상자를 주워 들고 30여 분간 빗속을 걸었다. 정오에 출발하는 모스크바행 기차는 아직 3시간이나 남아 있었다. 그사이 료하는 시장에서 산 조그만 장식 액자를 주었다. 침엽수림이 우거진 호수 정경이 그려진 것으로, 투명한 황색 호박석이 다닥다닥 붙은 전형적인 러시아의 그림 액자였다. 그는 액자 뒷면에 '행운을 빌어. 알렉스로부터'라고 영어로 써주었다. 7년이 지난 지금도 이 액자는 내 방 책장 위에 그대로 올려져 있다. 신기하게도 자잘한 호박들이 하나도 떨어지지 않은 채 말끔히 그림 위에 붙어 있다. 헤어질 때 그는 내게 1시간 거리의 집에서 직접 가져온 러시안 블랙 초콜릿과 비스킷을 주었다. 그리고 같은 4인실 객차의 낯선 남자에게 나를 부탁한다는 듯한 내용의 러시아어를 건넸다. 기차가 서서히 출발했다. 나는 고맙다는 러시아어 '스파시바'를 료하 덕분에 외웠다. 헤어지는 인사를 하고 손을 흔들고 그가 시야에서 멀어졌다. 러시아와 가장 잘 어울리는 형용사는 '넓다'일 것이다. 나무, 집, 나무, 강이 끝도 없이 나타났다. 모스크바행 열차는 미친 듯이 흔들려 멀미가 날 지경이었다. 나는 갑자기 왈칵 눈물이 쏟아지려 했다.

4인실 객차에서 기다리고 있던 남자의 이름은 보바였다. 그는 배우 안성기를 닮은 러시아인으로, 러시아 여행 중에 만난 가장 재미난 사람이었다. 특히 팬터마임과 슬랩스틱코미디에 일가견이 있었다. '아몬'이라는 이름의 자기 새가 고기를 뜯는 장면을 얼굴로 흉내 내는 등 이상한 행동을 많이 했는데, 덕분에 8시간 내내 턱관절이 당길 정도였다. 그는 기념으로 내 일기장에 '옐친 전 대통령'이라며 그림을 쓱쓱 그려주었는데, 다 그리고 보니 한 마리의 돼지였다.

밤새 기차가 몇 번 정차했다. 다음 날 아침에 아래층을 내려다보니 보바는 간데없었다. 대신 1층에 사샤라는 어린 남자아이와 아버지로 보이는 젊은 남자가 올라타 있었다. 남자는 심심하면 사샤를 손으로 뒤집어 엉덩이를 때렸다. 러시아어를 알아들을 수 없어 무슨 영문인지 몰랐으나, 혁대나 수건을 꼬아서 만든 채찍으로 어린아이를 위협하는 모습이 볼썽사나웠다. 그들 부자와는 하루 넘게 계속 여행했다. 사샤는 옆 객실 아이들과 금세 친해져서 아빠에게 과자를 집어 던지는 장난을 쳤다. 그것으로도 모자라 아빠의 슬리퍼를 가지고 도망을 가자 젊은 아빠는 또 성질을 못 이기고 사샤를 쫓아간다. "사샤! 타크! 파닐! 사샤! 타크! 파닐!" 아빠는 사샤의 가녀린 몸을 닭다리처럼 뒤집더니 엉덩이를 실컷 때리고 말았다. 사샤는 또 한참을 울었지만, 얼마 후 둘은 아무 일 없다는 듯 금쪽같은 부자로 돌아왔다. 아빠는 오렌지 주스, 캐러멜 등 눈에 띄는 대로 아이에게 음식을 먹여주고, 열쇠고리, 탱크, 군인, 장갑차 장난감 등을 가지고 함께 놀아주었다. 나는 마치 평범한 어느 러시아 가정에 방문한 것 같은 기분이 들었다. 4인용 객실은 타인의 공간을 거리낌 없이 구경하고 또 침범할 수 있다는 면에서 무척 홍미로운 공간이다. 저런, 사샤가 또 엉덩이를 두들겨 맞고 으앙, 울음을 터뜨렸다.

아침에 기차가 멈춰 서자 행상들이 줄을 서서 호객을 했다. 나는 행상 아주머니에게 바레니키라는 음식을 샀다. 그것은 감자와 양배추가 든 떡 같은 음식이었는데, 맛이 조금 짰다. 나는 사샤에게 풍선으로 꿀벌, 쥐, 푸들 따위의 동물을 만들어주었다. 그리고 「곰 세 마리」와 「뮬란」, 「톰과 제리」, 「토이 스토리」 등이 든 동화책을 한국어로 읽어주었다. 아이는 좋아했다.

오후 3시경이 되자 바이칼 호수가 옆으로 지나갔다. 흔들리는 2층 침대 위에서 평균 10시간씩 잠을 잤지만 언제 눈을 떠도 바깥은 온통 초원과 나무들의 풍경뿐이었다. 가끔 시내의 가로등 불빛과 버스, 아파트 들이 보이면 무척이나 반가웠다. 이렇게 나흘 정도가 지나자 나는 슬슬 무기력해져 갔다. 침대 위에서 책[2]을 읽거나 아이들과 놀거나 밥을 먹거나 화장실에 가는 게 전부였다.

....

2_ 기차 안에서 나는 생뚱맞게도 러시아 소설이 아닌 남미 소설을 읽고 있었다. 가브리엘 가르시아 마르케스(이하 G. 마르케스)의 『백년의 고독』이었다. 왜 도스토옙스키도, 고골도 아닌 G. 마르케스였을까? 여드레간의 길고 긴 여행 끝에 새벽 5시 반, 마침내 모스크바에 도착했고 그 책을 덮었다. 그로부터 6년 후 라틴아메리카 여행에서 돌아온 뒤 그 알 수 없는 놀라움에 완전히 매료될 때까지 그 책을 단 한 번도 펴본 적이 없다는 사실은 지금의 나로선 무척 안타까운 일이다. 긴 등장인물 이름을 외우기 힘들고, 산만한 소설이라고 생각했던 내가 몇 년 뒤 700쪽이 넘는 그의 자서전을 정신없이 읽어댈 줄 누가 알았으랴?

시베리아 횡단 열차에서 하면 안 되는 것

1. 몇 시냐고 물어보는 것.

러시아의 밤은 무척 길었다. 깜깜한 밤이 되면 몇 시인지 도무지 짐작이 가지 않았고 그래서 더욱 궁금해졌다. 하지만 사람들에게 시간을 물어볼 수는 없었다. 왜냐하면 다들 모스크바 시간을 알려주었기 때문이다. 미래의 시간은 알지만 현재의 시간은 영원히 알 수 없었다.

2. 월경

예전에 남자와 여자의 결정적 차이를 생리 여부로 두고 토론을 벌인 적이 있었다. 내 토론 상대는 '여자는 한 달에 한 번 필수 불가결하게 피를 보기 때문에 남자보다 더 독하다'고 주장했다. 여자에게 피 흘림은 일상적인 행위이나 남자에겐 특별한 이벤트와도 같기에, 남자는 피에 더 약하고 그래서 전쟁이나 유혈 사태에 더 많은 판타지를 갖곤 한다는 것이다.

어쨌거나 7박 8일간 멈출 수 없는 이 기차 여행에서 가장 재수 없는 여자는 일주일 내내 피를 흘려야만 한 여자일 것이다. 다행히 나는 재수 없는 여자들 가운데 가장 재수가 좋은 케이스였다. 모스크바에 내리자마자 유혈 사태가 시작되었으니까.

남편론

유럽을 여행한다는 것은 (카프카의 말을 빌리자면) 우리 안의 얼어붙은 바다를 부수는 도낏자루를 손에 쥐는 일과도 같다. 여행 전의 유럽은 라퓨타처럼 도저히 잡을 수 없는 곳에서 영원히 반짝반짝 빛날 것 같았다. 나는 앞으로 가볼 헝가리와 네덜란드, 그리스나 터키와 같은 지중해의 나라들과 보스포루스해협을 그리면서 매일 밤 글을 쓰려고 시도했다. 하지만 아침 해가 빛나면 노트 위의 글에는 대부분 까만 줄이 그어져 있었다. 더 심하면 기억 속에서 영원히 사라졌다. 그것은 스스로 내리는 내 자신에 대한 형벌이었다.

왜 유럽이었을까?

어려서부터 『폭풍의 언덕』이나 『데미안』 같은 책을 끼고 사는 한국 청소년들에게 유럽은 적지 않은 환상을 안겨준다. 내게도 비슷한 환상이 있었다. 나의 가슴을 항상 뛰게 하는 이들은 대체로 유럽인들이었다. 유럽 문학에는 자아도취적인 아름다움이 있었다. 글을 읽고 나면 세계의 부조리와 아픔, 슬픔이 이해되었다. 포용력이 있고 한없이 따뜻한 글은 울다 지쳐 엎어진 나를 이해해주고 위로해주고 용서해주었다. 나는 학대받은 자만이 갖고 있는 자만심을 갖고 있었다. 그래서 유럽 소설을 이용해 고독과 절망과 상처를 영광스러운 것으로 만들었다. 나의 고독은 나만의 고독이 아님을 상기시켜주는 글들을 읽으며 나는 지적 허영심과 이국적 환상을 채워나갔다.

나는 유럽 화가들에게도 빠져들었다. 어린 시절, 한 제과 회사에서 명작들이 인쇄된 껌 시리즈를 판 적이 있다. 나는 그 종이들을 모아서 앨범에 끼워두었다. 반 고흐나 레오나르도 다빈치, 르누아르의 그림을 좋아했다. 르누아르의 〈독서하는 여인〉과 나를 동일시하기도 했다. 〈해바라기〉, 〈모나리자〉, 〈독서하는 여인〉 등의 명작이 제과 회사의 상업적 의도에 따라 조악하게 변해버렸음에도 불구하고, 나는 그것들을 손으로 만지작거릴 때마다 마구 설레어 어쩔 줄 몰랐다. 무조건적인 설렘. 아마도 그것이 내가 예술을 접하고 느낀 첫 감정이었을 것이다. 이상스레 그 작품과 영감 앞에서는 늘 나를 괴롭히는 허기가 사그라졌다. 나는 자전과 동시에 공전을 하고 있다는 사실을 예술가들을 통해 알았다. 나만 이렇게 약한 존재가 아니라는 것을, 지구 반대편의 누군가도 고통받고 있으며 더 깊은 고통을 통해 쾌락을 얻는다는 것을.

내게 첫 영감을 안긴 예술적 풍경들이 주로 아르빌이나 파리 등을 배경으로 하고 있었기 때문이었을까? 상트페테르부르크나 오랑, 더블린, 런던의 공기는 서울과 차원이 다를 것이라는 이국 동경 취향exoticism이 내게도 생겼다. 이국의 무대는 미국, 아라비아, 인도, 일본, 라틴아메리카 등지로 자꾸만 확장되어갔다. 어느덧 나는 문학 애호가가 되어 있었다. 추운 겨울 먹이를 찾아 떠돌아다니는 황야의 이리처럼 도서관을 돌아다녔다. 내 입과 가슴에 클리토리스와 흡사한 뭔가가 연결되어 있는 듯 본능으로 활활 불타올랐다. 입을 열면 언제나 퀴퀴한 냄새가 날 것 같았으나, 어느새 내 입은 더 나은 남편을 찾아 돌아다니는 창녀의 입술처럼 헤 벌어져 있었다. 나는 문학이라는 여정이 마치 평생의 배우자를 찾아 떠나는 여정이라고 생각하는 사람처럼 이런저런 남편들[3] 사이를 기웃거리고 다녔다. 요컨대 나는 그 유명한 고질병, 즉 문학에의 열병에 시달리고 있었다. 나는 내 안의 우주와 만나기 위해서, 바로 그 우주를 그리기 위해서 글을 쓰기 시작했다. 쓸 때는 오로지 바로 이 작품만이 나를 구원할 수 있다고 생각하며 썼다. 글은 나의 종교였다. 글을 쓰다 보면 머릿속에서 어떤 공장이 날 가공하는 것 같은 기분이 들었다. 나는 단지 그 공장에 의해 손가락을 부지런히 움직이고 있는 것이다.

그러나 시간이 지나자 글쓰기는 헤어진 연인처럼 여러 의미로 퇴색되어갔다. 처음에 그것은 종교였으나, 이내 오락이나 시간 때우기로 생각되다가, 어느 순간에는 고통의 도구였다가, 허기진 마음을 채우는 두레박이 되기도 하였다. 이제 나는 미치지 않기 위해 글을 쓴다. 글은 영혼에서 멀어지려는 나를 붙들어 매어준다.

대학 시절, 도서관이야말로 내가 가장 좋아하는 곳이었다. 도서관의 4층 창가에 앉아 책을 펼치면 탐나는 작가들이 말을 걸어왔다. 그

....

3_ 남편이라는 표현은 수전 손택의 글에서 따온 것임을 밝힌다.

들의 말은 달콤했고, 언제나 처음 만나는 것처럼 날 설레게 했다. 나는 '작가'나 '소설', '도서관', '책' 따위의 단어에 미친 듯이 반응했다. 커피를 마시며 책을 조용히 넘기고 있으면 시공은 지나간 페이지처럼 잊혀졌다.

나는 범죄적 성향의 문학을 두 번째로 좋아한다. 가장 좋아하는 것은 광적인 문학이다. 성聖 장 주네는 내가 생각하는 가장 이상적인 문학을 했다. 세상 누구도 읽지 못하도록 훔쳐 서랍 속에 보관하고 싶은 책이 한 권 있는데, 바로 장 주네의 『도둑 일기』이다. 하지만 어디 가서 그 책이 좋다고 말한 적은 한 번도 없다. 부끄러워서만은 아니다. 과연 이 느낌이 내 고유의 느낌일까, 아니면 다른 곳에서 이식되어 온 것일까 확신이 서지 않기 때문이다. 내가 이것을 강렬히 느낀 것은 조르주 바타유의 『문학과 악』을 두 번째로 읽던 와중이었다. 나는 충격을 받았다. 내가 악마적이라고 생각했던 아이디어들이 실은 내 머릿속이 아니라 내 머리 바깥에서 나왔음을 알았던 것이다. 바타유의 책에 나온 것이 기억의 잔상으로 남아 나의 구조를 만들어놓았는데, 나는 나도 모르게 그 구조를 허물어뜨리고 내 것이라고 주장하고 있었던 것이다. 어쩌면 내가 쏟아낸 무수한 어구들은 사실 내 선배들이 토해낸 말들의 무덤에 지나지 않을 수도 있다. 이것을 통해 나는 다음과 같은 사실을 깨달았다. '좋은 예술가는 자기 세계가 있어야 하지만, 바로 그 세계를 탈출할 수 있어야 진정한 예술가가 될 수 있다.'

광기와 범죄는 일부 겹치는 부분들이 있다. 광적인 예술은 기존 질서에 반항심을 갖고, 균열을 내며 탄생한다는 점에서 기본적으로 범죄적인 측면이 있다. 그러나 사회가 그러한 문학을 끌어안지 않으면 문학으로 인정받기 어렵다. 사회는 열광적熱狂的이라는 단어에는 관대하면서 광적狂的이라는 말에는 그렇지 못하다. 열광은 사회적이고 광은 비사회적이다. 사실 알고 보면 우리는 조금씩 광기를 발산함을 통해 범죄적이고 공격적인 성향을 걸러내곤 하는데, 사람들은 이런 사실을 외면하려 한다. 이것은 마치 이종 격투기나 프로레슬링의 폭력을 범죄 취급하는 것이나 다름없다. 어쨌거나 이렇게 사회 밖으로 탈주한다는 점에서 문제적 인간을 다룬 소설들은 어딘가 마성의 매력이 넘친다. 그것은 내 안에 잠재된 도발적 야욕 혹은 공격성, 죄의식을 들썩인다.

어떤 작가들의 책은 '나도 책을 썼으면' 하는 생각이 들게 했다. 그들은 대개 뛰어난 이야기꾼이어서, 나는 마법처럼 그들의 화술에 빨려 들어갔다. 장 주네와 보들레르, 미시마 유키오 같은 범죄자형 예술가들과 대화할 때는 마치 감방의 수감자들끼리 "나가면 한탕 해야지?" 하고 작당을 하는 기분이 들었다. 만약 그들이 운 좋게 같은 곳에서 만났다면 문학의 역사는 달라졌을 것이다.[4]

인간의 어두운 심연을 파헤쳐주는 광물학자 혹은 광부 같은 성격을 가진 핸섬한 작가가 나는 좋다. 카프카도 괜찮은 남편 후보이나, 같이

....

4_ 내가 꼽은 '오션스 일레븐': 장 주네, 보들레르, 미시마 유키오, 도스토옙스키, 로베르토 아를트, 스티븐슨, 손창섭, 앤소니 버제스, 다자이 오사무, 니체, 마이클 스코필드.

있으면 급격히 우울해져서 싫었다. 그는 내가 우울할 때만 연락해 함께 침대에서 뒹굴며 술을 마시고픈 남편이었다. 그런 점에서 도스토옙스키는 내가 가장 좋아하는 남편 후보이다. 잠이 오지 않을 때는 그의 책을 베개 삼아 누워 있었다. 그럴 때면 나는 그가 세상을 구원할 수 있다는 생각까지 했다. 그에게 내 영혼을 완전히 빼앗기고 있었던 것이다.

내가 책을 펴는 한, 책의 저자들은 철저히 내 남편이었다. 도스토옙스키가 술과 도박과 여자라는 3대 악에 찌든 방탕한 남편이라면, 카뮈는 남편이 없는 사이 바람을 피우고 싶은 상대였다. 전자가 나랑 한바탕 싸우고 집을 나가버릴 것 같은 남편이라면, 후자는 내게 외투를 입고 정오에 산책을 나가자며 차를 대기시키고 있을 것 같은 남편이었다. 문학사를 통틀어 카뮈처럼 아름다운 불륜을 가능케 해줄 남편은 없을 것이다. 예전에 한국 작가들을 대상으로 가장 좋아하는 책에 관한 설문 조사를 한 적이 있었는데, 그때 1위에 뽑혔던 작품이 『이방인』이었다. 나 역시 그 책을 다섯 번도 넘게 정독했고, 그때마다 작품이 새롭게 느껴진다. 카뮈는 타고난 정부情夫가 아닌가 싶다.

마음이 공허해지면 손창섭과 함께 술을 마시며 그의 헛소리를 듣고 싶었다. 「미해결의 장」의 첫 단락을 읽었을 때, 나는 이 사람을 가져야겠구나 싶었다.

아무리 궁리해보아도 나는 집을 떠나야만 할까보다. 그것만이 우선 나에게 있어서 하나의 해결일 듯싶게 생각되는 것이다. 그 '해결'이라는 말은 더할 나위 없이 내 맘에 꼭 드는 것이다. 그 말은 충분히 나를 취하게 하는 것이다. 그러나 도대체 나는 언제가 되면 노상 집을 떠날 수 있을 것인가? ……중략……. ……나는 언제나처럼 어이없는 공상에 취해보는 것이다. 그 공상에 의하면, 나는 지금 현미경을 들여다보고 있는 병리학자인 것이다. 난치의 피부병에 신음하고 있는 지구덩이의 위촉을 받고 병원체의 발견에 착수한 것이다. 그것이 '인간'이라는 박테리아에 의해 발생되는 질병이라는 것은 알았지만, 아직도 그 세균이 어떠한 상태로 발생, 번식해나가는지를 밝히지 못하고 있는 것이다. 그러니 치료법에 있어서는 더욱 캄캄할 뿐이다. ……중략……. 우리 집 식구들 가운데서 나는 이방인시당하고 있는 것이다. 그들은 이방인에 대해서는 주저 없이 힐난과 조소를 퍼부을 수 있는 것이다.

이것은 마치 내가 쓴 일기의 한 부분 같았다.

나는 손창섭의 '찌질함'에 반했다. 그는 한국 문학 사상 최초의 문제적…… 아니, 찌질한 남편이다. 「신의 희작」이라는 작품에서 그는 스스로를 삼류 작가 S라 칭하며 어린 시절의 야뇨증을 들먹인다. 범죄자의 3대 징후가 오줌싸개, 불장난, 애완동물 학대라는 점을 반추한다면, 그의 악마적 성향은 의도된 것이다. 신의 우스꽝스러운 작품으로서, 그가 만든 완전무결한 세상의 가식과 위선에 대해 침을 뱉으려는 것이다. 그는 스스로를 치인痴人, 병자 취급하는데, 이런 잉여剩餘 의식이 뒤늦게 현대적 유행어가 되어버린 것은 무척이나 아이러니하다. 이 작품을 읽은 건 내가 작가라는 타이틀을 얻은 이후였는데, 이 소설의 마지막 단락을 읽고 적잖은 충격을 받았다.

> *신은 이 세상 만물 중 어느 것 하나 의미 없이 만든 것이 없다고 하니 말이다. 여기서 S는 너무나 저주스럽고 짓궂은 신의 의도와 미소를 발견하고, 새로운 도전을 결의하지 않을 수 없는 것이다. 그 자체가 이미 하나의 완전한 난센스인 도전을.*

내가 쓴 첫 번째 소설의 첫 부분에 해당하는 문장을 여기서 발견하게 될 줄이야. 대학 시절 내내 의미 부여 하지 말라는 말을 귀 따갑게 들었는데, 나는 또다시 이러한 우연에 의미 부여 하지 않을 수 없게 되었다.

한편 시인 이성복은 함께 있으면 정신이 날카로워졌다. 그의 시 속 인간 군상들은 좁고 깊고 날카로웠다. 인간이 한 그릇의 사발이고, 인간을 이해하는 방식이 그 사발을 어떻게 마시느냐에 달려 있다면, 이성복의 인간은 빨대로 사발의 구석구석을 빨아들여야만 겨우 이해

될 수 있는 인간이었다. 가끔 그런 점이 답답했지만 어쩐지 새벽 4시 42분에 전화를 걸면 깨어 있을 것 같은 인간이었다. 그리고 그와 전화를 하고 나면 '세상이 다 그렇지, 뭐' 하면서 전화를 끊게 될 것 같았다. 나는 그의 시 가운데 「성탄절」을 가장 좋아했다. 그 시만큼 시대의 우울을 잘 반영한 시도 드물 것이다.

나는 살아 있었지만/지겨웠고 지겨웠고 아무 데도 살지 않는 愛人이 보고 싶었다/키스! 그 여자가 내 목덜미 여러 군데 입술 자국을/남겨주길……

제목은 잊어버렸지만, 말미에 '관심을 끌고 싶어서였다'라는 시구가 반복되는 시도 좋아했다. 아, 그 시들은 어디로 사라져버렸을까. 알코올처럼 시큰한 흔적만이 내 피부 위에 아슬아슬하게 남아 있다.

라틴아메리카로 넘어가면 아무리 눈 씻고 찾아봐도 나이 든 남편들뿐이었다. 물론 보르헤스는 너무나 완벽한 노인이지만 눈도 잘 안 보이는 데다, 생식능력이 떨어질 것 같았다. G. 마르케스는 창녀촌을 기웃거릴 것 같았으나 귀여운 노인네인 데다가 여자의 마음을 잡아당겨 그 마음 안에 머물 줄 알게 하는 능력이 퍽 뛰어났다.

하지만 여러 국적의 남자들 중 누구보다 나를 심하게 끌어당긴 이들은 일본인들이었다. 나쓰메 소세키는 단란 주점엔 얼씬도 않을 모범생 같았고, 시마다 마사히코는 전학생 출신에 사회에 나가서도 이직을 반복할 것 같은 아웃사이더처럼 보였다. 또한 미시마 유키오는 도발적인 매력이 있고 몸매도 훌륭했지만 전형적인 마초 같았다. 고민 끝에 내가 머물기로 결심한 사람은 다자이 오사무였다. '태어나서 죄송합니다'라는 문장을 봤을 때의 충격은 내가 평생 짊어지고 가야 할 짐 같았다. 그때 받은 충격이 물엿처럼 내 머리를 녹아내리게 해, 나는 급속도로 그에게 빠졌다. 하지만 어느 순간 내가 먼저 그의 손을 놔버렸고, 나는 스스로 영원히 죄책감에 시달리며 살기를 바랐다. 나는 자아의 깊은 우물에 푹 빠져 히키코모리가 되어버린 일본의 작가를 흉내라도 내듯 고독하게 살았다. 한때 내가 제2의 고향으로 삼았던 일본에 있을 때조차 나는 끝없이 외로웠다. 내가 외롭기 때문에 글이 존재하기 시작했다. 그러나 글이 있기 때문에 내가 외롭지 않은 것과 마찬가지로, 글이 있기 때문에 나는 더욱 외로워졌다. 그 당시 내가 느낀 것은 일본이 미국을 너무 사랑하고 미국도 일본을 너무 사랑하는 나머지 둘이 내 등 뒤에서 손을 잡고 서로의 귀에다 감미로운 언어를 속살거리는데, 어쩐지 나는 빵 사이에 낀 외로운 개미 같다는 것이었다. 이방인으로서의 고독감은 일본어로 된 문학책을 뒤적이는 것으로도 해소되지 않았고, 결국 나는 나를 거쳐 간 누구에게도 내 사랑을 완전히 주지는 않았다.

나에게 있어 누군가를 완전히 사랑한다는 것은 불가능하다. 나는 헤픈 여자처럼 여러 남편들을 오가며 완전한 자유를 누리고 싶다. 하지만 나는 결국 지독한 고독과 고통 속에 홀로 남을 것이다. 슬픔이 치즈처럼 녹아 있는 외로운 빵 안에서 말이다. 고독 속으로 완전히 들어가야 타인의 고통을 느낄 수 있다. 이 세계에 발을 붙이고 있으면서도 언제나 저 세계를 꿈꾸는 것만이 나의 몽상가적 의무이다.

모스크바 스몰렌스카야 역을 오가는 사람들의 표정은 이런 느낌이었다. '이게 바로 대도시에 사는 사람들의 표정이야. 잘 보라고. 단순하고 핏기 없고 삭막하지? 어딜 가나 이런 표정과 마주칠 테니 유럽의 낭만 따위는 기대하지 마.'

역 주변의 행인들은 영어를 거의 몰랐다. 행선지의 역 이름이라도 물어보려 했지만 러시아어는 너무 빨라서 그조차 알아들을 수 없었다. 나는 사람들이 넘쳐나는 아르바트 거리에서 조각배처럼 떠다녔다. 거리 중간에는 호박 장식이 붙은 액자나 마트료시카 인형을 파는 상인들이 줄지어 앉아 있었다. 마트료시카는 매혹적이었다. 그것들은 작게는 5개에서 많게는 20개가 들어간 것까지 있었다. 상자 하나를 열면 또 하나의 상자가 나오고 또 하나가 또 하나가 나온다. 그리고 처음엔 하나처럼 보이던 자아가 여러 개의 자아로 분열되어 한공간 안에서 병치되는 희한한 상황이 생겨난다.

세상엔 마트료시카와 마트료시카가 아닌 인형이 있다. 나는 가끔 여행을 가면 인형을 사 오곤 한다. 하지만 마트료시카가 아닌 인형들은 귀가 떨어져 나가거나 목이 돌아가 버리거나 머리가 깨진 채 버려진다. 그나마 운이 좋은 것들은 유리 찬장 안에 갇혀 올림픽 기념주화와 어깨를 나란히 할 영광을 누린다. 마트료시카가 아닌 인형들은 안

좋게 헤어진 연인처럼 무참히 기억에서 잊히지만, 마트료시카는 다르다. 그것은 언제나 날 이상한 곳으로 데려다 준다. 나는 다중 인격 장애자가 쉽게 정신의 탈을 벗어버리듯이 새로운 정체성과 만난다. 용기와 두려움과 지혜로움이 하나의 구조 안에 들어 있는 희한한 상황을 목도한다.

나는 5중으로 된 오즈의 마법사 인형을 샀다. 도로시를 열면 사자가 나오고 사자를 열면 허수아비가 나오는 식이었다. 그리고 그것은 여행이 끝나고 몇 년이 지난 지금까지 단 한 번도 나의 호기심을 누그러뜨린 적이 없다. 나는 여전히 마트료시카에 열광한다. 아직도 마트료시카는 내게 전부를 다 보여주지 않은 것 같다. 그런 마력 때문에 나는 마트료시카를 도저히 버릴 수가 없다.

날은 무척 춥고 어두웠다. 호텔에 가려고 택시를 탔는데 미터기가 없었다. 내가 여행하던 2002년 당시 러시아인들의 평균 수입은 월 200~400달러라고 하는데, 자동차 관리비가 월 150달러에 육박했다. 배고픈 여행자가 낯선 도시에서 택시를 타는 것은 빚을 내어 페라리를 사는 것만큼이나 치명적인 실수였다.

지하철역 주변에는 싸구려 옷과 벨트를 파는 사람도 많았지만, 눈에 띄는 것은 꽃 노점이었다. 생계를 유지하기도 벅찰 듯한데 어디서나 꽃을 팔고 있는 것이 인상적이었다. 낭만이랄까, 오만이랄까. 현실은 아랑곳하지 않는다는 듯한 여유가 어쩐지 부러웠다. 나는 차가운 길을 지나 독일행 버스를 탔다. 벨라루스와 석양에 물든 폴란드의 어느 시골 마을들을 지나 드디어 독일 프랑크푸르트에 도착했다. 여행을 시작한 지 열사흘 만이었다.

나는 라인 강 주위를 거닐거나 루드비히 박물관을 돌아다녔다. 이제는 이름도 생각나지 않는 숱한 예술가들과 만나며 나는 점차 화가를 꿈꾸던 어린 시절과 멀어졌다. 점심에는 감자를 먹고 저녁엔 초콜릿바로 때웠다. 대학의 학생 식당에서 마시지도 않은 커피 잔을 몰래 빼와 코인을 받는 식의 구질구질하고 역겨운 짓을 해서라도 기어코 돼지 뼈다귀를 뜯어야 했다. 그럼에도 불구하고 내가 가난하다는 사실엔 변함이 없었다. 그 사실은 마치 가시처럼 내 운동화에 들어가 의식의 결핍을 일깨웠다. 결핍감은 나를 싸움꾼으로 만들었다. 왜 화장실에 갈 때마다 흑인 청소부들이 서비스료를 요구하는지 이해할 수 없었고, 왜 내가 건네받지 못한 유스호스텔증을 카운터의 백인 남자는 줬다고 잡아떼는지 이해할 수 없었다. 나는 훙청거리며 먹고 잤고 언제나 경찰의 의심을 받아 여권 지갑을 꺼내야 했다. 슬슬 해가 지기 시작하면 버거킹 햄버거로 식사를 때우고 2시간 동안 빗속을 걷고 나이트클럽 구석에서 새우잠을 잤다. 새벽 4시 반쯤 젊은 독일 남자가 왜 클럽에서 잠을 자느냐고 나를 흔들어 깨우지 않았다면 나는 그곳에서 얼어 죽었을지도 모른다.

나는 매일 몇 유로가 남았는지 지갑을 이 잡듯 뒤지고, 가계부가 되어버린 일기를 뒤적이는 대책 없는 이 여행을 사랑했다. 다행히 나에겐 낯이라는 젊음이 있었다. 조각 케이크 모양을 한 현대미술관MMK이 아니었더라면 나는 프랑크푸르트의 라인 강변보다 침대 위를 좋아했던 여행 매너리즘에서 완전히 헤어날 수 없었을 것이다. 나는 마치 교양인처럼 낮에는 오페라 〈마농 레스코〉를 보고 미술관에서 루벤스를 보고 올나이트 영화관에서 〈인섬니아〉를 보았다. 영화에서 알 파치노의 마지막 대사 "잠들고 싶어."라는 말에 이입된 듯 나는 그대로 잠들어버렸고 이어 〈메멘토〉가 끝날 때까지도 깨지 않았다. 잠에서 깬 다음에는 영화관에서 살인이 나면 어떻게 될까, 라는 우스운 생각을 하기도 했다.

뮌헨에 비하면 파리는 매혹적인 도시였다. 프랑스에 오자 비로소 예술적인 기운이 깨어나는 것 같았다. 카페에 앉아 있는 인간들은 모두 실존주의자처럼 보였다. 크롬으로 된 카페의 노상 테이블에 다리를 꼬고 앉아 최신 베스트셀러 소설을 읽고 있는 곱슬머리의 여자는 보부아르나 사강처럼 보였다. 나도 실존주의자 행세를 하기 위해 카페에 들어가 프랑스 실존주의자에게 제일 어울리는 아메리카노를 주문했다. 실존은 본질에 우선하는 것이었다. 관광객이라는 본질에 앞서 나는 실존주의적 커피 애호가의 생활을 누릴 수 있었다. 나는 당당히 노천카페의 테이블에 앉아 성경 이후 탄생한 최고로 대중적인 서적—『론리 플래닛』—을 폈다. 실존주의적 커피 애호가의 입장에서 봤을 때, 그 아메리카노의 맛은 삼단논법으로 정의내릴 수 있었다.

설탕을 넣지 않은 커피는 쓰다.

나는 설탕을 넣지 않았다.

따라서 그 커피는 쓰다.

위대한 삼단논법은 국경을 가리지 않았다.

안타깝게도 나는 사르트르나 카뮈를 만날 수 없었다. 내게 말을 걸어온 남자는 테이블을 치우러 온 종업원뿐이었다. 그는 내게 '다 마셨으면 나가!'라는 표정을 보임으로써 실존적 환각 상태에 빠져 있던 나를 해방시켜주었다.

나는 생미셸 앞에서 거리 공연을 보는 것으로 시작해 달리 미술관과 에로틱 아트 미술관에 전시된 각종 남성 성기들을 구경하는 것으로 오전을 보냈다. 소르본 대학에 다니는 생전 처음 보는 한국인 여학생에게 저녁을 얻어먹기도 했다. 내가 어디로 흘러가고 있는지 나 자신도 알지 못했다. 루브르와 오르세, 퐁피두와 베르사유 궁전, 뤽상부르 공원과 노트르담, 에펠탑, 샹젤리제 거리 투어에 이르는 교과서적인 여행에 지쳐버렸다. 오히려 하루 종일 오르세 미술관에 가서 구스타브 모로의 〈오르페우스〉나 마네의 〈에밀 졸라의 초상〉, 〈풀밭 위의 점심 식사〉를 보거나 퐁피두 음악 센터에서 재즈 음악이나 데이비드 보위, 밥 말리의 음악을 배부르게 듣는 편이 좋았다.

그 무렵 나는 평소에 "What did you think about～?"의 프랑스식 어법을 써서 "How did you find～?"라고 하는 말버릇이 있는 프랑스인 친구의 집에서 먹고 잤다. 어느 날 그가 그 괴이한 문법으로 내게 물었다. "아무것도 하지 않고 자기 취미만 즐기는 당신, 얼마나 행운인지 아는가?" 그는 내 일본인 여자 친구를 짝사랑하던 프랑스인인데, 내가 단지 그 일본인과 친구라는 이유로 나를 건사해주었다. 하지만 내 친구가 그를 차버리자 그도 나를 차버리려 하는 것이었다. 그의 말은 내게 점잖은 충격을 주었다. 나는 그의 곁을 떠났다. 그리고 거리의 자식답게 피갈 거리로 나아갔다. 거리를 하릴없이 돌아다니다가 샹젤리제의 한 영화관으로 갔다. 극장에서는 클린트 이스트우드가 연출과 주연을 맡은 형사물이 상영되고 있었다. 편의점에서 여동생이 살해되었다는 한 여자의 부탁을 받고 전직 FBI인 늙은 형사가 범인을 찾아낸다는 내용이었다. 영화를 본 후, 나는 가라오케로 갔다. 비틀스의 〈노란 잠수함〉을 부르고 청중의 박수를 받아냈다. 하지만 깜깜하고 좁은 골목을 걸어 나오던 나는 여전히 고독했다. "지금 내가 뭐 하는 거지?" 나는 중얼거렸다. 결론은 내가 '이쪽 세계'에 오래 머물 수 없는 사람이라는 것이었다.

나는 스트라스부르행 기차를 탔다. 내 앞에는 순하게 생긴 백인 청년과 휴식이 필요해 보이는 수척한 아주머니가 앉아 있었다. 나는 책을 읽다가 창문을 보며 생각에 잠기곤 했다. 그때마다 내 옆에 앉은 백인 청년은 '아시아인이로군' 하는 표정으로 나를 끈덕지게 쳐다보았다. 그런 시선을 통해 나는 멈춰 있는 상태가 아니라는 것을 되새겼다. 나는 스트라스부르와 룩셈부르크를 거쳐, 프랑스의 메스Metz로, 다시 벨기에 브루게Brugge로, 브뤼셀로, 다시 아일랜드의 더블린으로 옮겨 갔고, 피타 빵과 유럽식 샐러드, 체리 맛이 나는 맥주에 익숙해져 갔다. 혼자 아이리시 필름 센터에서 〈프릭스Freaks〉라는 괴상한 영화를 5유로에 보았다. 웬만한 아스트랄계 영화에 꽤 면역 내공을 자랑하는 나도 이 영화만큼은 거의 웃기가 힘들었다. 컨디션이 좋지 않을 때 어쩌다 헛웃음이 나와버린 경우를 빼곤.

홀로 지내다 보니 낯선 이방인과의 스쳐 지나가는 듯한 만남에 차츰 익숙해졌다. 나는 골웨이Galway로 가는 버스 정류장에서 마사라는 일본인 남자를 몇 번이나 만났다. 그와는 이미 더블린에서, 둘린doolin에서 여러 번 마주친 사이였다. 그 또한 나와의 우연한 만남을 신기하게 여겼다. 우리는 또 다른 술집에서 3명의 음악가가 연주하는 아일랜드 전통음악을 들으며 기네스와 크림 커피를 마셨다. 소슬한 비가 내리자 어쩐지 우리가 데이트를 하는 듯한 기분이 들었다. 그는 지방 신문사 기자였다. 내가 고등학교 때 좋아했던 남자애를 닮았기 때문에 나는 그에게 호감을 가졌다. 우린 더블린에 대한 인상을 주고받았다. 비, 불안정, 우울, 청결, 녹색, 버거킹, 경찰, 좁은 계단 등이 나의 입에서 나온 더블린에 대한 인상이었다. 우리 대화는 깊이 발전하지 못했다. 어쩐지 이 일본 남자와는 연애가 쉽지 않았다. 서로가 적극적이지 않았던 것이다. 게다가 나는 여행 중에 마주치는 남자들에게 지나친 의미 부여를 하고 있었다. 그는 내가 한때 좋아했던 남자애를 닮았다는 사실을 빼놓고는 특별한 매력이 없었다. 더 정확히 말하자면, 그와 내 짝사랑의 공통점은 그다지 많지 않았다. 눈썹이 옅고 얼굴에 특별한 포인트가 없고 골격이 비슷하다는 것만으로 공통점을 도출하긴 어렵다.

책을 읽을 때도 나는 끊임없이 의미 부여를 한다. 나는 언젠가 크누트 함순의 『굶주림』을 읽어봐야겠다는 생각을 하고 있었다. 그 책을 독서 목록에 저장해두고 실제로 읽지 않았다는 사실이 무의식에서 나를 끊임없이 괴롭히고 있었다. 어느 날 나는 이상한 기운에 이끌려 『소피의 세계』를 펼쳤다. 아주 오래전에 읽고 책장에 처박아둔 책이었다. 아무 페이지나 펼쳤을 때 나는 크누트 함순의 이야기가 등장하는 것을 보고 깜짝 놀랐다. 나에겐 그다지 낯익은 작가도 아니었고, 단지 이제 막 나의 독서 목록에 추가된 작가에 불과했다. 그런데 아무렇게나 펼친 책, 아무렇게나 던진 시선 끝에서 크누트 함순의 『빅토리아』란 책 이름을 발견하자 나는 무척 이상한 기분이 들었던 것이다. 우연, 하고 머릿속에서 전구가 반짝 켜지는 기분이었다. 대부분의 사람들은 '흠, 신기하군' 하고 그치겠지만, 나는 우연의 기원을 찾고 찾다가 결국 사물의 작은 부분 하나에 지나친 의미 부여를 해버리는 습성이 있었다. 나는 무슨 집착인지 한 번 더 책을 아무렇게나 펼쳤다. 그러나 그 후 다섯 번의 시도에도 불구하고, 나는 책에서 크누트 함순을 찾을 수 없었다.

바를 나온 순간 나는 다시 혼자가 되어 있었다. 그 남자의 등장 시기와 존재의 무게에 비하면 내가 그에게 부여한 의미는 지나치게 컸다. 나는 '흠, 신기하군' 하는 심정으로 그와 헤어졌다. 크누트 함순은 그렇게 나를 떠나갔다.

돈이 거의 떨어져 가고 있었다. 나는 평소 대책 없는 젊음이라 칭하며 몹시도 동경하던 〈트레인스포팅〉의 주인공 렌턴이 뛰어다니던 유명한 영화 속의 장면에 직접 뛰어들기로 했다. 그곳은 에든버러였다. 나는 영화와 소설에서 발견한 젊은이다운 환상을 좇기 위하여 에든버러의 프린스가를 돌아다니며 불법체류에 적합한 직장을 골랐다. 그곳은 버거킹도, 맥도널드도, 피자헛도 아닌 '로열 카페 카지노'라는 이름의 게임장이었다. 한때 파리에서 실존주의적 커피 애호가를 꿈꿨던 자는 이리하여 부랑자들의 손때가 묻은 100개의 슬롯머신과 남자 변기를 닦는 일을 시작했다.

카지노 카페의 손님들은 세 부류였다. 틈만 나면 내게 20펜스를 2파운드라며 사기 치려는 부랑자, 담배를 피우거나 기계를 내리치지 말라고 할 때마다 나를 무시하는 눈초리로 쳐다보는 10대들, 나더러 돈을 달라거나 어디서 왔느냐며 수작을 거는 남자들. 하루는 5파운드 지폐를 내민 어떤 여자애가 10분 뒤에 다시 다가오더니 아까 4파운드밖에 못 받았다고 박박 우겼다. 10대 소년 하나는 내가 실수로 10파운드짜리 지폐를 잘못 보고 20파운드어치 동전으로 바꿔주자 들고 도망가려 했다. 내가 따졌더니 미안하다며 녀석은 순순히 동전을 내주었다. 나중에 세어보니 고작 9파운드뿐이었다. 열 살도 안 된 어느 꼬마 녀석은 5펜스짜리 동전을 주며 5파운드로 바꿔달라고 작은 손을 내밀었다. 분명히 10파운드짜리 지폐를 줬는데 눈앞에서 1파운드가 사라져 버린 마술 같은 일도 있었다. 일이 끝나기 전까지 나는 어떻게든 처음의 50파운드를 만들어놓아야 했다. 재수 없는 날은 키오스크kiosk 뒤의 쓰레기통에 손을 넣고 뒤적여야 했고, 동료한테 돈을 빌리기도 했다. 이런 일에 점차 익숙해지자 게임에 빠진 사람들이 모르고 놓고 간 동전과 청소기를 밀다가 기계 뒤에서 우연히 발견한 동전을 주워 모으는 식으로 사기당한 돈을 충당해 넣었다(내가 거리를 걸으며 동전이 없는지 두리번거리는 버릇은 그때부터 생긴 것이다). 한번은 치아가 하나도 없는 터키 출신 노인이 내가 기계에 떨어진 동전을 집는 것을 보았다. 그러자 노인은 "그거 내 거 아니요?" 하면서 내 동전을 가로채 갔다. 그러고는 "자넨 행복한 표정이 아니군. 이 일을 싫어하지?"라고 물었다. 그러더니 100년은 안 닦은 것 같은 이를 드러내며 내 볼에 뽀뽀를 하는 게 아닌가. 볼이 썩는 것 같았다.

오락실 일에 적응이 되자, 수요일에서 금요일, 오전 7시부터 오후 3시까지 스낵바에서 접시를 닦는 아르바이트를 하나 더 했다. '피기Piggie'의 사장님은 마이클이란 이름의 신사였다. 그는 열여덟 살 때부터 35년간 요리사로 일했다. 내가 요리가 그렇게 좋으냐고 물어보니까 그는 "지겨워Sick!"라고 말했다. 하지만 그는 언제나 좋아하는 롤링스톤스의 노래를 흥얼거리며 밝은 얼굴로 요리를 하고 접시를 닦았다. 내게 번들bundle이라는 별명을 붙여주기도 했다. 인형처럼 손에 잡힐 것 같은 작은 아이라는 뜻이랬다.

그 당시 나는 여러 명이 함께 사는 플랫아파트에 살고 있었다. 그곳의 주인은 성추행 습관이 있는 늙은 백인 남자였다. 다행히 그는 집에 일주일에 한 번밖에 오지 않고, 집이 쌌기 때문에 나는 그곳의 거실 소파에서 가끔 쥐가 튀어나오는 것도 참고 살고 있었다. 그 집에 사는 사람들은 8명 이상이었다(언제나 멤버가 바뀌었기 때문에 같은 집에 살면서 이름을 모르고 지나친 사람도 많았다). 모두가 다 여행자를 가장한 노동자들이었다.

스페인에서 온 브리시오는 몸에 100개나 되는 피어싱을 하고 있었다. 여자 친구인 바르바라는 브리시오의 젖꼭지에 버스 손잡이처럼 매달린 피어싱을 갖고 노는 것을 좋아했다. 두 사람은 밤마다 함께 목욕을 했다. 나는 소파에 앉아 소설이나 데일리 텔레그래프, 빌 브라이슨의 여행기를 읽다가 두 사람이 욕실에서 떠드는 소리가 날 때면 일어나 침대로 가서 야한 일기를 쓰곤 했다. 한방을 쓰는 칼리라는 이름의 빼빼 마른 미국 여자애는 오지랖이 넓었다. 내가 뭔가를 쓰고 있으면 언제나 뭘 쓰고 있는지 물었다. 내가 '이야기'라고 말하면 칼리는 "뭔데 뭔데? 픽션? 논픽션?" 하고 물었다. 내가 픽션이라고 대답하면, 칼리는 제멋대로 "아하, 이 플랫에 뉴질랜드, 호주, 캐나다인이 살고 있다고 쓰는구나, 호호호!"라고 말하며 핫 초콜릿을 마셔댔다(그녀는 핫 초콜릿광이었다). 얼마 후 그녀는 나더러 북한에서 왔느냐고 물었다. 한국에서 왔으며 우리가 50년 이상 휴전 상태라고 하자 그녀는 당당히도 "몰랐어!"라고 하며 핫 초콜릿을 들이켰다. 그녀는 늘 소파에 앉아 호주에서 온 로비나와 함께 〈심슨〉과 〈사우스 파크〉와 〈섹스 앤 더 시티〉가 나올 때까지 채널을 돌리곤 했다. 하지만 원하는 프로그램은 나오지 않고 여왕이 무릎 수술을 받았다는 뉴스만 여섯 번째 나왔다. 심심해진 칼리는 내게 입을 가리고 재채기를 해라, 물컵을 닦을 때는 언제나 세제를 써라 등 끝없이 잔소리를 퍼붓고는 배가 고파지면 또 핫 초콜릿을 들이켰다.

칼리가 사라진 뒤 나는 TV에서 〈바스커빌가의 개〉를 보고 있었다. 칼리가 다시 거실로 나왔을 때 마침 TV에서는 사람이 개에게 물어뜯기는 장면이 나오고 있었다. 칼리는 할리우드 액션을 해가며 이런 저질 프로그램은 집어치우고 〈스핀 시티〉를 보자고 했다. 나는 잠자코 채널을 바꿔주었는데, 그 비非저질 프로그램에서는 비서가 마이클 J. 폭스의 심장을 꺼내들고 피를 뚝뚝 흘리면서 깩깩 웃어대는 장면이 나오고 있었다. 나는 칼리가 옷 가게에 아르바이트를 나가는 시간에만 집에 있었나.

칼리 말고는 다들 괜찮은 사람들이었다. 폴란드에서 온 도로시는 내가 속이 쓰려서 쓰러질 것 같았던 어느 날 아침, 날 위해 폴란드식 미트 소스와 치킨 수프를 만들어주었다. 나는 고마웠지만 한편으로는 좀 걱정도 되었다. 도로시는 언제나 담배를 입에 물고 요리를 하는 습관이 있었기 때문이다. 그녀는 한 번 이혼한 경험이 있는 마흔여덟의 여자였다. 폴란드에서는 보통 열여덟이면 결혼한다고 했다. 그녀는 원래 경제학을 전공했으나 직업 댄서로 일한다고 했다. 5년간 남편과 별거하다가 2년 전 이혼한 뒤 지금의 남자 친구 다렉을 만났다고 했다. 다렉은 카세트 4개와 CD 2장을 발표한 뮤지션인데, 피아노, 색소폰, 팬플루트 등 못 다루는 악기가 없었다. 그들 사이에는 여덟 살과 열여덟 살 난 남자애들이 있는데 평생 결혼하지 않고 동거 상태로 살 것이라고 했다. 그는 가난했다. 12년 전 공산주의 체제였을 때만 해도 다렉은 어느 술집에서나 연주를 하면서 먹고살 수 있었다. 기존 체제가 무너지면서 그는 한순간에 직장을 잃었다. 그는 경영학과를 졸업한 후 불안한 경제 사정을 이기지 못하고 헤매다 결국 이곳 에든버러까지 와서 주방 일을 하고 있었다. 하지만 스코틀랜드 억양에 적응하지 못해서 곧 캐나다로 갈 거라고 했다. 거기서 주 2일 근무에 5일 휴가를 얻을 수 있는 직장을 구할 거라고 했다.

프랑스에서 온 올리버는 집게로 남자 성기를 집은 사진과 남자가 코르셋을 입은 사진을 스팸 메일로 받고 좋아하는 녀석이었다. 스테판과 나는 언제나 오후 8시 무렵 근처 세인스베리Sainsbury 매장에서 마주쳤다. 그때쯤이면 맛있는 레토르트식품을 반값에 살 수 있었기 때문이다. 내가 좋아했던 룸메이트는 호주에서 온 니콜과 엠마였다. 엠마는 어느 새벽, 뜻하지 않게 생리가 터지는 바람에 당황하던 내게 탐폰을 빌려준 고마운 친구이기도 하다. 그녀는 원래 웹디자이너인데, 직장을 그만두고 일주일 여행을 떠나왔다. 하지만 일주일은 어느덧 3개월이 되었고, 그녀는 버거킹에서 해고된 뒤 또 다른 술집에서 종업원으로 일하는 중이었다. 그녀는 에든버러는 미치기 쉬운 곳이니 조심하라고 했다.

엠마의 말은 사실이었다. 나는 로열 카페 카지노에서 늘 미칠 것만 같았다. 하룻저녁 만에 월급을 다 날려버리는 바보들에게 차와 커피를 타주는 일은 지겹기만 했다. 게다가 들어온 지 갓 일주일 된 캐나다인 동료한테 재떨이를 비우지 않아서 휴지에 불이 붙을 뻔했다는 잔소리를 듣자 자존심이 확 상하고 말았다. 피 묻은 휴지가 떨어진 바닥을 쓸면서는 급기야 다 때려치우고 싶다는 생각이 들었다. 하지만 그만둬야지, 할 때마다 주급일이 돌아왔다. 나는 이 여행을 계속 이어나가고 싶었다. 일을 그만두는 대신, 집으로 돌아오는 길에 늘 마주치던 스코틀랜드의 국민 시인 로버트 번스의 동상을 발로 찼다.

어느 날 나는 점심도 굶은 채 카페에 들어가 비싼 커피를 마셨다. 허영으로 배를 채우는 일은 근사했다. 그럴싸한 카페는 주로 큰 대로나 사거리의 모퉁이에 있었다. 카페 안은 내일이 마치 크리스마스이브라도 되는 양 화려하고 아기자기하게 장식이 되어 있어야 했다. 나는 그것들을 지켜보면서 희한한 갈망을 푸는 습성이 있었다. 그러면 어쩐지 내가 불법 노동자가 아닌 여행자로 되돌아온 기분이 들었다. 자주 가던 카페는 터키인이 운영하는 '클레오파트라'라는 이름의 인터넷 카페였다. 나는 이틀에 한 번 구직 메일을 보냈다. 답장은 거의 오지 않았다. 나는 독사를 베어 물고 죽고 싶었다. 당장 한국에 돌아가 취직하고 싶은 건 아니었지만, 어쩐지 또 거절당했다는 사실이 날 슬프게 했다. 나는 인터넷 사용 제한 시간을 채우기 위해 타임스 온라인에서 '인터넷에 떠도는 이상하고 말도 안 되는 여행객의 질문'이라는 시시껄렁한 이야기를 무표정한 얼굴로 읽었다. 집에 오는 길에는 늘 어떻게 살 것인가 하는 답 없는 고민을 하곤 했다. 생산적인 일이라고 해봤자 그간 사 모아둔 책들을 집으로 부치거나, 근처 공원에서 줄넘기 2천 회와 국민체조, 뜀뛰기, 몇 가지 태권도 동작들을 하며 그간 몸 여기저기에 쌓인 지방질을 분해하는 활동이 전부였다. 샤워를 한 뒤 멜 브룩스의 영화 〈영 프랑켄슈타인〉을 보며 하루를 마감하면 또 그다음 날이 무표정한 얼굴로 찾아왔다.

나는 평소 문구점을 돌아다니며 성경보다 두꺼운 퀴즈 책을 사 모으는 취미가 있었다. 어느 바를 우연히 지나다가 '8:30PM 퀴즈 대회'라는 광고를 보았다. 그곳은 퀴즈 바였다. 일본과 마찬가지로 영국인들도 퀴즈를 무척 좋아한다. 에든버러에는 축구 경기를 볼 수 있는 일반적인 바 외에도 여럿이 모여 퀴즈를 푸는 퀴즈 바가 많았다. 그날 나는 크리스틴이라는 여자의 팀에 합류했다. 퀴즈 대회는 4라운드까지 있었다. 비교적 쉬운 문제에서 시작된 1라운드가 끝나고 조금 더 어려운 문제가 나오는 2라운드, 음악 퀴즈인 3라운드를 거쳐 중간 집계를 냈는데, 우리 팀이 꼴찌였다. 크리스틴은 '노 만, 곳 담 잇No man, God damn it!'을 외치곤 했다. 그녀는 스코틀랜드 억양이 굉장했는데, 무슨 까닭인지 냉동실에 있는 아이스크림을 핥다가 붙어버린 것처럼 혀를 벌벌 떨며 말했다. 우리는 꼴찌를 면하려고 팀명을 '미스터 사각형'에서 '미스터 해피'로, 다시 '운명적인Fatelistics'으로 바꿨으나 기적은 일어나지 않았다. 그날은 '마이클 잭슨의 유모'라는 괴상한 이름의 팀이 우승했다. 우리는 팀 이름을 '마돈나의 집 나간 고양이'나 '조지 클루니의 충치'라고 짓지 않은 것을 후회했다.

어느 금요일 밤, 어김없이 '차 한 잔, 설탕 하나, 밀크 하나' 씨가 600파운드를 30분 만에 날렸다. 그날 밤 동료들과 함께 셔터를 내리고 나서 '파이어 스테이션소방서'이란 술집에 갔다. 맥주를 마시며 우리는 그날 잃어버린 돈이 얼마나 되는지 서로에게 털어놓았다. "오늘도 10파운드 잃어버렸어.", "괜찮아, 나도 8파운드 사기당했어."

프랑스인 친구 코린과 요한은 낙천적이었다. 스무 살의 코린은 언제나 입꼬리를 올리며 웃었다. 오물 범벅이 된 남자 변기를 닦으면서도 그런 표정을 지을 것이 분명했다. 새벽 1시에 소방서가 문을 닫으면 우린 다른 술집으로 가서 탁구를 쳤다. 더 흥이 나면 택시를 타고 시내의 작은 클럽에 춤을 추러 갔다. 나를 놀라게 한 사람은 평소 안경 뒤에 부뚝뚝한 얼굴을 감추고 있는 긴 머리 청년 대럴이었다. 그는 내가 쉬는 시간을 지키지 않고 스낵바에 축 늘어져 있으면 왜 20분이나 쉬느냐고 무미건조한 표정으로 따지던 남자였다. 밤이 되면 대럴은 무뚝뚝한 상사의 표정을 집어던지고, 경주마처럼 파티장을 뛰어다녔다. 4년간 길러 허리까지 내려오는 긴 머리칼을 두 손으로 묶을 때는 섹시하게 보이기까지 했다. 우린 평소에 거의 대화를 한 적이 없었다. 하지만 그날따라 대럴은 면도를 한 데다가 그날 내가 잃어버린 2파운드를 기계 바닥에서 찾아줘 각별하게 여기던 중이었다. 우리는 푹신한 소파에 앉아 라임 맛 브리저Breezer와 라거Lager를 연거푸 마시며 이야기를 나누었다. 경계심은 금방 풀렸다. 그는 나처럼 스물셋이었고 대학에서 사회학과 심리학을 공부했다. 나는 왜 그가 기계를 부숴먹는 말썽쟁이를 경찰에 넘기거나 방금 기계가 꿀꺽 삼킨 동전을 꺼내달라고 조르는 코흘리개 꼬맹이들과 실랑이를 벌여야 하는 이 일을 계속하는지 알 수 없었다. 의외로 대럴은 이 일을 좋아한다고 했다. 사실 그는 조지 오웰이나 올더스 헉슬리 같은 작가가 되는 것이 꿈이었다. 이미 여러 잡지에 글을 발표하기도 했다. 오락실 일이 끝나고 나면 집에 가서 작업을 한다고 했다. 그는 열한 살 때부터 담배를 피웠다. 작가가 되기로 결심한 것도 그 무렵이었다. 손톱 밑에 때가 낀 손으로 집에서 자판을 두들기는 그의 모습을 상상해보며 나를 떠올렸다. 그 당시 나에게도 수십 개의 줄이 쳐진 얇고 더러운 노트들이 무척 많았다. 그래선지 그의 입을 통해 작가가 되고 싶다는 이야기를 들었을 때, 어쩐지 그가 부쩍 좋아졌다. 오락실에서와 달리 우리는 죽이 잘 맞았다. 당시 유럽 여자아이들 사이에는 엉덩이 골 위에 문신을 새기는 것이 유행이었는데, 우리는 밤새 엉덩이 골마다 새겨진 일본어 가타카나 이름을 부르는 장난을 쳤다.

에든버러에서 가장 즐거웠던 기억은 섣달그믐 축제였다. 그것은 호그마니Hogmanay라고 불리는데, 12월 31일 한 해를 마감하는 기념으로 다양한 행사가 열렸다. 그날 프린스가는 사람들로 가득 찼다. 모두들 거리로 뛰쳐나와 꼬리잡기 놀이를 하거나 낯선 사람과 뺨을 대고 키스를 나누었다. 나는 3.9파운드짜리 싸구려 피자를 먹으며 키스하는 커플들 사이를 걸어 다녔다. 정확히 12시가 되자 사방에서 폭죽이 터지고 사람들은 쓰고 있던 그 나라 모자를 벗어 하늘에 던졌다. 사람들이 나에게 득달같이 달려들더니, "곤니치와."라고 인사한 후 마구 키스를 퍼부었다. 나는 밀러와 브리저를 4병 이상 마시고 완전히 취해서 노상에 앉아 있었다. 태어나서 그렇게 많은 화장실과 쓰레기는 처음 보았다. 어디서 튀어나왔는지 수백 개의 간이 화장실이 갓길에 설치되어 있었건만, 남자들은 화장실 벽에 소변을 갈겨댔다. 그날, 모두들 미쳐 있던 그날처럼, 평생 축제 같은 마음으로만 살 수 있다면!

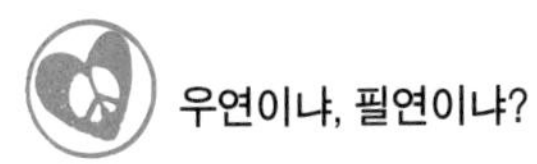

우연이냐, 필연이냐?

에든버러에서의 마지막 토요일 밤. 나는 그 단 하룻밤에 나의 60일을 송두리째 잃어버렸다. 나의 송별 파티가 있던 날, 다들 잔뜩 차려입고 코린의 아파트로 갔다. 스카치위스키 두 잔에 완전히 딴 세상으로 간 사람들은 원래의 가면을 버리고 춤에 흠뻑 취했다. 나이 지긋한 여자들이 가슴이 파인 옷을 입고 흐느적거렸고 한쪽 구석에선 팔에 '愛' 자 문신을 새기는 남자도 있었다. 평소 얌전하게만 보였던 코린은 섹시한 드레스를 입은 채 요한과 함께 민속무용에 가까운 흥겨운 춤을 추었다. 호주에서 온 스튜어트의 춤은 과장되어 있었고 백발에 가죽 바지를 입은 어느 할머니와 할아버지의 왈츠는 그때까지 본 적 없는 충격으로 다가왔다. 우리는 새벽 4시 50분까지 스페인에서 온 친구들과 춤을 추며 마지막 밤을 보냈다. 파티를 끝내고 집으로 돌아왔는데, 뭔가 말할 수 없이 외로운 기분에 빠져들었다. '왜 살까?', '내가 이 세상에 반드시 존재해야 하는 이유가 뭘까?' 내가 없어도 세상은 여전히 잘 굴러갈 것이란 생각이 들었다.

짐을 챙기려고 여행 가방을 꺼냈을 때, 나는 지퍼가 열려 있는 것을 보았다. 내가 두 달간 모은 전 재산을 잃어버릴지도 모른다는 불안이 현실화되었다. 외국인이 계좌를 열려면 몇 달을 기다려야 한다고 해서 독에 묻듯 차곡차곡 가방 속에 묻어둔 돈이었다. 동전이 나오는 구멍이나 기계 바닥에 숨어 있는 1파운드 동전을 빼내려고 가제트 형사처럼 팔을 뻗던 나의 구차스러움이 녹아 있는 돈이었다. 나의 허술한 생활만큼이나 침대 밑의 내 가방은 무방비하게 열려 있었다. 내 방을 함께 쓰던 로비나, 호주에서 갑자기 찾아온 그녀의 남동생 나이젤, 간밤에 내가 코를 골았다고 짜증을 내던 칼리, 우리 집에 자주 들르던 칼리의 쌍둥이 여동생 켈리, 언제나 돈에 목말라하던 도로시와 다렉 커플, 매일 밤 욕실에서 이상한 소리를 내던 브리시오와 바르바라 커플, 의기소침해 보이던 스튜어트 등 모든 룸메이트들이 용의 선상에 올랐다. 하지만 추리소설에서와는 달리, 현실의 범인은 쉽게 잡히지 않았다. 경찰에 연락할 수도 없었다. 나는 그간 게임장을 수시로 들락거리는 경찰이 노동 허가증을 내밀어보라는 말을 할까 봐 그들이 출몰할 때마다 화장실에 숨곤 했으니까. 범인은 끝내 나타나지 않았다.

나는 에든버러를 뜰 수 없었다. 그날 이후 살이 찌기 시작했다. 매일 스쿠비scooby's라는 싸구려 스낵스snax, 영국식 스낵바에 가서 콩과 까만 푸딩, 토스트로만 된 싸구려 아침 식사를 한 것이 억울했다. 나는 핫도그 2개, 팝콘 치킨 2개, 구운 감자 3개, 세븐업 1컵, 버터 바른 식빵 4개, 포테이토칩 2개, 우유에 탄 콘푸로스트 1그릇, 인도식 냉동 요리, 사과, 귤, 요구르트 등을 매일같이 먹어치웠다. 나는 먼지와 진드기를 몽땅 빨아들이는 살찐 진공청소기처럼 보였다.

매일 저녁, 구르는 돌처럼 집 주변을 걸었다. 초겨울의 바람이 쌀쌀했다. 달리가에서 웨스트 메이트랜드가, 모리슨가, 브레드가, 웨스트

포트가, 킹스 스테이블가, 프린스가, 노스 브리지와 사우스 브리지 니콜슨가, 클럭가를 거쳐 널찍하고 쓸쓸한 공원과 산책길이 나 있는 멜빌 드라이브가, 브로엄가, 얼 그레이가, 로디언가, 모리슨가를 걸어 마침내 이끌리듯 도착한 곳은 스코틀랜드 은행 앞이었다. 하릴없이 그 앞을 서성이면서 '홈리스지만, 희망이 없는 것은 아닙니다Homeless Not Hopeless'라는 간판을 들고 다니는 노숙자를 부러운 듯 구경했다. 게임장의 사장님은 내가 돈을 잃어버린 것을 자기 일처럼 안타까워했다. 나는 그에게 편지 하나를 내밀었다. 거기엔 '나는 이곳을 영원히 못 잊는다.'라고 쓰여 있었다. 그는 '나쁘지 않은걸?' 하면서 가슴에 손을 댔다.

얼마 후 나는 오크니 제도Orkney Islands로 가려던 계획을 취소하고 쫓겨나듯 런던으로 떠났다. 에든버러에서의 기억을 지우기 위해 나는 런던에서 일주일간 휴가를 보내기로 했다. 레스터Leicester 광장에서 〈이모와 나〉라는 시시껄렁한 연극 하나를 보고 극장에서 〈어바웃 슈미트〉를 보았다. 나도 모르게 눈물이 펑펑 쏟아졌다. 그즈음 나는 한창 연극에 빠져 있었다. 채링 크로스가의 포일스Foyles라는 서점의 희곡 코너 앞에서 서성이다가 조안 워커라는 이름의 중년 배우를 만난 적도 있었다. 그녀는 내가 들고 있던 잡지 타임아웃Timeout을 한참이나 뒤적이더니 괜찮은 공연 5개를 추천해주었다. 그중 몇 개를 보았는데 거의 다 쓰레기였다. 우디 앨런 특별전을 보러 가지 않은 것이 후회스러웠다.

그날 밤 나는 호스텔에서 만난 친구 토니, 에리카, 크리스, 대옹, 안냐, 키런 등과 함께 어느 파티에 갔다. 그날의 주인공은 어떤 복장 도착자 흑인이었다. 그는 가슴에는 탑, 밑에는 반짝이가 빛나는 분홍빛 실크 치마를 입고 있었는데 들리는 말로는 왕족 출신이라고 했다. 그는 한참 동안 친구들과 희한한 춤을 추더니 소파에 널브러져 마리화나를 피워댔다. 내가 다가가자 그는 새끼손톱만 한 마리화나 덩어리를 담배 싸는 종이에 붙여주더니 피워보라고 권유했다. 평소 담배꽁초도 입에 대지 않던 나는 그것을 한 모금 빤 뒤 완전히 뒤로 자빠졌다. 마치 소파 속으로 파묻히는 기분이었다. 〈트레인스포팅〉에서 마약에 찌든 친구가 침대에 누워 있을 때 갓난아기 하나가 천장을 기는 환영을 보던 장면이 생각났다. 옆에서는 안냐와 키런이 소리만 들어도 끈적끈적한 키스를 하면서 "오늘 치즈 버거 먹었어?"라며 쩝쩝대는 소리가 들려왔다. 아마도 내가 담배를 피우지 않게 된 것은 그때 그 맛을 잊지 못하기 때문일 것이다. 어떤 담배를 피워도 마약에 근접하는 맛은 없으니까.

나는 그 인간들과 한데 섞여 있는 것이 싫었다. 같이 있으면 무슨 이야길 해야 할지 몰랐다. 내가 그들을 기쁘게 해줘야 하는지, 아니면 외롭지 않게끔 해줘야 하는지 몰랐다. 뭘 어떻게 해야 할지 모르는 이 어정쩡한 상태를 견디지 못할 것만 같았다. 특히나 정말 옷깃도 스치고 싶지 않은 부류의 사람이 있다. 제발 날 건드리지 말았으면, 침도 튀기지 말았으면, 물병을 엎질러서 내 옷에 물을 발사한다든가, 웃기지도 않는 농담을 할 거면 차라리 입을 닫고 있었으면 하는 사람들이 있다. 그들은 대체로 한량에 가까운 부류들이었다. 내가 그들을 싫어하는 이유는 그들이 나의 약점을 거울처럼 비추고 있기 때문이었다. "날 쳐다보지 마! 말도 걸지 말고 제 갈 길 가란 말이야!" 나는 한갓진 도로의 히치하이커처럼 남의 삶에 무턱대고 끼어드는 사람들을 저주했다. 그들과 함께 말을 섞고 있으면 듣고 싶지도 않은 이야기를 떠벌이는 수다스러운 택시 운전사의 택시에 올라탄 기분이 들었다.

나는 삶의 불완전성과 우연성을 되풀이했다. 거의 매일 밤 춤을 췄고 길거리에서 쇼핑을 했다. 갈림길 앞에 서 있을 때는 마치 눈앞에 주사위가 있는 것처럼 무작위로 선택했다. 커피를 마실 때는 대럴을 생각하며 『멋진 신세계』를 읽었고 중국 요리를 점심으로 먹었다. 그러던 어느 날 우디 앨런 특별전을 보고 나오는데, 불량하게 생긴 백인 남자가 말을 걸었다. 그는 "Oui."를 [와이]로 발음하는 스물두 살의 프랑스인이었다. 우리는 함께 연극 〈1984〉를 보러 가기로 했는데, 그는 돈도 내지 않고 요령껏 극장 안으로 들어갔다. 그는 2시간 넘게 집중을 못하더니, 연극이 끝나자마자 "끝났다!" 하고 만세를 부르며 제일 크게 소리를 질렀다. 빵집에 가서는 마치 살 것처럼 빵을 손으로 주물럭대는 이상한 남자였다. 저녁때 우리는 당구장에 가서 스누커Snooker와 풋볼 게임을 하고 헤어졌다.

다음 날 나는 혼자 타워힐을 구경하고 베이커가를 걸어 다녔다. 테이트 갤러리에서 안토니 곰리Antony Gormley와의 대화가 있었다. 나는 당장 티켓 창구로 달려갔으나 표는 매진이 된 상태였다. 너무 실망스러웠다. 근데 웃기는 건 나는 그가 누군지도 모른다는 것이었다. 다 먹지도 않을 돈가스를 원 플러스 원에 판매하는 이벤트가 방금 끝나 발을 동동 구르는 채식주의자나 돼야 나의 심정을 이해할 것이다. 총체적 권태와 방향 상실.

그러자 **우연처럼** 그 젊은 프랑스인이 생각나는 것이었다.
(우연처럼이라니! 다들 이것이 의도된 우연이라는 것을 알 것이다.)

발자크는 세계 최고의 소설가는 우연이라고 말했다. 이 말은 소설과 인생의 리얼리티는 다름을 상기시켜주는 것 같아 슬프게 들린다. 사실 인간은 생각보다 훨씬 더 허술하고 세상은 수많은 우연에 의해 지배당한다. 역사는 필연이라기보다는 우연에 가깝다. 많은 역사가 전쟁이나, 테러에 의해 창조된 것만 봐도 알 수 있다. 역사는 우연한 사건에 의해 새로운 국면으로 접어들곤 했다. 스티븐 제이 굴드의 표현을 빌자면, 단속평형의 역사라고 불러도 좋으리라. 필연이 인식, 사고, 이론의 객관적 관찰자라면, 우연은 자율성, 융통성, 직관, 가변성의 주체이다(다만 그 우연이 인정받지 못하는 분야가 딱 하나 있다. 바로 픽션이다. 픽션에 만약 우연이 등장한다면 100퍼센트 실패한 것이다. 소설의 리얼리티와 현실의 리얼리티는 다른 것이기 때문이다. 우리는 픽션에서 사건의 응축을 얻는 대신 우연을 기꺼이 헌납해야 한다).

현실 속에서의 나는 못 말리는 우연의 피지배자이다. 우연에 기댄다고 해서 운명론자라거나 하는 것은 아니다. 우연을 믿는다고 해서 주체성을 반납하겠다는 뜻은 아니니까. 다만 내가 생각한 일이 우연히 내 앞에 일어난다는 프로이트식 동시성의 원리를 마치 게임처럼 즐겨보고 싶은 것이다. 특히 키보드 앞에서 벌이는 우연 게임은 내게 로또나 토토보다 훨씬 재미있게 여겨진다. 어느 날부터인가 나는 더 이상 연필이나 펜으로 글을 쓰지 못하게 되었다. 키보드 글쓰기와 원고지 글쓰기는 너무나 다른 결과물을 만들어냈다. 키보드는 원고지로는 꿈도 못 꿀 우연의 창작물을 많이 만들어주었다. Ctrl+C, Ctrl+X, Ctrl+V의 작업을 통해 우연처럼 손끝에서 피어나는 다양한 착상은 접은 종이를 펼칠 때마다 전혀 다른 결과물을 보여주는 데칼코마니의 마술을 보는 듯하다.

빵 굽는 타자기와 글 쓰는 피아노를 포기하기 힘든 이유

워드프로세서가 생기기 훨씬 이전, 마크 트웨인은 '글 쓰는 피아노'로 재기 넘치는 글을 많이 썼다. 작가들은 타자기로 피아노도 치고 빵도 굽고 가끔 글도 쓴다. 타자기까지였더라면 좋았을 것이다. 그랬다면 해리포터를 두 번 썼다는 조앤 롤링처럼 대중들이 좋아할 만한 신화도 무수히 쏟아지고 작가들은 더욱더 신비로운 존재가 되었을 것이다. 하지만 피아노 꼭대기에 앉아 있던 작가들은 점점 현실 세계로 내려와 바닥에 엎드려야 했다. 커피가 엎질러지지 않을까 걱정하면서 노트북 앞에 북극곰처럼 엎드려 있는 배 나온 작가를 상상해보라.

문명의 진화 덕분에 작가들은 더 많은 것을 걱정하게 되었다. 테이블 위에 얹어둔 커피가 자판 위에 쏟아질지도 모르고, 허벅지에 올려놓은 노트북의 열 때문에 살을 델지도 모른다. 가장 큰 공포는 간밤에 쓴 글이 노트북 고장으로 깡그리 날아가 버릴지도 모른다는 불안감이다(혹시라도 그런 상황이 되면 '라스베이거스에서 밤새 딴 돈을 넣어 둔 가방을 잃어버렸을 때의 심정을 쓸 수도 있겠군.' 하면서 새로운 장면을 구상하는 게 소설가들일 테지만).

만일 이런 상황이 견딜 수 없다면, 혹여 A부터 Z가 순서대로 정리된, 법칙과 규율이 있는 글을 쓰고 싶다면 다시 10여 년 전으로 돌아가야 한다. 당신이 해야 할 일은 다음과 같다.

1. 당장 키보드를 버린다.

2. 문구점으로 가서 누렇게 빛바랜 원고지 뭉치를 사, 송곳으로 가장자리에 구멍을 뚫고 까만 노끈으로 묶는다.

3. 흑심이 충분히 남은 연필을 사서 한 자 한 자 정성껏 쓴다.

만일 그런 작업을 하고 싶은 게 아니라면 허벅지 살을 지질 만큼 뜨겁고, 순식간에 모든 것을 날려버릴 수 있는 파괴력을 지닌 노트북에 몸을 맡겨야 한다. 즉흥곡을 연주하는 재즈 피아니스트처럼 자유롭게.

영리한 독자라면 눈치챘을 것이다. 내가 키보드 글쓰기에 빗대 우연성의 놀라움을 강조한 이유를 말이다. 고백컨대 나는 그 젊은 프랑스인과의 우연을 가장한 만남에 대한 변명을 늘어놓고 있던 것이다.

그날 내가 빅토리아 앨버트 미술관의 디자인전을 구경하고 있을 때, **우연처럼** 그 젊은 프랑스인이 생각났다. 나는 흔한 삼류 소설의 주인공처럼 그의 집을 찾아갔다. 그는 현관에서 나를 보자마자 체포 영장을 들고 온 경찰이라도 발견한 것처럼 깜짝 놀란 표정을 지었다. 그는 내가 묵고 있던 호스텔에 여러 번 전화를 했다고 했다. 우리는 그렇게 다시 만났다. 그는 나를 위해 스파게티를 끓여줬고, 나를 그의 무릎 위에 앉히기도 했다. 사랑이란 남의 무릎 위에 앉는 것이다. 상상은 우리를 이미 파리의 어느 아파트 침대에 눕혀놓았다. 흡사 영화였다. 그러나 그때까지만 해도 이 영화가 코미디 장르가 될 줄은 몰랐다. 여행 중의 로맨스는 〈비포 선라이즈〉와 같을 것이라고 생각한 것이 착오였다. 일단 그 프랑스인부터가 에단 호크가 아니었다. 프랑스인이 모두 샹송을 부르며 샹젤리제 거리를 걸어 다니고 옆구리에 르몽드지紙를 끼고 다닐 거라 생각하면 오산이다. 이 남자는 파리의 뒷골목을 헤매고 다닐 남자였다. 불량기가 넘쳤고 매 문장이 거짓말이었다. 5분 전까지만 해도 위로 열 살 차이 나는 누나가 있었다가, 바로 다음 문장에선 외아들로 바뀌었다. 직업도, 나이도 불분명했다. 어느 순간 그가 싫어졌다. 웃긴 건 그 혐오감이 미래에 대한 상상에서 온 것이란 사실이었다. 나는 현재의 불투명한 상황이 버거웠다. 어떻게든 미래를 상상함으로써 우리가 안정된 삶을 살아가고 있는 상황을 떠올리려 애썼다. 상상 속에서 우리는 푸조를 타고 리옹이나 도빌을 여행했다. 점심땐 풀밭에 앉아 커피를 마시고 저녁이면 그가 나를 위한 스파게티를 삶아준다는 것이 나의 계획이었다. 하지만 이 남자는 오로지 나의 얼마 되지 않는 돈으로 오늘 저녁 식사를 해결하겠다는 생각뿐이었고 직업을 구한다는 개념은 그의 인생 계획에 포함되어 있지 않았다. 나는 마치 이 남자의 열 살 차이 나는 누나라도 된 것처럼 그의 미래를 걱정했다. 만난 지 불과 이틀 만에 말이다! 이것이 대부분의 여자들이 갖는 환상과 크게 다르지 않음을 깨닫고 나는 무서워졌다. 그가 에단 호크가 아니었듯이, 나도 줄리 델피가 아니었다. 나는 여행을 떠나온 것이지, 남편을 만나러 온 것이 아니다. 혹시 내 머리가 마비되었던 것일까?

여행이란 삶의 장기적인 계획에서 옆으로 빗겨 나온 일부이다. 다시 말해 여행은 계획되지 않은 삶이다. 그렇기 때문에 여행 중에 내가 무언가를 계획하기 시작했다면, 그 여행은 이미 여행이 아닌 삶의 영역 안으로 들어가 버린 것이다. 바로 그러한 점 때문에 나는 에든버러에서 내가 벌인 제로섬게임을 흔쾌히 날려 보낼 수 있었다. 연인도, 일상도 모두 내 것이 아니었다! 나는 다시 거리의 자식으로 돌아가야 한다!

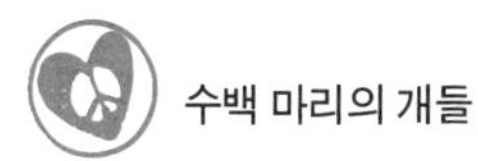

인간은 얼마나 쉽게 깨질 수 있는 존재인가. 모든 인간은 99가지 장점과 한 가지 단점을 갖고 있다. 그러나 바로 그 한 가지 단점 때문에 산산조각으로 깨질 수 있다.

유럽에서의 6개월을 돌이켜보건대, 나는 늘 엉뚱한 곳에서 잠을 잤다. 폭식을 했고 미친 지푸라기처럼 거리를 떠돌아다녔다(입술 피어싱을 하지 않은 것은 다행이었다. 키스할 때 거치적거린다는 것을 알았기 때문이다). 나의 역할 모델은 『파리, 런던 방랑기』의 조지 오웰이었지만, 결과적으로 나는 세상의 항문에서 쓰레기봉투처럼 살았다. 여행이 일상의 계단으로 내려오자 런던과 파리, 더블린은 더 이상 환상적이지도, 신비롭지도 않게 되었다. 부랑자와 찌그러진 콜라캔으로 지저분한 전형적인 코스모폴리스일 뿐이었다. 환상이 무너져 내리면서 내가 지나치게 유럽의 도시들을 편애해왔다는 반성을 하게 된다. 그리고 내가 오랫동안 자라온 도시에 대해 다시 생각해보게 된다. 어디에도 특별한 도시란 없다. 특별한 의미와 시선을 갖고 대하는 곳만이 특별한 도시가 된다. 나는 아이러니하게도 유럽의 한가운데에서 서울을 다시 떠올려본다. 그곳은 여전히 지저분하고 소음으로 가득 차 있고 빈부 격차는 심하고 욕설이 난무하면서 동시에 인정이 넘치고 화사하고 세련되고 좋은 사람들로 가득 찬 곳일 것이다. 그런 생각을 하니 늘 떠나고 싶기만 했던 도시가 긍정적으로 다가온다. 성숙이란 것이 환상 대신 현실을 더 많이 생각하게 되는 것이라면, 나는 성숙을 거부하고 싶다. 인생은 험난한 파도이고 가파른 해협이고 좁고 비탈진 도로이며 세상은 언제나 과도기이다. 그러니 영원한 성숙도 영원한 미성숙도 없는 것이다.

대체 그때는 어떤 인간을 꿈꾸고 있었는지 모르겠다. 나는 더러워지고 짓밟혀지고 가련해지고 싶었다. 그럼에도 놓칠 수 없는 한계선은 내가 광인은 아니라는 사실이었다. 적어도 미치진 않았다는 사실에 자부심을 느끼는 동시에, 모든 예술가는 광기에서 바로 한 발짝 떨어진 매우 아슬아슬한 인간에 불과하다는 것을 몸소 체험하고 있었다.

외로운 밤하늘의 별을 보거나 식어가는 찻잔을 느낄 때마다 나는 이해할 수 없는 슬픔을 느끼곤 했다. 왜 그렇게 갑작스러운 고독과 슬픔으로 내동댕이쳐지고 마는지 알 수 없었다. 그것은 어쩌면 부동浮動형 인간만이 누릴 수 있는 호사인지도 모른다. 고요히 강 위에 떠 있는 나뭇잎처럼 어디론가 갑작스레 사라지지 않기 위하여 부단히 물 위의 표면장력을 즐기고 있는 것이다. 하지만 인내심을 잃고 개천에 가라앉아 버린 소금쟁이처럼 완전한 우울에 빠질 때도 있다. 우울함은 예고도 없이 찾아오는 불청객이었다. 실은 지금도 3초에 한 번 죽음을 느낀다. 과연 나는 이 우울을 이길 수 있을까. 영원히 찾아오지 않을 것으로 만들어버릴 수 있을까.

나의 감정 관리자

내가 썼지만 실제로 출판하지는 않은 『나도 말도 안 되는 상상이란 걸 알아』라는 소책자를 보면 「인생의 매니저」라는 항목이 나온다. 인생의 매니저는 나의 모든 스케줄 관리를 맡는다. 내가 만일 아침 10시 18분까지 이불 속에서 뒤척인다면 당장 달려와 날키스로 깨워준다. 내가 만일 양치를 않고 자려고 한다면 내 입에 가글액을 부어준다. 그는 내 인생이 지금 제대로 가고 있는지 내비게이터처럼 정확하게 산술적으로 체크해준다. 내가 짝사랑하는 편의점의 그를 보기 위해 매일 음료수를 사러 가는 일이 과연 타당한지 수치화해주는 것이다. 음료수값 800원+차이지 않을까 하는 불안 1200원+음료수 맛을 걱정하는 등의 쓸데없는 불안 200원+기타 감정의 찌꺼기 30원=총 2230원. 그는 이처럼 내가 어디서 사소한 감정들을 낭비했는지 통계치를 내고 분석해준다. 그리하여 내 정신이 지금 너무 나태하지는 않은지, 너무 비관적으로 혹은 너무 낙천적으로 흐르는 것은 아닌지 체크해준다. 상태가 악화되어서 만일 내가 급격히 우울해지려고 한다면, 다시 즐거워질 수 있는 인체에 무해한 주사를 놔준다. 그는 엄마처럼, 아빠처럼, 혹은 자산 관리사나 카운슬러처럼 내가 나에 대해 궁금한 모든 것을 해결해준다. 그는 세상의 모든 분야에 관심이 있고, 박학다식하며, 무궁무진한 능력을 지녔다. 만일 이런 사람이 있다면 나는 당장 그를 고용할 것이다. 그는 흔히 '신'이라고 불리는데, 문제는 너무 바쁘다는 것이다. 그는 세상에 재앙도 내려야 하고, 복도 주어야 하고, 휴식도 취해야 한다. 단점은 임금이 너무 비싸다는 점이다. 게다가 타임 오프도 적용되지 않는다.

한때 나는 한동안 서울 사간동의 외국인 게스트하우스에서 지낸 적이 있었다. 나는 2층 침대가 4개 놓인 도미토리에 침대 하나를 잡았다. 다른 방에는 아일랜드에서 온 청년 하나가 있었다. 저녁이면 우리 둘과 주인집 아저씨는 김밥을 안주 삼아 맥주를 마시며 텔레비전을 보았다. 아일랜드 청년은 새를 좋아해서 커다란 망원경을 들고 쏘다니기 좋아했다. 집에 아무도 없으면 나는 혼자 소파에 앉아 책을 읽거나 그 청년을 생각하곤 했다. 생각해보면 이상한 일이었다. 나는 마치 외국인처럼 그곳에서 살았다. 대학을 졸업하고 어디에도 적이 없던 내게 외국인을 만나고 또 외국인처럼 행세하는 일은 내 자신에 대한 연민 행위였다. 직장도 다니고 아르바이트도 해봤지만, 나는 일에 잘 적응할 수 없었다. 한 달 후, 나는 거기 주인이 밤마다 너무 시끄럽게 텔레비전을 틀어놓는 바람에 그 집을 나와야 했다. 그리고 다시 먼 여행을 떠난 것이다. 나는 내 고향이 길 위에 있음을 알았다.

그사이 세월도 많은 일을 했다. 시간은 醜憶을 追憶으로 탈바꿈시키는 재주가 있었다. 사고 당시의 순간처럼 추억의 장소들이 의미심장하게 뇌리를 스쳐 가곤 했다. 나를 진저리 치게 외롭게 만들었던 스코틀랜드와 나른한 오후 2시에 양 떼 목장을 자전거로 달리던 아일랜드, 타인의 집을 전전하던 프랑스의 피갈 거리와 독일 쾰른 대성당, 일본인 여자 친구의 애인 집에서 빌붙어 살던 프랑스 파리에 다시 가보고 싶었다. 그곳은 과연 어떻게 변했을지. 마치 떼놓고 온 자식을 몰래 만나러 가는 친모처럼, 아무도 모르게 나는 렌튼이 무방비하게 젊음을 낭비하던 그 프린스가를 다시 밟아보고 싶었다. 이번에는 5년 전에 못다 이룬 계획을 드디어 실행에 옮기기로 했다. 내게는 아직 스물아홉 살이라는 보험이 있었다.

숙소를 예약하고, 환전을 하고, 장티푸스 약을 격일로 3알 먹고, 새로 개업하는 어머니 식당의 반찬으로 쓰일 마늘을 수십 개 깠다. 출발 전까지 내 머리를 떠나지 않는 고민은 여행 경비였다. 항공권을 구입하고 난 뒤 내 계좌에는 1년간 여행을 하기엔 턱없이 부족한 돈이 남아 있었다(정확히 말하면 나중에 환산해본 여행 경비의 4분의 1도 채

되지 않았다). 나는 이미 두 권의 책을 냈지만, 추가 인세를 받은 적도 없고 원고 청탁도 들어오지 않았다. 하지만 나는 원래 돈키호테 같은 기질이 있는 데다, 위기 상황에서 더욱 대담해지곤 한다. '어떻게든 되겠지' 하는 마음이 나를 런던행 JAL 비행기에 태웠다.

5년 만의 일이었다.

시간만큼 광적인 존재는 없다. 시간이 상대적이라는 사실을 알아내기 전부터 사람들은 조금은 눈치채고 있었다. 시간이 마법을 부린다는 사실을. 그것은 절대 공평하게 작동하지 않는다. 아기가 1년간 나고 기고 걷고 달리고 하는 동안 나는 폭발적 속도로 늙어가고 있다. 이것을 대체 어떻게 공평하다고 말할 수 있을까? 시간은 광포하다. 내가 시간을 필요로 할 때는 양이 급속도로 줄어들고, 필요 없을 때는 무한대로 늘어난다. 사람들은 기다림을 여유니 뭐니 하며 미화시키곤 하지만, 실은 기다림의 무한한 시간을 좋아할 사람은 아무도 없을 것이다.

그렇게 시간은

무한대로

· 팽창해버렸다.

펑!

2007년 8월 22일.

나는 좌석에 등을 기댄 채 카프카의 미로 같은 소설을 읽으며 런던에서의 첫날을 맞았다. 공항에서 내리자마자 나는 버스를 타고 곧장 에든버러로 갔다. 아직도 그곳엔 오밀조밀한 자갈길이 있으리라. 때마침 에든버러 축제 기간이었다. 광장에는 부스가 여럿 마련되어 있었고 티켓 박스마다 긴 줄이 늘어서 있었다. 나는 슬랩스틱이 강한 코미디 두 편을 보았다. 언어적 · 문화적 장벽을 넘어설 수는 없었지만, 나는 여행객이란 이름으로 관객석에 앉아 있다는 사실에 만족했다. 나는 흡사 밥 딜런 노래에 나오는 단순한 방랑자가 된 것 같았다. 달짝지근한 퍼지와 스카치 캔디를 처음 맛본 자갈 깔린 언덕길, 목이 부러질 듯 크고 비싼 비디오카메라를 매달고 다니는 중국인이 많은 공원을 걸어 다녔다. 어쩐지 이상했다. 이곳은 내가 추억하던 곳이 전혀 아니다! 내 발길은 여지없이 내가 일하던 오락실 앞으로 이어졌다. 주인이 5년 전보다 조금 더 늙어 있었다. 긴 머리를 휘날리며 말처럼 오락실을 뚜벅거리고 다니던 대럴도, 항상 예쁘게만 웃던 코린도, 종일 게임만 하던 부랑자 부녀도 보이지 않았다. 프린스가의 색깔과 푸른 공원과 분주한 막스 앤 스펜서의 샐러드들도 그대로인데, 사람들은 모두 달라져 있었다. 나는 프린스가에 있는 워터스톤 서점에 갔다. 대럴이 작가가 되었나 싶어 찾아보았지만 그의 이름으로 나온 책은 없었다. 대신 빌 브라이슨의 신간 에세이집이 베스트셀러에 올라 있는 책장만이 벽처럼 눈앞을 막고 있었다. 나는 책장 앞에서 반값에 팔리고 있는 펭귄 북스의 책들을 만지작거리다 밖으로 나왔다. 괜히 스산했다. 예전에 워터스톤 2층의 푹신한 의자에 앉아 『버자이너 모놀로그』를 읽던 생각이 났다. 그땐 성기에 모자를 씌운다는 작가의 발칙한 상상력에 서점 사람들이 놀라지 않을 만큼만 미친 듯이 웃어댔었다. 몇 년 뒤 강남에 동명의 번안극을 보러 갔을 때, 나는 또다시 이곳을 떠올렸다. 오랫동안 이곳에 내 마음의 적을 두고 있었다. 그런데 막상 와보니, 이곳은 체인을 여럿 둔 대형 서점에 지나지 않을 뿐이었다. 어디에도 내 마음의 고향은 없구나. 나는 슬퍼졌다. 이런 식이라면 내 발이 닿는 곳은 어디든 새로울 것이었다. 나는 집으로 돌아오는 길에 늘 마주치던 로버트 번스의 동상에 기댄 채 한참 동안 고뇌에 빠졌다.

그즈음 나는 루이제 린저의 『생의 한가운데』를 읽고 있었다. 니나 자매의 삶을 보면서 나는 여동생의 결혼식을 상상했다. 삶에 유난히 집착하는 니나. 전생全生에 걸쳐 니나를 사랑했던 슈타인. 그는 끝내 그녀의 사랑을 얻지 못했으면서도 그녀를 따라나선다. 나 역시 답을 알 수 없는 삶 한가운데로 뛰어들었다. 왜 나는 틈만 나면 모든 걸 내팽개치고 방랑하고 있는가. 사실 나는 누구에게도 여행을 허락받지 못했으나 본능적으로 신발 끈을 조이곤 했다. 지난 10년간 내가 반복했던 외유外遊는 대개 그런 식이었다. 대책이 없었던 것이다. 하지만 나는 내 나름대로 미쳐 있었다. 아니, 뭔가에 홀려 있었다는 표현이 맞으리라. 그렇지 않고서야 정신 나간 사람처럼 날 반겨줄 곳 없는 사막을 향해 말달릴 이유가 전혀 없지 않은가. 미쳐 있거나 허기를 채우려는 것이 아니라면. 한마디로 내 안에는 수백 마리의 미친개가 들어 있었다. 나는 개집의 빗장을 열어버렸다. 그러자 미친개들이 한번에 뛰쳐나와 컹컹 짖어댔다. 중요한 것은 자신을 잃지 않는 것. 그 무엇도 내 뿌리까지 흔들 순 없다고 다짐하는 것. 나의 개들은 그렇게 짖어댔다.

내게 언어는 세상의 반쪽이다. 나의 인식 과정이 성냥개비의 황이라면 언어는 인이다. 언어와 인식이 만나 세상을 이룬다. 그런 측면에서 나의 사고 체계는 소쉬르의 영향을 받았다고 할 만하다. 하지만 정작 '언어는 우연'이라는 사실을 처음 가르쳐준 사람은 프랑스의 구조학자가 아닌 일제 식민지 치하의 건축학자이다. 현대 일본의 소설가와 만화가—즉, 다카하시 겐이치로와 우스타 교스케—또한 내 실어증적 욕망에 불을 댕겼다. 정상적인 언어로 사물을 쓸수록 호흡곤란이 오는 것은 정상 언어의 지나친 정확성 때문이다. 산술적인 정확성을 가지고선 나를 증명해낼 수가 없다. 이는 역설만이 사회의 진실을 밝혀내곤 하는 원리와 동일하다. 범죄나 광인 들만이 현실의 문제점을 제대로 지적해낼 수 있다는 것이 대표적 역설의 예이다. 그러므로 실어증적 언어만이 이 혼란한 시대의 자신을 구원해낼 수 있는 것이다.

가령 당신은 이 말을 이해할 수 있는가?

'고집 센 상처의 맥심 2분의 1 커피라든가, 거울방의 앨리스와 40인의 알리바바, 나의 꿈은 돈키호테적 돈가스이다, 카레는 왜 우산의 염

기성을 노래하지 못하는가?'

좀 더 단계적으로 접근해보자.

1단계: 공원에서 조직 검사를 하다 보면 면역 체계가 붕괴되는 것을 느끼지 않아?

2단계: 내가 적도 주변에 산다면 우리의 민족주의는 햄버거의 상등식을 경험하게 될 것이다.

3단계: 고두심의 허리 통증은 왜 도플러 효과로 설명되지 않는 것이죠? 분명히 도플러도 삼시 세끼를 먹었을 텐데 말이죠.

이 언어들을 이해하는 방법은 아주 간단한 것이다. 언어의 문법구조(상황 혹은 맥락)를 탈출하면 된다. 언어의 자의성만 인정할 수 있다면 당신의 사고는 얼마든지 자유로운 날개를 펼칠 수 있다. 나는 아무렇게나 지껄일 수 있고 당신도 자연스럽게 받아들일 수 있다. 이러한 언어의 탈주는 반反이성이 아니라 반半이성의 상태에서만 가능하다. 언어의 탈주를 보고 있는 나와 언어의 탈주를 시도하는 나로 분리될 수 있으려면 '반쯤 정신 나간' 상태에서 말을 내뱉어야 하기 때문이다.

내가 외국을 돌아다니기 좋아하는 것은 이렇게 반쯤 나간 정신으로 말을 지껄이는 것이 외국에선 아무렇지도 않게 용납될 때가 많기 때문이다. 고귀한 한글조차 외국 사람의 귀에는 그저 개가 짖는 것처럼 들릴 수도 있다. 8·15 때 아우내 장터에 모였던 조선 사람들도 이만큼 해방감을 느꼈는지 모르겠다. 이 해방감이야말로 외국에서 이방인으로 행동하며 느끼는 가장 큰 행복이다.[5]

핀란드에서의 이방인 쇼 1탄

핀란드에서 처음 방문한 도시는 투르쿠Turku였다. 그곳은 가이드북에서도 언급하지 않을 정도로 특별히 관광할 것이 없었다. 배가 고파진 나는 투르쿠에서 가장 싸고 맛 좋은 터키 식당에 가서 엄청나게 큰 마르게리타 피자를 주문했다. 핀란드의 터키 식당에서 이탈리아 음식을 주문하는 일은 일본 정통 돈가스 정식집에서 새우 볶음밥을 주문하는 것만큼 용기를 요하는 일이었다. 얼마 후, 핀란드의 터키 식당의 이탈리아 전통 음식이 나왔다. '이게 뭘까? 설마 몸에 입는 건 아니겠지?' 그것은 실로 컸다. 몸 위에 덮고 자도 될 정도로 컸다. 베개를 갖다주기만 했어도 바로 그 피자를 덮고 잤을 것이다. 앳된 외모의 소년 웨이터는 칼도 주지 않고, 썰어주지도 않았다. "저기요, 좀 잘라주시겠어요?" 얼마 후, 소년은 기분 좋게 웃더니 피자를 반으로 쓱 잘라주었다. 나는 만족했다.

'이제 피자 한 조각이 상반신을 겨우 덮을 수 있을 정도로 작아졌으니까 식도는 넘길 수 있을 거야.'

핀란드에서의 이방인 쇼 2탄

기억에 남을 만한 투어를 고르던 나는 어느 호텔의 팸플릿에서 '허스키 독과 친구 되기Make Friends with Husky dogs'라는 광고를 발견했다. 핀란드와 북극에 대한 엄청난 오해 덕분에 나는 단번에 그것이 개 썰매를 타는 투어라고 생각해버렸다. 핀란드에서 허스

....

5_ 눈치가 더 빠른 사람은 내가 이 글 전체에서 의도적인 번역 투를 쓰고 있다는 사실도 이미 알고 있을 것 같다. 솔직히 말하면 나는 방금 막 공항을 나와 에어버스를 기다리는 사람의 심정으로 글을 쓰고 싶었다. 아직까지는 한국어에 적응이 덜된 것 같은 문장으로 말이다.

키가 끄는 썰매를 탈 수 있다니, 이건 놀이 공원 눈썰매와는 비교할 수도 없는 일이야. 혹시 얼음이 깨지거나 갈라지는 일은 없겠지? 개가 무는 일은 더더욱! 나는 그런 생각들을 하며 전날 산 냉동 감자와 소시지로 아침을 먹고 일찌감치 호텔을 나섰다.

나는 라플란드 투어라는 가게에서 두껍고 위아래가 하나로 연결된 누비옷과 양말, 긴 장화를 받았다. 그리고 허스키 독이라는 가게에서 멕시코 출신의 콧수염쟁이 둘, 흑인 여자 1명과 합류했다. 그곳에는 우리에 갇혀 울부짖는 수십 마리의 개들이 기다리고 있었다. 키가 크고 건장한 백인 남자가 아주 잠깐 동안 허스키 독 투어에 관한 설명을 해주었다.

"여기엔 수캐와 암캐가 150마리도 넘어요. 각각 다른 우리에 넣어두죠. 그러지 않으면 얼마 후엔 개가 800마리쯤 생길 테니까요."

그러더니 그는 개 우리의 빗장을 풀어버렸다. 수십 마리 개들이 미친 듯이 뛰쳐나와 내게 달라붙었다. 개들은 내 옷에 침을 잔뜩 발라놓거나 기둥에 오줌을 쌌다. 내가 예상한 크고 희고 털이 복슬복슬한 개가 아니라, 비쩍 마르고 식욕이 왕성한 개들뿐이었다. 알고 보니 그 투어는 개들과 함께 숲을 산책하며 친구(?)가 되는 것이었다. 친구가 되기엔 그 녀석들의 송곳니가 너무 길었다.

핀란드에서의 이방인 쇼 3탄

개 썰매 투어 도중 나는 홍콩 여자 둘을 만났다. 그때는 한창 홍콩에서 한류 열풍이 거세게 불 때였다. 그들은 유명 배우들의 이름을 대며 내게 친근감을 표시했다. 나는 한국어를 약간 중얼거린 뒤 그들에게 영어로 물었다.

"한국어는 어떻게 들리나요?"

"딱딱해요."

"어느 정도로요? 독일어 정도요?"

"그것만큼요, 아니 그것보다 더요."

그렇다. 나는 굉장히 딱딱한 언어를 쓰는 국가의 국민인 것이다. 내가 생각하는 가장 딱딱한 언어의 마지막 보루가 독일어였는데 그것보다 더 딱딱하게 들리면 말 다한 것이다. 내가 딱딱한 언어를 쓰는 국민이라는 사실은 기정사실이다. 한국어엔 'ㄴ, ㄹ, ㅁ, ㅇ'의 자음과 소프트아이스크림 같은 모음 말고도, 실은 'ㅊ, ㅋ, ㅌ'은 물론 임진왜란 이후 급증했다는 욕설과 'ㄲ, ㅆ' 같은 된소리가 있잖은가. 나는 그것들을 애써 외면해왔던 것이다. 한국어가 딱딱하지 않다고 우기는 건 실온에 둔 지 일주일 된 식빵이 말랑말랑하다고 말하는 것보다, 아니 후반전 추가 시간 3분을 남겨놓고 1대3의 열세를 뒤집을 수 있다고 말하는 것보다 더 기만적인 행위였다. 치즈 케이크처럼 달콤한 언어를 쓰는 소수민족이라고 자부하고 있던 나에게는 무척 실망스러운 일이 아닐 수 없었다. 나는 좀 더 부드러운 언어, 연인들의 언어, 나아가 어미마다 '앙, 엉, 잉잉'이 들어가는 사랑의 언어를 쓰고 싶었는데.

핀란드에서의 이방인 쇼 4탄

'산타마을' 로바니에미Rovaniemi에 갔을 때, 드디어 나는 세상에서 가장 이상적인 직업을 발견했다. 그것은 다름 아닌 '산타'였다. 산타는 롯데월드의 마스코트 로티, 로리와 비슷한 일을 하고 있었다. 잠실 로터리 근처의 행복 사진관 스튜디오에 놓인 3인용 소파처럼 생긴 의자에 앉아 전 세계 어린이들과 사진을 찍어주는 일이었다. 그날 당직을 선 핀란드 산타는 예상보다 젊고 예상보다 티 나는 가짜 수염을 달고 있었다. 게다가 태양인인지 땀을 밖으로 열심히 분출하고 있었다. 그는 노동자였다. 그를 동경하는 어린이들의 어깨에 팔을 올리고 활짝 웃어주는 것은 그에게 '노동'이자 '자선'으로 인정되었다. 겨드랑이 근처가 흠뻑 젖어버린 치명적인 매력의 산타라니, 상상이나 가는가? 나는 그제야 비로소 20년 전부터 우리 집에 들르지 않는 산타를 용서할 수 있었다. '이 정도로 바쁘다면야.'

발은 놀라울 정도로 흔적을 남기지 않았다. 흡사 랭보의 시에 나오는 바람구두와도 같았다. 아무리 뒤를 돌아보아도 내 발자국은 어디에도 남아 있지 않았다. 다시 방문한 유럽도 낯설기 짝이 없었다. 내가 나이 먹듯 유럽도 나이를 먹으며 변하리란 것을 나는 알지 못했다. 나는 미켈란젤로의 〈피에타〉에서 케테 콜비츠의 불쌍한 어머니를, 에곤 실레 안에서 장 주네의 악마적 아름다움을, 또 카프카의 미로와 훈데르트바서의 동심원 안에서 인생의 지긋지긋한 반복과 보르헤스적 영원성을 발견했다. 영감의 원형이 보존되어 있지 않으면 않을수록 나는 두 간극을 여행한 데 대한 무한한 기쁨을 느꼈다. 이탈리아의 골목골목마다 깃발처럼 나부끼는 빨래와 그리스를 여행하는 고양이들, 핀란드의 자작나무들, 네덜란드의 운하들……. 이제 그런 것들에 대해 묘사하는 것은 사치다.

나는 책임질 수 없는 자식을 뿌리는 수컷처럼 수많은 사진을 찍어댔다. 이럴 땐 불룩한 카메라 렌즈가 남자의 발기된 성기 같다. 사실 남성성을 지닌 물건들은 무수히 많다. 가까운 예를 보고 싶다면 주유소에 가보자. 주유총을 주입구에 넣은 채 서 있는 운전자의 모습은 쿠엔틴 타란티노의 영화에서 자주 본 듯하다. 이런 식으로 확장시키면 끝도 없다. 귀를 후빌 때 쓰는 면봉이라든가, 변기 속을 닦는 솔, 아기들이 쓰는 좌약, USB 메모리……. 삽입형 사물들은 모조리 남성성을 띤다. 하지만 이것들이 카메라와 다른 점은 폭력적이지 않다는 것이다.

때로 사진 촬영은 무례함의 상징이 되어버린다. 특히 관광 사진을 찍을 때는 더욱 그렇다. 예전에 태국에 갔을 때 섬에 다녀온 우리 관광객들이 배에서 내리자마자 누군가 카메라플래시를 팡팡 터뜨린 적이 있었다. 플래시가 터져 놀란 건 둘째 치고, 즉석 인화된 사진을 접시처럼 생긴 조악한 액자에 끼워 파는 장삿속에 혀를 내둘렀다. 내 얼굴이 태국 어딘가에 버려지는 것이 아쉬워서 접시가 닳도록 만지작대다 결국 땅콩 담을 가치도 없는 접시 액자를 5천 원 주고 사 왔다. 머리에 뿔 달린 물고기라도 보고 온 듯 멍청한 표정이 일품인 사진이다. 이사를 간다면 아마 가장 먼저 그 접시를 버릴 것이 틀림없다. 그럼에도 불구하고 그 사진을 놓칠 수 없었던 것은 상업적 목적에 눈이 멀어 타인의 영역을 공공연히 침범하는 사람들에 대한 불쾌함 때문이었다.

"앗, 죄송해요. 제 개가 당신 치마를 물었네요."

하듯이,

"앗, 제 카메라가 당신이 치마 올리는 것을 찍었네요."

하고 방긋 웃어버리는 호모 오브스쿠라Obscura들.

우리는 처음 만난 사람과 대화할 때와 마찬가지로 사진을 찍을 때도 거리를 둬야 한다는 것을 종종 잊는다. 말할 때 상대방에게 침이 튈까 입을 가리는 사람은 있지만, 사진을 찍을 때 낯선 타인의 코끝에 빛이 닿을 것을 염려해 손으로 플래시를 가리는 사람은 없다. 체류한 지 일주일은 되어 보이는 형상을 하고 손에 너덜너덜해진 지도를 든 낯선 이가 다가가기만 해도 현지인들은 움찔하며 뒷걸음질을 친다. 하지만 관광객이 터뜨린 카메라 셔터 소리에 놀라 들고 있던 빵을 수프 접시에 떨어뜨리는 이는 단 한 사람도 없다. 카메라의 폭력에 이의 제기를 하는 사람이 아무도 없게 된 것이다. 조금만 생각해보면 무척 무서운 일이다. 20세기에만 해도 24시간 돌아가는 CCTV나 몰래카메라가 일상화되어버린 현대판 빅브러더의 폭력성 앞에 치를 떨던 사람들이 있었다. 그 사람들은 지금 무덤에 갇혀버렸다. 21세기 사람들은 대형 카메라가 나타나도 자기 무릎 밑에서 뼈다귀를 뜯고 있는 애완견만큼이나 신경 쓰지 않는다. 사람들이 사진 앞에서 관대해졌기 때문에 우리가 카메라를 어깨에 멘 순간 이상할 정도로 자신감을 가질 수 있게 된 것이다. 우리는 사격 대회에 출전한 사람처럼 장전된 총을 한 손에 가볍게 들고 쏜다. 실제로 로마의 바티칸에 갔을 때 가이드는 그림 설명을 마칠 때마다 말했다. “자, 이제 마음껏 쏘세요!” 나는 폭력이 허용된 사각 링에 올라간 복싱 선수들처럼 벽을 향해 새도 플래시 펀치를 날렸다.

우리 불순한 관광객들은 소유욕에 불타는 자본주의의 전사들 같다. 찍고 또 찍는다. 가로로 찍고 세로로 찍고 파노라마로 찍고 16분할로 찍고 혼자서 찍고 둘이서 찍고 찍어준 사람과 기념으로 찍고 즉석 사진을 선물하기 위해 한 번 더 찍고 기이하게 생긴 나무라서 필름 카메라로 찍고 처음 보는 베니스의 일몰이라서 로모로 찍고 스위스에서 처음으로 본 집이라서 휴대전화 카메라로 찍고 또 찍는다. 이렇게 무차별적으로 찍는 동안 사진이 기억을 대신한다. 뇌는 기능을 멈추고 오로지 장전된 총만 바쁘게 돌아간다. 왜 우린 찍는가? 왜 찍지 않으면 죄의식이 드는가? '기억하지 못할까 봐'라는 말에는 너무나 많은 핑계가 숨어 있지 않은가? 우리는 사실 충분히 기억할 수 있음에도 불구하고 기억하기를 회피해버린다. 기억의 단초를 만들기 위해 사진으로 남겨둔다지만, 몇몇을 제외하면 대개는 기억을 위한 기억이 되어버린다. 우리는 습관적으로 찍는다. 내재된 폭력성과 소유욕이 빚어낸 불안한 습관.

내 방에는 꽤 오랫동안 앨프리드 스티글리츠Alfred Stieglitz의 사진이 걸려 있었다. 〈5번가의 겨울〉(1893)이란 작품을 찍기 위해 그는 눈보라 속에 3시간이나 서 있었다고 한다. 아마 스티글리츠도 그럴 생각은 없었을 것이다. 30분이면 끝나리라 생각했는데, 하다 보니 앵글이 안 맞고 빛도 마음에 안 들고 역시나 집착이 생기고 여기까지 마차를 타고 왔으니 마부한테 줄 팁은 벌어야겠다는 생각을 했을 것이다.

그는 피사체를 100퍼센트 자기 것으로 만들고 싶었을 것이다. 피사체를 소유의 대상으로 만들어버리고 말겠다는 생각 안에 폭력성이 있다. 그 마음의 근원을 따라가면 갖지 못한 것을 갖고 싶어하는 욕망이 숨어 있다. 쉽게 말해 사랑이다.

예컨대 사진을 찍는 사람의 모습을 보면 그 사람의 연애 스타일을 알 수 있다. 시도 때도 없이 사진을 찍어대는 사람은 욕구불만형이라 상대에게 집착할 가능성이 많다. 애써 찍은 사진들을 쉽게 지워버리는 사람은 원하는 이상형을 찾아 여러 사람을 찾으러 돌아다닌다. 끝끝내 자기에게 가장 맞는 사람을 찾아내려 돌아다니는 사냥꾼처럼 말이다. 또 사진 찍히는 것을 유난히 싫어하는 것은 외모에 대한 자신감이 없어서가 아니라 오히려 자부심이 너무도 강하기 때문이다. 이런 사람들은 타인에게 대시를 받아도 잘 넘어가지 않고 자기 마음에 드는 사람만을 평생 사랑하려는 기질이 있다.

나는 사진을 시도 때도 없이 찍고, 애써 찍은 사진을 쉽게 버리곤 한다. 한번은 이런 실험을 한 적이 있다. 이 도시에서는 절대 사진을 찍지 말자, 손가락과 눈과 마음에 자유를 줘보자, 이렇게 결심하고 역을 나섰다. 그런데 역을 나서자마자 내 결심은 와르르 무너졌다. 하필이면 그곳이 이탈리아 카프리 섬이었던 것이다. 해안에 부서지는 파도의 포말과 딱정벌레 같은 하얀 집들, 파란 계단, 주황색 버스, 명물 1인용 케이블카, 앞발을 모으고 웅크린 채 꾸벅꾸벅 졸고 있는 페르시아고양이를 도저히 그냥 지나칠 수가 없는 것이었다. 나는 카메라를 절대 건드리지 않았다. 신기하게도 카메라가 저절로 손에 딱 붙어버렸다. 그리고 저절로 전원을 켜고 앵글과 구도를 맞추더니 셔터를 누르고 도로 가방 속에 들어가 꼼짝 않는 것이다. 내가 한 일이라곤 카메라가 못 나오게 가방을 부여잡은 것뿐이다. 가끔 그런 식으로 욕망이 날 꼼짝 못하게 한다.

하지만 무슨 일이 있어도 그 욕망이란 놈을 붙들어 매어놓아야 할 때는 있다. 나폴리에서 소렌토로 가는 민영 기차를 타고 돌아오던 날. 기차 안에서 열 살 정도 된 여자아이가 미니 아코디언을 들고 나타나 연주를 하기 시작했다. 행색은 초라했지만 아주 깜찍한 아이였다. 아이의 연주는 다소 유치하고 설익었다. 아이가 주름을 폈다 닫았다 하는 아코디언 앞에는 작은 예수 그림과 동전이 몇 개 든 종이컵이 붙어 있었다. 열차에는 사람이 많았다. 하지만 가녀린 손으로 아코디언을 연주하며 좁은 통로를 지나가는 아이의 사진을 찍는 이는 아무도 없었다.

새벽 5시 반, 체코에서 스위스로 가는 6인실 야간 쿠셋의 제일 위 칸에 앉아 나의 자동 피아노를 두들기고 있었다. 취리히에서 루체른으로 가는 흔들리는 기차 안에서도, 카파도키아로 가는 장거리 버스 안에서도 나는 깨어 있었다. 밤새 쓴 글을 날릴 수도 있다는 공포와 맞서 싸우면서 말이다. 나는 여행 관련 글을 두 곳에 연재하느라 지쳐 있었다. 2주에 한 번 마감이 닥쳤다. 어떤 날은 여행지에 도착하자마자 짐을 던져놓고 방에 틀어박혀 있었다. 마감이 3시간 남아 있었기 때문이다. 어떤 날은 마감 10분 전에 인터넷 카페를 찾느라 땀을 뻘뻘 흘리곤 했다. 글을 쓰며 여행을 한다는 것은 대단히 귀찮은 일이다. 하지만 나는 돈 때문에 모든 것을 포기하고 돌아가야 했던 5년 전 일을 되풀이할 수 없었다. 마감에 대한 압박 때문에 가끔 구역질이 나왔다. 가죽이 뒤집히는 것 같은 긴 구토 끝에는 절로 죽고 싶단 생각이 들어버렸다.

그러던 어느 날 기적 같은 일이 일어났다. 예술 기금을 지원하는 단체에서 메일이 왔는데, 왜 여태껏 기금 수령을 해 가지 않느냐는 것이었다. 나는 아무런 연락을 받지 못했었다. 그래서 신청 서류가 심사에서 탈락됐다고 생각했는데, 서류 전달상 어떤 착오가 있었던 것이다. 이로써 나는 매일 밤 잔고를 따져보느라 두통을 앓을 필요가 없어졌다. 이제 어디든 갈 수 있었다!

나는 지난 여행에서 아쉽게 놓친 스페인에 욕심을 냈다. 스페인, 하면 〈안달루시아의 개〉가 떠오른다. 면도칼로 여자의 눈알을 도려내는 흑백의 영화에는 예술의 모든 요소가 다 들어 있었다. 느닷없음, 광기, 패덕성, 충격 그리고 무관심. 20대 초반, 한창 영화에 빠져 있을 때, 루이스 부뉴엘Luis Buñuel의 〈부르주아의 은밀한 매력〉을 보고 난 후유증은 격심했다. 부르주아들이 식사를 하려고 할 때마다 번번이 좌절된다는 내용을 담은 이 영화에는 날카롭고 독창적인 유머가 가득했다. 가령 겉으로 화려한 치장을 한 부르주아들이 식탁 앞에 놓인 변기에 앉아 바지를 까 내리고 자동 배변식(?) 식사를 한다는 식이다. 나는 아직도 화장실에 갈 때마다 지나치게 편리해서 우스꽝스러운 부뉴엘식 저녁 식사가 생각나곤 한다. 또한 페드로 알모도바르Pedro Almodovar의 섹시하고 도발적 대사들과 로르카Federico García Lorca의 시적 산문과 희곡, 돈키호테의 뾰족한 수염도 스페인을 연상케 하는 이미지들이다. 나는 예전부터 그 격렬하고 독창적인 유머, 그리고 서글픈 애수를 동시에 가진 사람들의 나라는 대체 어떤 느낌일지 궁금했다.

스페인 하면 '열정'이란 단어를 떠올리기 쉽다. 하지만 실상의 이미지는 '게으름'에 더 가깝다. 스페인은 게으름뱅이들의 천국이다. 한국의 여느 회사에서라면 모두들 식곤증을 쫓느라 커피를 식도에 들이부어야 할 2시부터 5시, 상점들은 과감히 문을 닫아버린다. 시에스타 때문이다. 시에스타La siesta란 말은 라틴어 여섯 번째 시간hora sexta에서 유래했다. 동튼 지 6시간이 지나 '잠시' 쉰다는 뜻이다. 스페인에서는 두세 시간을 '잠시'라고 부른다. 잠시 일하고 잠시 먹고 잠시 자면 하루가 훌쩍 가버리는 것이다. 낮 기온이 높은 나라에서 점심을 먹은 뒤 자는 습관은 아르헨티나, 칠레 등에서도 나타나지만 실제로 그곳들의 기후는 캐나다와 비슷하다고 한다. 생물학적 필요니, 기후 탓이니 모두 핑계가 아닌가?

스페인 사람들에게는 좋을지 몰라도 시간이 돈보다 귀중한 한국인 관광객 입장에서 시에스타는 아까운 시간이다. 어떻게 하면 관광객은 이 시간을 유용하게 보낼 수 있을까?

정답: 낮잠을 잔다.

친절한 해설: 노동은 신성하고 쉼은 신성모독으로 치부되는 한국 사회의 일원으로서, 한낮의 낮잠이 무척 힘든 일인 건 알고 있다. 어떻게 해서든 게으름 뒤에 '뱅이'나 '병' 따위를 붙여 광기의 한 형태로 만들어버리곤 하는 사회의 문화에 젖어 있던 사람이 그 관습을 버리기가 얼마나 힘든지도 알고 있다. 한낮에 베개에 머리를 대고 있으면 여행 가이드북에 '스페인에서 반드시 봐야 할 다섯 곳'에 밑줄을 쳐두었다는 사실이 기억날 것이라는 것, 또한 기념 선물을 사기 위해 백화점 두어 곳엔 응당 들러야 하는 강박관념이 당신의 낮잠을 짓눌러버리리라는 것도 알고 있다. 요컨대 1시에서 3시까지 맨 정신으로

잠을 잔다는 것이 얼마나 힘든지 알고 있다. 하지만 그것 말고는 달리 할 일이 없다는 점도 나는 알고 있다.

스페인식 낮잠 즐기는 법

1. 대형 냉동육 창고에 어울릴 법한 육중한 자물쇠를 손목에 건다.
2. 빨간 입술 모양의 편안한 소파 위에 몸을 기댄다.
3. 한창 자다가 손목에서 열쇠가 '툭!' 소리를 내며 떨어지면 잠에서 깬다.[6]

나는 이집트 카이로를 거쳐 마드리드에 왔는데, 그 깨끗함에 놀라 버렸다. 땅에서 흙먼지가 일지 않는다는 것, 건물마다 에스컬레이터가 설치되어 있다는 것, 안경을 낀 도회인들이 가득하다는 것이 마드리드의 첫인상이었다. 4인용 도미토리에 숙박을 한 뒤 그동안 밀린 빨래를 처리했다.

나는 도회의 편리함에 젖어 긴장의 끈을 끊어버렸다. 지하철 일일 패스를 끊어 곳곳을 돌아다녔다. H&M에 가서 카고 바지와 모자, 장갑을 샀다. 다 떨어진 운동화를 버리고 고어텍스화를 사들였다. 저녁에는 파에야해물 볶음밥와 초리소chorizo, 소시지를 먹고 바르셀로나행 기차표와 민박을 예약했다. 오랜만에 집에 온 것 같은 편안함을 느꼈다. 통

....

6_ 사실 이것은 살바도르 달리가 즐겨 하던 방법이다.

장에는 우수작 지원금과 탄자니아에서 은행 인출 사고로 잃어버렸던 돈이 들어와 있었다. 은행에서 돈을 인출할 때마다 '차르륵' 하고 들리는 지폐 세는 소리가 그렇게 반가울 수 없었다. 나는 행운아이다!

마드리드를 떠나기 전 짬을 내 톨레도에 다녀왔다. 그곳은 한나절만 머물기엔 아쉬운 곳이다. 차분함과 고즈넉함이 톨레도를 가장 잘 묘사할 수 있는 형용사이다. 작은 돌이 무수히 박힌 하얀 길과 비둘기들이 군데군데 둥지를 튼 석조 건물, 스페인 전통식 목제 대문, 'ㅁ' 자형 건물, 크고 오래된 성당은 각자의 개성과 조화를 이루며 톨레도를 우직하게 지키고 섰다. 건물 벽은 연한 갈색이고 성당은 미색이어서 보고만 있어도 눈이 편해진다. 성당 앞에는 나이프와 청동 기사, 금빛 접시, 체스판을 만드는 기념품 가게가 있다. 유리창 가까이 코를 디밀어보니 라만차의 기사와 조수가 로시난테를 타고 어디론가 가고 있는 모습이 접시에 새겨져 있다.

높은 언덕에 오르자 전망이 훤히 보인다. 눈앞에는 물이 흐르고 위로는 파란 하늘이 뻥 뚫려 있다. 멀리 대성당이 보이는 돌계단 위에서 따뜻한 겨울 햇살을 받으며 늘어지게 자고 싶다. 톨레도에 있는 모든 사람과 동식물 들도 이미 낮잠을 자러 간 것 같다. 거리는 한적하고 시끄러운 소리를 내는 사람은 아무도 없다. 카페도 문이 닫혀 있다. 이슬람문화의 영향을 받은 색색의 접시를 파는 가게만이 영업 중인데, 주인은 손님이 들어오건 말건 별로 상관하지 않는다. 연한 황톳빛 벽에 돌이 박힌 고풍스러운 골동품 가게 앞에 한 할머니가 서 있다. 짙은 자줏빛 망토와 치마를 입고 있는데 하얗게 새어버린 머리와 대조적이다.

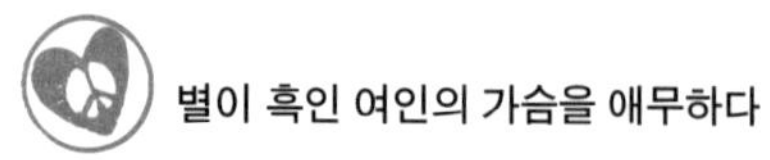

톨레도에서 돌아와 바르셀로나로 갔다. 스페인 여행에서 가장 마음에 든 곳이다. '가장 독창적'이란 말은 분명 모순일 테지만 나는 바르셀로나에만큼은 가장 독창적인 예술의 도시란 말을 쓰고 싶다. 나는 6개월간 7군데의 미술관을 둘러볼 수 있는 아트 티켓을 끊었다. 이 티켓만 있으면 달리, 미로, 피카소의 작품을 마음껏 구경할 수 있다.

달리의 작품을 보면 유치와 광기는 통하는 데가 있음을 알 수 있다. 그래서 그를 쉬이 미워할 수가 없는 것이다. 그는 왜 가재 모양의 수화기나 입술 모양의 소파를 만들어내지 못하느냐며 특유의 자만심을 부리곤 했다. 발명의 원리 중 하나가 편리성이라는 것을 아이디어의 대가가 모를 리 없다. 그는 평생 자신의 허영심을 모른 체했는데, 나는 이러한 넉살이야말로 예술가의 근성이라고 생각한다.

미로는 스페인 현대 예술의 방점과도 같다. 그의 추상화에는 스타카토와 같은 리듬이 있다. 운율이 있는 회화는 바로 그의 작품을 말하는 것이다. 평면 회화에 율동성을 담아내기 위해 그는 많은 것을 버려야 했으리라. 예전에 나는 미로의 전기를 읽으면서 〈하나의 별이 흑인 여성의 가슴을 애무한다(회화-시)Une étoile caresse le sein d'une négresse〉(1938)라는 그의 시를 본 적이 있다. 무릎을 칠 정도로 간결하고 율동적인 그의 작품은 한 편의 시들이었다. 점, 선, 곡선 하나하나가 시를 향해 달려가고 있었던 것이다.

피카소는 유치함과 광기를 세련되게 승화시켰다. 어린아이의 솜씨를 흉내 낸 그림과 어린아이의 그림은 차원이 다른 것이다. 어린이가 어른의 솜씨를 흉내 내기 어려운 것 이상으로 어른이 어린이의 솜씨를 흉내 내긴 어렵다. 대체로 위대한 예술가들은 어린이들의 감성과 이성에 근접하려고 부단히 노력했다. 흔히 어린이는 순수함이라는 단어의 대체물로 쓰이곤 한다. 하지만 이 순수함은 그야말로 오해를 조장하기 쉬운 단어이다. 순수함은 '때 묻지 않고 깨끗함'을 뜻하기도 하지만, '한계를 모르는 이기심'을 뜻하기도 한다. 어린아이는 남에 대한 배려를 모른다. 그들은 원형이자 직선이며 열려진 창과도 같다. 그만큼 노골적이고 개방적이다. 그럼에도 불구하고 어린이는 예술의 영역 안에서 언제나 역할 모델이 되곤 한다. 가령 복수극과 같은 원형적 형식들이 여전히 살아남아 있는 것은 왜일까. 인간은 짐짓 다 자란 성인인 체하지만, 결국 살인이나 패륜적 범죄를 통해 밑바닥을 드러내곤 한다. 복수심과 같은 인간의 유치한 속성을 이해하고 인정할 때에만 우리들 성인은 어린이의 솜씨에 다가갈 수 있다. 그런 점에서 피카소의 그림은 유치하기에 아름답다. 특히 그의 뻔뻔한 초상화들을 생각해보라. 피카소는 마치 수집물을 전시하듯 자신이 사랑한 여인들을 초상화로 만들어 벽에 걸어놓았다(물론 코가 비뚤어지고 눈이 짝짝이인 그 초상화가 마음에 든 여성은 없었으리라). 여인의 초상들은 한마디로 자신의 여성 편력을 자랑하기 위한 피카소의 전시관이다. 이러한 노골성이 어린이의 속성을 닮았고 그런 점에서 피카소는 칭송 받아 마땅하다.

스페인을 여행하면서 안토니오 가우디의 건축물을 보지 못했다면 거짓말이다. 나는 카사밀라Casa Mila, La pedrera를 보러 갔다. 1984년 유네스코 지정 세계 문화유산이 된 이 주택에는 실제로 사람들이 거주하고 있다. 옥상의 테라스에 사람처럼 생긴 환기구와 굴뚝을 달고 있는 이 집에 사는 사람은 하루하루가 얼마나 즐거울까 생각하니 부럽기 짝이 없었다.

가우디의 상상력에는 한계가 없었다. 만일 건물의 천장이 나무줄기와 잎으로 뒤덮여 있고, 곳곳의 수많은 구멍으로 빛과 별을 밤낮으로 볼 수 있다면 어떨까? 건물 내부의 장식물이나 기둥이 나무, 조개껍데기, 벌집, 나뭇잎, 줄기, 가시 등을 닮았다면? 이 상상은 그대로 현실이 됐다. 단, 아직 완성되지 않았을 뿐이다. 1882년부터 시작해 1926년에 죽을 때까지 그는 이 건물에 매달렸지만, 아직도 이것은 완성되지 못했다. 이 건물이 그의 대표작 성가족성당Sagrada familia이다. 2020년 완공 예정이라는 이 성당은 높이가 100미터에 이르는 총 12개 중 8개의 종탑이 거의 완성 단계에 있고, 지금은 트랜셉트Transept, 교회당 좌우(익부翼部, 수랑袖廊)와 교회당 동쪽 끝에 쑥 나온 반원형 부분를 중심으로 작업이 진행되고 있다. 애초부터 '속죄'라는 콘셉트에 맞춰 지어지기 시작한 이 성당은 공사비 전액이 기부금으로 충당되고 있다고 한다.

이 미완성 성당에서 볼 수 있는 것은 공사에 바쁜 일꾼들이다. 여기저기 널려 있는 바윗돌과 쇠톱, 그리고 아직 한 벽면도 채 메우지 못한 모자이크 창문이다. 모자이크는 마치 수천 마리의 나비 그림자가 강물 위에 띄워진 것처럼 색색의 빛을 창 안으로 들이고 있다. 엘리베이터를 타면 75미터 높이까지 올라갈 수 있는데, 거기서 밖을 내다보면 건물을 쌓아 올리느라 바쁜 건축 기사들의 모습이 보인다. 내가 "올라Hola, 안녕!" 하고 외치자 그들은 내 쪽을 쳐다보고 손을 흔들어주기도 했다. 루이스 하인의 엠파이어스테이트빌딩의 노동자들 사진이 생각나는 순간이었다. 눈앞이 아찔한 최고층 빌딩에서 일하는 최하층민들의 모습이.

바르셀로나에선 박물관에 박제된 예술가 외에도 훌륭한 거리 예술가들을 많이 만날 수 있다. 유럽에 처음 왔을 때 우리 눈을 가장 사로잡는 사람들은 바로 퍼포먼스 예술가들일 것이다. 나 역시 온몸에 은빛 칠을 한 채 중세 법관 복장으로 관광객들과 사진을 찍어 돈을 받던 이탈리아인, 마이클 잭슨처럼 꾸미고 브란덴부르크 광장 앞에 있던 독일인을 처음 보았을 때 해방감을 느꼈다. 그러나 바르셀로나의 거리 예술가들은 다른 유럽인들에 비해 월등히 독창적이고 유머러스하다. 람블라 거리에 나가면 예술가를 매일 만날 수 있다. 꼬마 자전거를 탄 채 거리를 굴러다니는 덩치 큰 사람, 악마 분장을 하고 있다가 관객이 돈을 주면 크게 재채기를 하고 코를 후비는 코믹한 응대를 하는 사람, 난파선을 모는 선장의 모습을 그대로 재연하고 있는 사람

등등. 그들은 놀랍게도 매일 다른 퍼포먼스를 준비한다. 또 구엘 공원에서는 거대한 비눗방울을 만들어 아이들에게 주는 여자가 있다. 아이들이 소리를 지르며 비눗방울을 터뜨리는 모습은 도롱뇽 모양의 타일이 예쁘게 박힌 공원의 이미지와 잘 어울렸다. 이날의 퍼포먼스는 에스파냐 광장 앞의 분수 쇼보다 인상적이었다.

밤에 도시를 걷다가 재밌는 광경을 보았다. 한 거리 음악가가 탱고 음악을 연주하고 있었다. 그 음악에 맞춰 두 커플이 춤을 추고 있었다. 한 커플은 70대쯤 되어 보였고, 또 다른 중년 커플은 둘 사이에 아기를 안고 있었다. 미로의 그림에 항상 등장하는 별, 시, 여자의 이미지가 그들의 모습에 겹치는 것 같았다. 내 지갑을 꺼내려 한 2명의 소매치기와 머스터드소스를 내 몸에 발사한 악당만 없었다면 나는 영영 바르셀로나에서 살고 싶다고 생각했을 것이다.

바르셀로나를 떠나기 전, 플라멩코 공연을 보러 타란토스에 갔다. 하지만 그것은 내가 기대하던 공연이 아니었다. 거의 탭댄스 공연에 가까웠다. 나는 무희들의 춤이 보고 싶었다. 하지만 내 관견과 달리, 플라멩코의 중심은 춤이 아니다. 공연은 무희, 가수, 연주가, 이 3인이 기본이 되어 이루어진다.

나는 세비야에 가서 플라멩코 공연을 다시 보았다. 공연장의 분위기는 고혹적이다. 바닥에 카펫이 깔려 있고, 그 위에 불과 한 뼘 높이의 낮고 좁은 무대가 설치되어 있다. 등나무가 축 늘어진 배경 뒤에서 붉은 조명이 살짝 비친다. 격자무늬 등만이 깜빡깜빡 빛을 발하는 어두운 무대 위로 누군가 올라온다. 무대 뒤편에 기타 연주자와 가수가 자리를 잡는다. 잠시 후 짙은 피부의 무희가 무대 중앙에 홀로 선다. 객석과 무대의 간격이 매우 좁아서 그녀의 땀구멍마저 보인다. 무희는 몸에 딱 달라붙는, 빨간 바탕의 검은 물방울무늬 원피스를 입고 어깨에 빨간 숄을 걸치고 있다. 잠시 후 가수가 집시음악에서 유래되었다는 애절한 노래를 부르자 무희가 몸을 움직인다. 박자, 멜로디, 리듬 어느 하나 생소하지 않은 것이 없다. 음악은 심장박동 수나 맥박에 맞게 따라오지 않고 저만의 자유로운 리듬을 탄다. 보헤미안적이다. 내용을 알아들을 수는 없지만, 가수의 극적인 표정에 압도당해 나도 모르게 슬픈 분위기에 빠진다. 가수가 청중에게 박수를 유도한다. 박수 소리에 맞춰 무희는 더 격렬히 춤춘다. 춤은 무희의 몸매만큼이나 군더더기 없는 동작으로 이루어진다. 하지만 내 몸을 지배하는 리듬과 춤의 리듬은 딱 맞아 떨어지지 않는다. 공연은 준비할 틈도 주지 않고 갑작스레 시작해서 영문도 모르게 끝나버린다. 낯선 사람을 만났는데, 서로 통성명도 하지 않고 각자의 이야기를 떠들다 헤어진 기분이다.

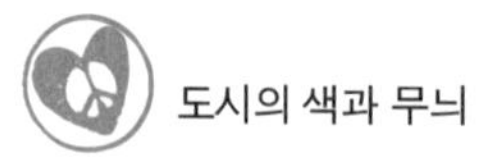

도시의 색과 무늬

도시마다 각자의 색깔이 있다. 톨레도가 미색이라면, 세비야는 노란색, 그라나다는 세피아 빛깔이다. 그라나다의 전통적 건물들은 대개 짙은 황톳빛 지붕과 흰 외벽의 대조가 선명하다. 도회적 건물이 많은 중심지로 가면 외벽의 색보다는 바닥의 무늬가 화려하다. 바닥은 보기 좋게 문양을 낸 자갈길이거나 체크무늬 길이다. 우연히 체스판 모양의 옷을 입은 사람이 체크무늬 길을 지나갔다. 어쩐지 극적이었다. 그라나다를 걷다 보면 이렇듯 사람과 도시가 하나의 드라마를 만들어내는 장면을 흔히 볼 수 있다. 스페인의 모든 길이 다 체스판 형태였다면 좀 더 멋졌을 것이다. 반복은 지루함이지만 무한 반복은 경이로움이다. 에스헤르Maurits cornelius Escher의 회화나 알렉산더 맥퀸의 형이상학적 체크 패턴을 보고 있으면 엔도르핀 주사를 맞은 듯 즐거워지지 않는가. 나는 인생이 하나의 거대한 체스판이었으면 좋겠다. 언제든 갈아엎을 수 있고 멋대로 말을 조종할 수도 있는. 우리 모두 앨리스가 될 자격이 있다고 체스판 무늬는 말해준다.

그라나다가 스페인의 외면적 성격을 보여준다면, 알람브라 궁전은 내면적 성격을 보여준다. 복잡하고 화려한 내면이다. 궁전의 내부 장식은 결벽증 환자의 지휘 아래 완성된 것처럼 치밀하다. 별 모양의 세밀화와 타일 장식, 아랍어를 형상화한 문양들이 반복과 대구를 이루며 곳곳에 새겨져 있다. 궁전의 화려함은 천장에서 결정된다. 천장의 조각물들은 바닥에 선 사람을 찌를 듯이 공격적으로 매달려 있다. 언뜻 보면 떨어지기 직전의 촛농을 잔뜩 매단 초들이 걸려 있는 것 같다.

그라나다에서 볼 수 있는 것들

계단과 타일, 흰 벽, 선인장, 비탈길, 성게 가시처럼 화려하게 뻗은 겨울 나뭇가지, 공처럼 매달린 나무 열매, 'ㅁ' 자형 건물, 성, 종탑, 좁은 골목, 잘 손질된 미로 정원, 등나무, 분수, 검은 고양이, 가녀리고 높게 솟은 자작나무, 바퀴를 노랗게 칠한 관광 마차, 중국집.

그라나다에서 볼 수 없는 것들

바다, 잠수부, 호객꾼, 오리, 부시 대통령이 한 손에 미사일을 들고 다른 손으로 엉덩이를 까고 엉거주춤하게 앉아 있는 점토 조각상, 거리의 예술가, 비둘기를 안은 소녀, '공원에서 개똥을 치웁시다'라는 표어가 붙은 안내판.

뜻밖의 행운

그라나다를 떠나 다시 마드리드로 돌아왔다. 한 가지 실망스러운 사실은 피카소의 〈게르니카Guernica〉를 볼 수 없게 되었다는 점이다. 레이나 소피아에 갔더니, 작품이 2월 5일까지 피카소 미술 전시 때문에 파리로 가 있단다. 3일이나 지체할 수는 없었다. 다음 날 새벽 칠레로 떠나기로 일정을 다 잡아놓았기 때문이다.

나는 마요르 광장 근처의 갤러리 서점에 가서 피카소 화집을 둘러보는 것으로 만족했다. 그런데 정오를 훌쩍 넘겨서 중요한 사실이 생각났다. 아직까지 항공권 리컨펌예약 재확인을 하지 않은 것이다. 부랴부랴 공중전화 앞에서 이베리아 항공사 번호를 뒤졌다. 전화를 걸자 ARS로 연결된다. 직원과 통화를 하기까지 5분 이상이 소요되었지만, 그녀는 영어를 전혀 하지 못한다. 직접 찾아오라며 버스 번호를 불러준다. 902로 시작하는 번호를 적고 있는데 전화가 뚝 끊겨버린다. 날씨는 춥고 나는 너무 오래 밖에 서 있었다. 스페인에서의 마지막 일정을 포기하고 무작정 공항으로 갔다. 리컨펌을 하지 않고 바로 'SBY'라고 적힌 티켓을 발급받았다. 그것이 무슨 뜻인지 알게 된 것은 그날 밤 11시 10분경이었다. 나는 이베리아 항공사에 가서 SBY 티켓을 내밀며 발권해달라고 요청했다.

"이미 창구가 닫혔어요." 직원이 대답했다. "이건 스탠바이 티켓입니다."

"그러니까 탑승권을 발권해달라고요."

"1시간 전에 탑승 완료되었다니까요. 내일 다시 오세요."

그러니까 이 남자는 30킬로그램에 육박하는 내 짐을 모조리 싸서 지하철까지 가는 환승 트레인을 타고 수십 개의 계단과 자갈길을 지나 바퀴벌레가 잠복근무하고 있는 시내의 숙소로 들어가라는 말을 하고 있었다. 갑자기 눈물이 나려 했다. 그렇다고 공항에서 잘 수도 없었다. 딱딱하고 차가운 공항 승객용 의자를 붙여 새우잠을 자는 것도 이젠 신물이 났다. 나는 항의할 기운도 없이 멍하니 의자에 앉아 있었다. 그때 직원이 다가와 고객 서비스 센터에 가면 해결해줄 것이라고 귀띔해주었다. 거기에는 나처럼 비행기를 놓친 승객들이 길게 줄을 지어 서 있었다. 마침내 내 차례가 되었다.

"호텔 숙박권과 600유로를 드릴게요." 직원이 말했다. 그러더니 빳빳한 50유로짜리 지폐를 꺼내 빠르게 세어 건네주는 게 아닌가. 고급 호텔 숙박권, 그리고 2월 4일 산티아고행 비행기 티켓과 함께. 언젠가 기회가 되면 나는 천사를 본 적이 있다고 말할 것이다. 그는 남자이며, 초기 탈모 증상이 있고, 수염은 이틀 정도 깎지 않았다. 어깨 패드가 죽은 천사복을 입었는데, 왼쪽 가슴에 이베리아라는 천상의 마크를 달고 있었다. 천사를 만난 덕분에 나는 전용 리무진을 타고 곧장 호텔로 갈 수 있었다.

그 호텔은 마드리드 시내를 한눈에 볼 수 있는 22층에 위치하고 있으며 110평 크기에 침실과 거실, 욕실 이외에도 식당과 주방은 물론 집무실, 회의실, 경호원실 등이 함께 딸려 있고, 3미터에 달하는 높은 천장에, 화려한 조각과 곳곳의 예술품이 아름다움과 웅장함을 더하는 정통 프랑스풍 응접실은 물론이고, 우아한 인테리어와 은은한 파스텔 톤으로 일관성 있고 고급스러운 실내 분위기를 자랑하며 클래식과 모던이 접목된 컨템퍼러리한 디자인의 룸은 프랑스에서 공수해 온 램프와 오스트리아산 크리스털 샹들리에, 잔 다르크상, 기마상 등 유명 조각품들을 비롯한 최고급 명품 오브제로 꾸며져 있는 데다, 24시간 전담 매니저 서비스, 초고속 인터넷 및 휴대전화 무료 대여, 피트니스 클럽, 실내·외 수영장, 킹사이즈 침대가 놓인 방 2개, 핀란드식 건식 사우나, 화장실 3개, 드레스 룸 하나, 키친 하나, 다이닝 룸 하나, 욕실 2개, 엑스트라 베드 하나, 헝가리산 거위털 베개 4개, 헤어드라이어, 샴푸, 린스, 비누, 배스 젤, 로션, 샤워 캡, 빗, 면봉, 순면 100퍼센트 목욕 가운, 순면 100퍼센트 타월(대형, 소형), 개인 금고, 냉장고와 미니 바, 41개 채널 선택이 가능한 위성 TV 등의 룸서비스를 갖춘 것은 아니지만, ……편했다.

그게 다였다.

침대는 과학임을 증명이라도 하듯, 3단 매트리스는 아무리 뒤척여도 속으로 푹 꺼지지 않았다. 베개는 갓 뽑은 솜사탕 같았고 전 주인이 흘리고 간 긴 머리카락이나 잔털은 나오지 않았다. 나는 이제 더 이상 딱딱한 여행 가이드북을 베지 않아도 되고, 강철로 된 의자 4개를 붙이지 않아도 되는 것이 너무나 기뻤다. 호텔 레스토랑이 문을 닫기 전에 뷔페식 저녁을 먹고 와인을 한 잔 마신 뒤, 융단이 깔린 로비를 지나 방으로 돌아와 잠을 잤다. 아, 이제 남미구나. 내일이면 내가 드디어 칠레에 있겠구나! 이제부턴 분명 좋은 일만 가득할 거야! 가령 내 옆 좌석에 매력적인 사람이 앉는다든가, 아니면 가난뱅이를 가장한 억만장자 할머니가 타고 있을 거야. 할머니가 갑자기 발작을 일으키면 내가 가장 먼저 나서서 응급처치를 해주고, 다음 날 할머니는 거대한 다이아몬드 반지를 꺼내며 '실은 이런 반지가 집에 3천 개는 있어요. 당신 같은 사람은 받을 자격이 있어요.'라고 말할 것이고, 나는 결국 할머니가 한사코 떼어주겠다는 유산의 일부를 애써 겸손한 척 받게 되겠지. 지폐로 부채질하는 것이 취미일 것이 분명한 할머니의 가족들도 그 정도 껌값으로 되겠느냐며 오히려 나에게 미안해하고…….

다음 날 자정.

나는 클래식 음악이 크게 울리는 헤드폰을 낀 채 엘 문도지紙를 읽고 있는 뚱뚱한 중년 아저씨 옆에 앉아서 일기를 쓰고 있다. 벌써 3일째 같은 양말을 신고 있으며 굴러 들어온 600유로를 어떻게 써야 할지 고민이라는 것, 옆에 앉은 아저씨가 자꾸 팔꿈치를 내 쪽으로 들이민다는 것, 그리고 아무리 보아도 이 아저씨가 천식이나 무호흡증을 달고 사는 억만장자처럼 보이진 않는다는 것에 대해서. 일기를 다 쓰고도 산티아고까지는 12시간이나 남아 있었다. 이럴 땐 비슷한 또래의 남성이나 귀여운 할머니가 있으면 걱정할 일이 없다. 젊은 남자라면 "어디 가세요?"라고 운을 떼기만 해도 한두 시간은 금방 흘러갈 것이고, 할머니들은 일단 말을 시작하면 끊는 법이 없으니까. 하지만 이도 저도 아닌 내 옆자리의 클래식 광팬은 아까부터 내 영역으로 자꾸만 팔꿈치를 들이밀고 있을 뿐이다. 내가 몇 번이나 헛기침을 하며 자리를 고쳐 앉아도 그는 쇼스타코비치에 심취해 있느라 내 경고를 들을 새가 없었다.

비행기에 앉아 있으면, G. 마르케스의 재미난 에세이가 생각난다. 마술적 리얼리즘의 창시자라는 굴레 때문에 그의 유머러스함은 과소평가된 감이 없지 않다. 하지만 그가 1982년 파리에서 뉴욕으로 가는 비행기에서 자던 여인을 7시간 지켜보며 쓴 에세이를 보면 그에 대한 평가가 달라질 것이다.

> *……현재는 제트 비행기를 타는 승객들이 기내에서 사랑을 하는 것은 일상적인 것이 되어버리고 말았다. ……. 미국에는 〈마일하이 클럽〉이라는 시민단체가 있는데, 이 단체에 가입하려는 사람은 1마일 이상의 높이에서 사랑을 했다는 증거를 보여주어야만 한다. 이 단체의 회원은 수없이 많다. ……중략……. ……화*

장실 내의 사랑에 관해, 심지어는 그림 그려진 지침서까지 나와 있는데, 이 책에는 잘 알려진 비행사 화장실 내에서 사랑을 할 수 있는 곡예사와 같은 여러 자세를 언급하고 있다. 그리고 그림은 나이와 취향에 따라 어떤 자세를 취할 수 있는지에 대해 지적하면서, 서양식으로 모두 162가지의 가능성이 있다고 규정한다. 이 지침서에 의하면, 화장실에서 보는 일상업무 도중 떨어지지 않기 위해 잡는 안전 손잡이만으로도 74가지의 각각 다른 자세를 취할 수 있다고 한다.

『꿈을 빌려드립니다』 중 「하늘에서의 사랑」

실제로 비행기의 사랑이 이뤄지는 일은 거의 없다. 비행기를 타기 전에는 언제나 멋진 남자가 옆에 앉을 거라는 상상을 하지만, 대개는 오늘내일하시는 노인들이 지팡이를 짚고 내 옆으로 걸어온다. 그들은 밤새 밭은기침을 하거나, 수면제를 먹고 코를 골거나, 눈이 빠질 만큼 글자가 깨알같이 쓰인 영어 성경을 읽곤 한다. 저 위의 유머 감각을 가진 노인이라면 얼마든지 환영이지만 99퍼센트는 기대를 저버린다. 단 한 번도 나를 만족시키는 옆자리 손님은 없었다. 그러니 비행기를 탈 때는 반드시 의자에서 떨어지게 만들 만큼 미친 듯이 재밌는 소설을 옆구리에 끼고 있어야 한다. 공항 서점에서 스티븐 킹이나 로빈 쿡 소설을 파는 것이 빈 책장을 채우기 위한 건 아닐 테니까.

호텔의 기괴함

호텔은 예술가들에게 많은 영감을 주는 모양이다. 호텔로 시작되는 영화나 소설 제목은 셀 수도 없이 많다. 〈1408〉, 〈바톤 핑크〉, 〈비치〉 등 호텔에서 보거나 겪은 기이한 경험을 소재로 한 영화나 노래 제목도 부지기수이다.

내가 알기론 많은 작가들이 호텔을 전세 내거나 잠깐씩 투숙하며 글을 쓴다. 『호밀밭의 파수꾼』도 샐린저가 3주간 호텔에 투숙하며 지은 것이다. 나는 왜 멀쩡한 집을 놔두고 굳이 호텔에 가서 글을 쓰는지 이해가 안 되는 사람 중 하나이다. 호텔 자체의 낯선 환경으로부터 직접 영감을 받으려는 것이 아닌 이상 역시 가장 좋은 곳은 자기 집일 텐데 말이다. 단지 조용한 곳을 찾기 위해서라 해도 뭔가 석연찮은 구석이 있다. 가족으로부터 방해를 받지 않으며 글을 쓰기에 카페만큼 좋은 장소도 없다. 적어도 사람들이 섹스를 하느라 시끄럽게 굴지는 않을 테니까.

나는 호텔의 그 비밀스럽고 이상한 분위기에서 답을 찾았다. 그곳은 대개 비둘기 집처럼 생겼고 벽 하나를 두고 서로 다른 이방인들이 둥지를 튼다. 그들은 처음에는 신발장 앞에서 발을 멈추고 몹시 어색해하다가 이내 적응이 되어, 매트리스, 소파, 거울 할 것 없이 온 집안에 자신의 체취와 체세포를 흘리고 다닌다. 마치 처음부터 그곳이 내

집이었던 것처럼. 그리고 그 장소에 익숙해지면, 금세 옆방으로 호기심을 돌린다. 내 옆방도 나와 비슷한 구조겠지? 바로 옆방 사람들은 이 시간에 뭘 하고 있을까? 설마 나처럼 내 방을 궁금해하거나 벽에 드릴을 박고 있는 건 아니겠지?

내가 가본 이상한 호텔

1. 런던의 이지호텔

그 호텔 체인의 사장은 토마토 마니아였다. 그게 아니라면 과거에 주황색을 미친 듯이 좋아하는 여자한테 차였거나 당근 알레르기가 있음이 분명했다. 3평 정도에 불과한 좁은 방은 온통 주황색이었다. 게다가 놀라울 정도로 가구가 빼곡히 배치되어 있었다. 침대며, 작은 욕실이며, 화장대 등이 마치 사과 상자에 우유갑을 있는 대로 쑤셔넣은 형상이었다. 그곳에서 하루만 자고 일어나면 모근부터 혓바닥까지 주황색으로 변할 것 같았다. 그럼에도 불구하고 내가 이곳에서 잘 수밖에 없었던 이유는 런던의 길바닥보다는 덜 추울 것 같았기 때문이다.

2. 오슬로의 호스텔

유럽에서 가장 날 당황케 한 것은 혼숙을 할 수 있는 도미토리였다. 여행 초기에 나는 가능하면 혼숙이 허용되는 방에서 잤다. 그 방이 훨씬 싸고 예약 없이도 바로 투숙 가능한 경우가 많았다. 덕분에 나는 대낮의 정사 신을 찍는 남녀들 때문에 측두엽과 세반고리관이 터질 지경이었다. 그중 최악은 오슬로의 6인실 도미토리였다. 이곳은 『론리 플래닛』에도 가능하면 가지 말라고 되어 있던 곳이었다. 그러나 오슬로의 물가는 런던보다 더 높았고, 부슬비가 일상화된 오슬로의 길바닥은 런던보다 훨씬 더 춥고 미끌미끌했다.

이 도미토리에는 2층 침대 하나와 싱글베드 4개가 있었다. 침대들은 불과 30센티미터 간격으로 떨어져 있었다. 나는 머리를 돌릴 때마다 유럽에서 온 건장한 남자들의 시커먼 가슴 털과 엉덩이 골을 볼 기회가 거의 매일 있었다. 과히 기분이 좋지만은 않았다. 내가 이곳을 최악의 도미토리로 꼽게 된 데에는 한 룸메이트의 영향이 크다. 그는 바르셀로나 출신의 남자였는데, 늘 전자 기타와 작은 텔레비전을 싸 들고 여행하는 모양이었다. 하루 종일 밖에 나가지도 않고 뮤직비디오를 보면서 전자 기타를 쳐댔다. 그는 엉덩이보다 2배는 큰 까맣고 축 늘어진 팬티 한 장만 걸치고 있었다. 헤드폰은 얼마나 자주 썼는지 가죽이 다 떨어져 입으로 훅 불면 너덜너덜 떨어져 나갈 것처럼 보였다. 내 귀도 떨어져 나가기 직전이었다. 그는 음악적 재능이 전무했다. 그 이후로 나는 웬만하면 혼숙을 피하게 되었다.

3. 터키 카파도키아의 동굴 호텔

카파도키아는 화산 폭발과 풍화작용 등이 어우러져 마을 전체에 신비스러운 굴곡이 흐르고 있었다. 그런 자연환경을 응용해서 만든 동굴 호텔들은 카파도키아의 명물 중 명물이다. 내가 들어간 동굴 집 천장에는 위로 갈수록 좁아지는 뾰족한 굴뚝이 있었다. 동굴이 답답하다는 것은 오해다. 동굴 집은 시원하고 환기도 잘된다. 다만 침대에 누워 있으면 돌가루들이 조금씩 배 위로 떨어졌다. 구멍을 올려다보고 있으려니 다른 누군가도 나처럼 동굴에 누워 저 구멍을 보고 있을지 모른다는 생각이 들었다. 그러자 이 동굴들이 하나로 연결된 것 같은 기분에 사로잡혔다.

4. 시리아 호텔에서 참아야 할 것

중동 지역에서의 세탁은 견디기 힘든 일 중 하나였다. 세탁을 하고 싶다고 빨랫감을 내밀면, 숙소 주인은 티셔츠와 바지, 속옷을 개수별로 체크해 값을 매겼다. 스타킹과 양말은 각기 가격이 다르다. 세탁을 맡고 있는 데스크 직원들은 거의 대부분 털이 복슬복슬 달린 남성들이다(내 지저분한 팬티를 손가락으로 뒤적거리고 있는 남자의 통통한 손가락을 상상해보라!). 데스크와 손님 간에는 미묘한 신경전이 오간다.

'대단하시네요. 일주일에 팬티 하나로 버티시나 봐요?'

'취향이 독특하시네요. 레이스 달린 제 빨간 끈 팬티가 없어졌거든요.'

'이건 크기가 작으니까 2개를 하나 값으로 쳐줘야 하는 것 아닌가요?'

물론 입에 올리고 싶지 않은 대화이다.

5. 이집트 바헤리아Bahariya에서의 하룻밤

내 평생 그렇게 인기가 있었던 적은 처음이다. 카이로 어디에서나 남자들이 말을 걸어왔다. 그들은 내게 늘 가장 싸고 좋은 시설의 호텔과 투어를 소개해주겠다고 했다. 나는 그들의 구애가 너무 지겨워져서 하루빨리 카이로를 떠나고 싶었다(대도시가 풍기는 상업적인 냄새는 어딜 가나 비슷하다).

나는 베드윈족이 모는 랜드로버 지프차를 타고 바헤리아 오아시스를 향해 달렸다. 그곳은 흑사막, 크리스털 마운틴, 백사막 등을 구경할 수 있는 곳이다. 그중에서도 백미는 백사막이다. 이곳은 화산 폭발과 바람의 침식작용으로 형성된 지형이었다. 곳곳에 서 있는 흰 석회암은 사과를 3분의 2쯤 먹어놓은 것처럼 가운데가 폭 들어간 모양이 아름다운 꽃을 연상케 했다. 그날 밤 나는 사막에서 잠을 잤다. 사막 여우의 발자국이 찍힌 곳 근처에, 베드윈족 청년은 능숙하게 카펫을 깔고 천막을 쳤다. 그의 이집트식 볶음밥과 차는 무척 훌륭했다. 그는 물 없이 그릇을 씻는 법도 알았다. 모래로 그릇을 쓱쓱 비비면 그릇은 금세 말끔해졌다. 나는 세계 최고의 호텔에 누워서 하늘을 바라보았다. 내 시야를 가리는 건물은 아무것도 없었다. 그렇게 많은 별똥별을 본 것은 처음이었다.

6. 에티오피아에서의 극과 극 체험

나는 에티오피아의 아디스아바바 공항에 밤늦게 내렸다. 약간 쌀쌀한 편이었지만, 우리나라 초가을 정도의 날씨였다. 공항을 나서자 으레 그렇듯 나를 가장 반기는 건 택시 기사들이었다. 그 에티오피아인에게 이 날씨는 100년 만의 혹한 정도로 춥게 느껴지는 모양이었다. 두터운 귀마개를 하고 흰 수건으로 목을 돌돌 만 채 손을 비비며 다가오는 택시 기사의 손에는 근처 시내 호텔의 이름과 가격이 적힌 책자가 들려 있었다. 보통은 가장 싼 곳으로 가곤 하지만, 시간이 너무 늦고 피곤한 탓에 가까운 호텔로 향했다. 그곳은 24시간 뜨거운 물이 나오는 화장실과 CNN 뉴스가 나오는 위성 TV가 달린 특급 호텔이었다.

다음 날, 나는 에티오피아 남부의 샤샤마네Shashamane에 갔는데, 그곳은 무척 작은 규모의 마을이었다. 한마디로 모텔이나 호텔은 찾아볼 수 없었다. 이름만 호텔이지 실제 시설은 여인숙만도 못했다. 나는 '런던 호텔' 이라는 희한한 이름의 호텔에 숙박했다. 그곳에 투숙한 이유는 단 하나, 하룻밤에 10버Birr, 한화 약 1000원였기 때문이다. 그 전까지만 해도 하룻밤에 천 원인 호텔이 있을 거라곤 생각해본 적도 없었다.

예상대로 내부는 단출했다. 침대 하나와 사람 다리 하나 들어갈 수 있는 좁은 공간. 바닥은 맨땅이었고, 침대 위에는 시트도 없이, 중동 지역에서 지긋지긋하게 봐온 때 탄 빨간 겨울 담요만이 포개어져 있었다. 나는 늘 가지고 다니던 오리털 침낭을 꺼내 펴고 누웠다. 그 순간 천장에서 뭔가 시커먼 것이 눈에 띄었다. 매미가 아닐까 싶을 정도로 컸던 그 생물은 다름 아닌 바퀴벌레. 아슬아슬하게 천장을 거꾸로 매달려 가던 대왕 바퀴벌레들은 갑자기 이불보로 하나둘씩 떨어지기 시작했다. 바퀴벌레 비였다. 나는 깜짝 놀라 신발도 신지 않고 부랴부랴 밖으로 뛰쳐나갔다. 밖에 있던 젊은 남자들이 무슨 일이냐고 물어, 나는 천장에서 바퀴벌레가 떨어진다고 했다. 그런데 그들은 뭐가 대수냐는 식이었다. "아아, 그래요?"

나는 할 수 없이 다시 방으로 들어가 10분간 멀뚱히 서 있었다. 차라리 바깥에서 자는 게 더 나을 것 같았다. 하지만 밖은 너무 추웠고 낯선 남자들이 흰자위를 반짝이며 어둠 속을 돌아다녔다. 나는 10분을 또 그렇게 서 있었다. 다리가 아파왔다.

다행히 최후의 수단이 남아 있었다. 그동안 가방에 처박힌 채 별 쓸모가 없던 물건을 드디어 쓸 때가 온 것이다. 가방 구석에서 살이 다 부러진 우산이 나왔다. 그래도 내게 보호막이 있다는 것에 조금 안도했다. 나는 그것을 쓴 채 침대 위에 누워 잠을 잤다. 가끔 우산 위로 떨어지는 시커먼 물체에 잠깐씩 경기를 일으키면서.

騷擾 2

소요

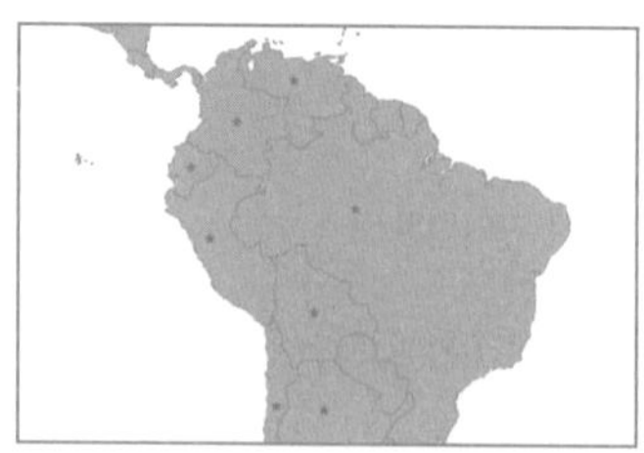

칠레 산타는 어떻게 지상으로 내려오는가?

산티아고에 도착하던 날, 두 가지 일로 나는 당황했다. 공항에 내리자마자 5만 페소약 10만 원를 뽑으려고 줄을 섰는데 50,000 다음에 찍을 페소 단위가 아무래도 보이지 않았다. 대신 '$'만 깜빡깜빡했다. 50,000달러? 그렇게 큰돈이 잔고에 있을 리 없었다. 고민 끝에 50$를 인출했는데, 어쩐지 찜찜했다. 가판대에서 파는 물병 하나가 250$였던 것이다. 칠레 물가가 그렇게 비싸던가? 알고 보니 '$'는 달러가 아닌 페소의 단위였다. 하마터면 30만 원짜리 물을 사 마실 뻔했다.

겨우 버스를 타고 시내에 내렸는데 큰 건물은 하나도 보이지 않았다. 숙소를 찾느라 이리저리 돌아다니는데, 이번엔 여행 가방 손잡이에서 뭔가가 툭 빠지고 말았다. 나사였다. 돌아다니다 보면, 잘만 가던 시계가 멈추고, 절대 휘지도 않는다는 안경다리가 부러지고, 가방 바퀴가 홀랑 빠지는 일은 예사이다. 하지만 문제는 이런 일이 늘 숙소도 잡지 않았을 때 일어난다는 것이다. 나는 가이드북에 '천국 같은 곳'이라고 소개된 호스텔로 향하던 길이었다. 그런데 정말로 천사가 나타났다. 내게 중국인이냐고 물어보던 중년 남자가 이웃 가게를 돌아다니며 드라이버와 굵은 못을 빌려 그 자리에서 가방을 고쳐준 것이다. 칠레인들은 무척 친절한 사람들임에 분명했다.

'천국 같은 곳'은 19세기 건축 양식으로 지어진 'La casa roja 붉은 집'라는 이름을 갖고 있었다([라 카사 로하]라고 해야지, 잘못 발음하면 'La casa loca 미친 집'가 되어버린다). 그곳은 과연 천국이었다. 매일 소파 위에서 늘어지게 자는 달마티안 한 마리와 수영장이 있고 무선 인터넷 속도도 빠른 데다 금요일 밤마다 바비큐 파티가 열린다. 나와 같은 방을 쓰게 된 에든버러 출신의 윌은 브라질에서 산 드럼을 갖고 다니며 여행 중이었다. 내가 예전에 에든버러에 갔던 일을 이야기하자, 윌은 가볍게 드럼을 연주해주었다.

도착한 날, 느지막이 산티아고 시내를 구경하러 나섰다. 건물 곳곳의 에어컨에서 물이 뚝뚝 떨어지는 무더운 2월의 날씨에 아직 적응하지 못한 상태였다. 횡단보도 앞에 서 있는데 그만 트럭 한 대가 횡단보도 중간에 서버렸다. 녹색등으로 바뀌자, 그 운전자는 행인들이 지나갈 수 있도록 앞으로 살짝 가주었다. 슈퍼마켓에 갔더니, 계산대 직원 외에도 계산된 물건을 봉지에 넣어주는 직원이 따로 있었다. 그들이칠레인 특유의 넉넉한 웃음을 흘린다.

나는 한 나라의 '여유 척도'로 청소부나 구멍가게 주인처럼 이른바 3D 업종에 가까운 일을 하는 이들이 얼마나 잘 웃는지를 살피곤 한다. 칠레인들은 그야말로 살인 미소에 가까울 만큼 잘 웃는다. 나는 스페인에서 2번이나 소매치기를 당할 뻔했기 때문에 스페인어권 문화 앞에서 바짝 긴장한 상태였는데, 그 웃음 앞에서 슬슬 마음이 놓였다(그때 내 주머니 속의 카메라를 향해 낯선 손이 들어오지 않았다면 나는 내내 그렇게 무방비 상태로 거리를 돌아다녔을 것이다). 개들이 도로 한복판에서 죽은 것처럼 옆으로 누워 자는데도 아무도 깨우지 않는 곳이 바로 산티아고이다. 나는 라틴아메리카의 첫 얼굴이었던 산티아고의 명랑한 표정에 완전히 매료되었다.

산티아고의 중심가인 반데라Bandera 거리에 이르렀을 때, 나는 어쩐지 낯익은 광경을 보았다. 소요騷擾였다. 거리는 목이 터져라 '할렐루야'를 외치는 외로운 전도사, 행인의 이목을 끄는 이색 장난감을 파는 상인, 한때 한국에서도 유행했던 '프리 허그'를 하려고 서 있는 3명의 청년, 그리고 아르마스Armas 광장에서 체스 게임에 열중하고 있는 사람들로 번잡스러웠다. 나는 여행자답지 않게 끊임없이 이문화 간의 동질성을 확인하려 하는 버릇이 있었다. 칠레는 그런 내 욕구를 충족시키기에 아주 좋은 나라였다. 대형 전자 상가에 가면 삼성 등 한국 대기업의 5~10년 전 모델이 눈에 띄는 자리에 진열되어 있고, 물가도 한국보다 약간 싸거나 비슷한 수준이었다. 조금만 더 걸어가면 탑골 공원이나 보신각종이 나올 것 같은 착각마저 들었다.

한국과 칠레는 정확히 12시간 시차가 난다. 오전, 오후를 따지지 않는다면 양국의 시곗바늘은 똑같이 움직이고 있는 것이다. 실제로 두 나라 사이에는 놀라울 정도로 비슷한 점이 많다. 독일, 스페인 등 강대국의 식민 지배를 받았던 점, 피노체트라는 군부 출신의 독재자가 나타나 1973년부터 1989년까지 국민들을 정치적으로 억압했던 점(그가 재임한 17년 동안 수천 명이 실종되었다) 등이 대표적이다. 하지만 90년대 이후부터 지금까지 칠레는 부쩍 성장 추세에 있다. 빈곤율은 반으로 줄었고 교육 수준은 25퍼센트 향상되었으며 2001년에는 사형제도 폐지되었다. 2005년 미첼 바첼레트Michelle Bachelet란 여성 대통령의 등장에서도 알 수 있듯이, 여성 권익도 향상되는 중이다.

물론 여전히 후진적인 느낌이 드는 부분도 있다. 페루 노동자들에 대한 차별적인 대우가 남아 있는 점이나, 노동이 지나치게 세분화되어 있는 점을 꼽을 수 있다. 슈퍼마켓에 봉지에 물건을 넣어주는 사람이 따로 있는 것 외에도 갤러리에는 가방을 로커에 대신 넣어주는 경비원이 있다. 그러나 기본적으로 문화적 다양성과 풍부함은 유럽 못지않다.

산티아고의 어느 역에서 칠레를 대표하는 작가들의 사진이 붙어 있는 것을 본 적이 있다. 거기서 유난히 눈에 띄는 사람은 이사벨 아옌데였다. 산티아고 곳곳에서 그녀의 사진을 볼 수 있었다. 단지 그의 삼촌이 좌파 출신으로 훗날 피노체트가 쿠데타를 일으키기 전까지 대통령 좌에 있었던 살바도르 아옌데이기 때문만은 아니다. 그녀는 페루에서 칠레의 외교관의 딸로 태어났으나 아버지가 행방불명된 이후 어머니와 함께 칠레로 돌아와 외갓집에서 성장했다. 삼촌이 권좌에서 쫓겨나면서 다른 가족과 마찬가지로 그녀는 베네수엘라를 비롯한 제3국에서 망명 생활을 했다. 마흔이 넘어서야 창작 활동을 시작한 그녀는 삼촌의 실각을 지켜본 경험을 『영혼의 집』에서 생생히 묘사한다. 소설에는 허구와 현실이 적절히 섞여 있다. 피노체트의 쿠데타가 일어나고 칠레는 공포 시대에 접어든다. 세계 최초로 선거를 통해 당선된 사회주의 대통령은 국외 망명을 요구하는 반란군의 제안을 거절하고 라디오를 통해 작별 인사를 한다. 얼마 후 대통령이 술에 취해 자살했다는 소문이 퍼진다. 반란을 일으킨 군인들은 국민들에게 통행금지를 요구한다.

> *군인들은…… 분명한 반항의 상징인 긴 머리나 턱수염을 기른 남자들을 구속하고, 긴 바지를 입은 여자들을 세워놓고 가위로 옷을 갈기갈기 찢어버렸다. 그들은 질서와 도덕과 품위를 바로 세워야 할 책임감을 느끼고 있었다. ……중략……. 대통령이 죽었다는 소문이 퍼졌지만 그가 자살했다는 공식 발표를 믿는 사*

람은 아무도 없었다.[7]

문학적인 계보로만 따지자면 아옌데는 G. 마르케스의 직계 후손에 더 가깝다. 그의 작품 전반에는 G. 마르케스의 배다른 자식들이 득시글거리는 것을 발견할 수 있다. 우연과 필연이 혼재되어 있는 이야기는 마치 도미노처럼 점점 큰 파장을 일으키며 미끄러져 간다. 또한 멜키아데스의 양피지의 예언에서 시작되고 끝난 『백년의 고독』과 마찬가지로 『영혼의 집』도 저 멀리 바다 건너온 애완동물 '바라바스'의 이야기에서 시작되고 끝나는 영원회귀적 구성을 띠고 있다.

이사벨 아옌데에게 다른 점이 있다면, 내가 G. 마르케스의 작품을 읽으며 느낀 유일한 불만, 즉 남근주의에 대한 비판 의식이 작품의 기저에 깔려 있다는 점이다. 『백년의 고독』이 부엔디아 대령을 축으로 한 남성 중심의 가족사라면, 『영혼의 집』은 니베아, 클라라, 블랑카, 알바로 이어지는 여성 중심의 가족사이다. 이야기는 칠레에 인민 정부가 들어서기 직전인 1930년대에서 시작되어 피노체트 군사 쿠데타가 일어난 1973년까지를 다루고 있는데, 냉혹한 지주이자 남성의 상징인 에스테반 가르시아가 적대적으로 그려지고 있다. 에스테반 가르시아는 후안 룰포의 『뻬드로 빠라모』에 등장하는 악덕 지주 뻬드로를 연상케 한다. 꼬말라의 절대 권력자인 그가 평생 소작농의 딸인

....

7_ 이 상황은 2009년의 한국과 기묘하게 맞아떨어진다. 2000년대를 훌쩍 뛰어넘어 과거로 역행하는 이상한 정부와 혼란스러운 국민들이 갈등하는 양상이, 어째 겹치지 않는가?

수사나의 마음을 얻기 위해 지고지순한 노력을 했다면, 에스테반은 매우 평면적이다. 여기서 다분히 아옌데의 약녀 기질이 드러난다. 아옌데의 문체에서는 어딘지 모르게 신경질적이고 수다스럽고 고집이 세고 변덕스러운 여자의 모습이 엿보인다. 그만큼 그녀의 작품은 읽기 쉽고 재밌고 주제와 갈등 해소 방법이 탁월하고 분명하다. 그녀의 통통 튀는 서사를 보고 있노라면 삶이란 게 이렇게 될 수도 있고 저렇게 될 수도 있다고 말하는 것 같다. 그것이 아옌데의 내적 철학이라고 이해하면 마음이 즐거워진다. 급격히 우울해지는 여성의 히스테릭한 심리를 잘 알고 있는 그는 작가라기보다는 심리 치료사 혹은 심령술사, 영매 같다.

산티아고에 온 다음 날 저녁, 나는 숙소에서 만난 안나와 투이야라는 핀란드 여자 둘과 함께 술을 마시러 나갔다. 헬싱키에서 함께 지리학을 공부하는 친구 사이인 그들은 스페인, 쿠바, 볼리비아, 페루, 칠레를 오랫동안 여행했기 때문에 스페인어를 유창하게 잘했다. 특히 안나는 라틴아메리카의 매력에 흠뻑 빠져서 대학 졸업 후 칠레에서 일하고 싶어했다. 핀란드인들은 껌만 잘 씹는 줄 알았더니, 외국어까지 이렇게 잘할 줄이야!

이러저러한 여행 에피소드들이 오가고, 약속 시간보다 30분쯤 늦게 리나가 왔다(칠레 사람들도 30분씩 늦는 게 기본이다). 그녀는 대학에서 법학을 전공하는데, 일반적인 칠레인들과 달리 영어를 무척 잘했다. 우리는 리나의 차를 타고 갤러리에 바를 접목시킨 이색적인 곳에 갔다. 데미 무어의 포스터 〈스트립티즈〉가 걸려 있는 테이블 앞에서 우리는 '악마의 성'이란 이름의 칠레산 와인을 마셨다. 기분 좋을 정도로 취한 우리는 다시 차를 타고 스시 바로 자리를 옮겼다. 이미 새벽 2시가 넘었는데 많은 사람들이 서툰 솜씨로 젓가락질을 하며 밥을 먹고 있었다. 나는 피스코 사워Pisco sour, 칠레식 보드카를 마셨다. 원래는 투명한 색이지만 레몬을 타서 연노란색으로 보이는데 데킬라와 마찬가지로 잔 주둥이에 소금을 발라서 마신다. 그리 독하진 않다. 얼음이 녹기를 기다리며 나는 농담을 던졌다.

"난 여행하면서 아프리카 산타, 아시아 산타, 유럽 산타 다 봤는데, 칠레 산타는 대체 어떻게 지상으로 내려오지? 썰매도 없는데 말이야."

"서핑하고 오겠지." 리나가 말했다.

"오호!" 내가 말했다.

"선물을 담으려면 엄청나게 큰 보드가 필요하겠군." 핀란드인 안나가 말했다. 나는 인정하며 고개를 끄덕였다.

"뭐, 어쨌거나 오리지널은 핀란드 산타라고." 핀란드인 투이야가 말했다.

'알았어, 휘바 휘바hyvaa hyvaa!' 나는 속으로 생각했다.

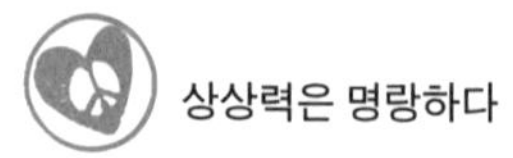

상상력은 명랑하다

산티아고 시내의 산티아고 국립 미술관Museo Nacional de Bellas Artes 앞에서 2명의 남자가 교대로 저글링을 하고 있었다. 그들이 서 있는 곳은 신호를 기다리는 차들로 꽉 찬 교차로 앞이었다. 그들은 주어진 30초의 시간 동안 전력을 다해 저글링을 선보인다. 그리고 신호가 바뀌기 직전까지 차들 사이를 돌아다니며 모자를 내민다. 그 짧은 시간에 선뜻 지갑을 꺼내 동전을 쥐여줄 만한 여유가 되는 사람이 얼마나 될지 궁금했다.

깨끗하고 화려한 고전주의 양식을 본뜬 듯한 미술관 안에서는 이상한 전시 하나가 열리고 있었다. 천막처럼 허름하게 지어진 집 안에 더러운 개 한 마리가 돌아다니고 있다. 집 아래에는 모래가 깔려 있고 한옆으로는 흑인 여자가 파라솔 곁에서 책을 읽고 있다. 사실 그녀는 진짜 흑인이 아니라 밝은 피부의 칠레인 배우 마리아나였다. 마리아나는 책을 읽지 않으면 개의 뒷바라지를 하거나 집 청소를 하는 퍼포먼스를 하고 있었다. 그녀에게 이 작품의 콘셉트가 뭐냐고 물었다. 그녀는 칠레의 신나치주의자를 비판하는 내용이라고 했다. 아직도 그런 사람들이 있냐고 하니까 소수이지만 실제로 존재한다는 것이다. 마리아나는 내게 그 작품을 설치한 아티스트를 소개해주었다. 그는 프란치스코 파파스 프리타스('파파스 프리타스'는 스페인어로 '프라이드 포테이토'라는 뜻이다)라고 하는 24세의 남자로, 까만 안경을 낀 자그마한 체구가 마치 '젊은 우디 앨런'처럼 보였다. 하지만 그는 양팔과 등에 문신을 하고 있었고 미술과 관련된 정규 교육도 받지 않아서인지 자유분방하고 유쾌했다. 그리고 영어를 거의 할 줄 몰랐다. 마침 그의 친구이자 또 다른 아티스트인 안드레아가 왔다. 그녀는 파파스 프리타스가 칠레 내에선 이미 유명한 예술가라고 얘기했다. 작품 속의 개는 신나치주의자들을 상징하고 흑인 분장을 한 여자는 그들이 업신여기는 짙은 피부의 인종을 뜻한다고 했다. 신나치주의자들이 백인 그룹이냐고 물으니, 그녀는 한숨을 내뱉으며 '우리와 같은 색을 지닌 칠레인이니까 우스운 일'이라고 대답했다. 칠레에는 주변 국가, 특히 페루에서 불법 이민자나 노동자가 많이 들어와 있는데, 아마도 흑인 여인은 그 하층계급을 상징하는 듯했다.

우리는 죽이 잘 맞았다. 내일 다시 만나 한잔하러 가기로 하고 헤어졌다. 파파스 프리타스는 다음 날 2명을 더 끌고 나왔다. 마리아나와 호세였다. 마리아나는 앞서 말한 대로 연극, 영화에서 활동하는 현역 배우로 김기덕 영화를 좋아한다고 말했다(실제로는 '김기둑'이라고 발음했다). 호세는 주로 건축에 관련된 미니어처를 만드는 일을 했다. 영어를 잘 못하는 호세와 파파스 프리타스 대신에 마리아나가 얼마 전에 일어난 황당한 해프닝을 들려주었다. 파파스 프리타스의 전시에 불만을 품은 윗사람이 내려와 작품의 콘셉트가 미술관의 분위기와 맞지 않으니 이곳저곳을 뜯어고치란 얘기를 했다는 것이다. 사실 전시를 기획한 큐레이터와 작가 자신 말고는 이런 작품이 설치될 것이란 것을 아무도 모르고 있었는데, 막상 일이 발생하자 큐레이터는 입을 굳게 다물었다고 했다. 파파스 프리타스는 이에 항의를 했고 각종 언론에 이를 공개할 뜻을 가지고 있었는데, 그제야 윗사람은 조용히 물러났다는 것이다.

파파스 프리타스는 맨발 위에 아무렇게나 신은 회색 신발을 보여주었다. 거기에는 'WART'라고 쓰여 있었다. 'War'와 'Art'의 합성어라고 했다. 전쟁과 예술의 관계가 자신이 다뤄보고 싶은 주제라는데, 그는 칠레 정부와 순수미술 관계자들을 그 전쟁 상대처럼 여기고 있었다. 그들이 표현의 자유를 억압하고 있기 때문이라는 것이다. 그는 천 페소짜리 지폐의 인물 얼굴에 수염을 찍찍 그리더니, 한쪽 위에 유창한 영어로 이렇게 썼다. 'Fuck Chile Government망할 칠레 정부!'

그날 밤 호세는 자기 친구의 집으로 우리를 데려갔다. 호세의 친구는 마리아 호세인데, 스물일곱의 비디오 설치 아티스트였다. 그녀는 방문한 친구들의 이름을 다 외우지 못했다.

스페인어권 사람들은 이름, 중간 이름, 부모 성으로 구성된 이름을 갖고 있기 때문에 본명이 무척 길다. 특히 여자는 맨 끝의 아버지 성 뒤에 남편의 성이 붙고, 부모가 이혼해도 이름은 쭉 따라가게 된다고 한다(세풀베다의 소설에 나오는 어느 여자의 이름은 '돌로레스 엔카르나시온 델 산티시모 사크라멘토 에스투피냔 오타발로'로, 무려 29자나 된다).

마리아 호세의 본명은 마리아 호세 도노소 메나이지만, 그녀는 그냥 '마리아 호세'라고 불러달라고 했다. 그녀는 웃는 모습이 사랑스러웠다. 일본 문화를 좋아해서 오타쿠나 일본 패션 들에 관해서도 알고 있었고, 집에는 소바용 숟가락과 젓가락 등을 구비해둘 정도였다. 곧 있으면 학비가 싼 아르헨티나에 2년간 사진과 영상을 공부하러 갈 예정인데, 언젠가 일본에도 가고 싶다고 말했다. 어쩐지 말투와 표정에서 묘한 동심의 세계가 느껴지는 사람이었다. 우리는 이야기가 잘 통해서 새벽 2시에 뜬금없이 2명의 아코디언 악사가 나타나 〈아멜리에〉의 주제곡을 연주하면서 거리를 지나갈 때까지 수다를 떨었다. DJ이자 음악 프로듀서이기도 한 파파스 프리타스는 한국 노래를 가르쳐달라고 나를 졸랐다. 나는 어렵사리 인터넷에서 아리랑을 다운받았다. 파파스 프리타스는 아리랑이 콜롬비아의 음악과 비슷한 데가 많다고 하면서 노래를 따라 불렀는데, 실력은 엉망진창이었다. 다음 시간까지 연습을 더 해 오라고 하고, 이틀 뒤 다시 만나기로 했다.

공교롭게도 그날은 한국의 구정 바로 다음 날이었다. 우리는 오후에 아시아 교민들이 사는 파트로나토Patronato라는 지역을 찾아갔다. 큰 한국 교회가 2개나 있다는 것이 놀라웠다. 나는 대형 한국 음식 가게에 가서 떡국용 떡과 고추장 등을 사 왔다. 저녁에 마리아 호세의 친구이자 시나리오 작가 곤살로와 호세의 여자 친구이자 미대생인 빅토리아, 그리고 파파스 프리타스가 찾아왔다. 그들은 젊고 발랄하고 재기가 넘치는 크리오요criollo, 라틴아메리카에서 태어난 백인들이었다. 다행히 파파스 프리타스의 아리랑은 〈도라지〉처럼 들리는 점을 빼고는 좀 나아져 있었다.

나는 떡국과 떡볶이, 만두 등을 준비했고, 그들은 매운 음식을 잘도 먹었다. 마리아 호세의 집에 빔 프로젝터가 있었기 때문에, 나는 2007년에 연출한 7분짜리 단편영화를 상영하기로 했다. 대사가 거의 없는 영화여서 대부분 작품을 이해했다. 마리아 호세는 문득 생각난 듯 지난 11월 MAC이라는 또 다른 컨템퍼러리 갤러리에서 봤다는 한국 작가전 이야기를 해주었다. (아마도 박정희 전 대통령을 희화한 듯한) 선글라스 낀 장군이 다른 군인들과 함께 노래방에서 노래를 부르는 장면을 익살스럽게 표현한 설치 작품 등이 인터넷에 사진으로나마 남아 있었다. 그녀는 당시엔 모두 그 전시 얘기만 했을 정도로 반응이 아주 좋았다고 했다.

이번에는 마리아 호세의 작품을 볼 차례였다. 그녀는 예전에 관객들에게 선보인 〈관찰Observatorio〉을 보여주었다. 집요하게 손톱을 뜯는 모습을 클로즈업한 3분짜리 영상물이었다. 나는 손톱의 반 이상이 잘려 나가는 장면에서 경악했다. 마리아 호세는 당시 관객들도 대부분 비슷한 반응을 보였다면서, 자신은 그것을 예상하고 일부러 출구로 갈수록 좁아지는 사각뿔 모양의 공간 깊숙이 작품을 설치했었다고 한다(그녀는 같은 작품을 달리는 트럭에도 설치해, 행인들이 보고 소리 지르는 장면도 번외로 찍어놓았다). 그녀는 한때 너무 불안한 기분이 들어 이 작품을 만들었다고 하는데, 나는 오히려 그녀의 자신감과 조르주 바타유에게 영향을 받았다는 관능적인 예술관이 마음에 들었다. 나는 그녀에게 '아디오스Adios, 잘 가'란 인사를 건네면서도 아르헨티나에서 다시 만나자는 말을 잊지 않았다.

마리아 호세는 내게 비올레타 파라의 노래 파일을 보내주었다.

비올레타 파라는 1970년대 칠레의 반독재 가수이자 누에바 칸시온Nueva Cancion, 새로운 노래을 이끈 대모로 유명하다. 라모네다궁 문화센터Centro Cultural Palacio de la moneda에서 비올레타 파라Violeta Parra의 작품을 본 적 있다. 그녀는 말년에 수작업으로 실을 짜서 태피스트리 작품을 만들곤 했다. 〈비키니 입은 예수〉처럼 파격적인 소재도 그녀의 손길을 거치면 어쩐지 소박해지는 느낌이었다. 작품 밑에는 '비올레타의 사람들은 진실하다Violeta Pueblo verdadero'는 파블로 네루다의 말이 적혀 있었다. 진실함과 소박함 사이에는 어딘지 통하는 데가 있다. 그녀의 노래 〈생에 감사해Gracias A La Vida〉에는 소박한 삶을 찬양하는 정신이 담겨 있다.

……

생에 감사해, 내게 너무 많은 걸 주었어.
넓은 귀를 주어 밤낮으로 귀 기울여
귀뚜라미, 카나리아, 망치 소리, 물레방아, 소나기,

개 짖는 소리, 그리고 사랑하는 사람의
한없이 부드러운 목소리를 새기네.

……

생에 감사해, 내게 너무 많은 것을 주었어.
인류의 지성이 낳은 창조물을 볼 때,
악이라고는 모를 것 같은 선인을 볼 때,
그대 맑은 눈을 깊숙이 들여다볼 때마다
요동치는 심장을 주었네.

생에 감사해, 내게 너무 많은 것을 주었어.
웃음을 주고 울음도 주니
내 노래와 당신들의 노래 재료인
즐거움과 고통을 구분할 수 있네.
당신들의 노래는 바로 하나의 노래이고
모든 이의 노래가 바로 나의 노래라네.

생에 감사해, 내게 너무 많은 걸 주었어.

한국에서는 이 노래가 메르세데스 소사의 곡으로 알려져 있지만,

실은 비올레타 파라가 권총 자살 하기 얼마 전 작곡한 것이다. 소사의 노래가 웅장한 비장미를 준다면, 파라의 노래는 소박한 간결미를 준다. 군부 정권하의 칠레인들을 다독이던 노래였으니 한국으로 치자면 〈아침이슬〉이나 〈상록수〉에 해당하는 곡일 것이다. 그녀의 노래에서는 눈물 냄새가 난다. 울고 싶은데 울 만한 핑계가 없다면 그녀의 노래를 들어도 좋을 것이다.

이제 여행을 한 지 딱 6개월이 되었다. 그동안 여행에 대한 매너리즘으로 인해 스트레스가 좀 쌓여 있었는데, 칠레에 와서 비로소 그것을 다 날린 기분이다.

파파스 프리타스, 마리아 호세에게는 한 가지 공통점이 있다. 모두들 명랑하단 것이다. 나는 명랑함이 세상을 구원하며, 모든 창조적인 존재들은 명랑성을 내포하고 있다는 신념이 있다. 내가 칠레 여행을 통해 얻은 것이 있다면 명랑성의 회복이다. 칠레 사람들은 지극히 행복한 상태를 표현할 때 '나는 벼룩이 득실거리는 개보다 행복하다'고 말한다고 한다. 벼룩과 옴벌레와 진드기가 득실거리는 개보다 행복할 수만 있다면 나는 언제까지고 명랑성을 택할 테다. 그로 인해 궁극적으로 추구하고자 하는 것은 리테라트Literart이다. 리테라트는 Literature와 Art의 합성어로, 문학을 중심으로 모든 예술을 종합한다는 뜻을 담고 있다. 쉽게 말해 '명랑한 크로스 오버 예술'을 나는 꿈꾼다. 상상력은 모든 것을 이룬다. 그러므로 상상력은 명랑해야만 한다.

1년 후

결국 나는 아르헨티나에서 다시 만나자던 마리아 호세와의 약속을 지키지 못하고 한국으로 돌아왔다. 우린 종종 인터넷으로 채팅을 하곤 한다. 그녀는 얼마 전 〈Automata〉라는 SF 영화에 아트 디렉터로 참여했다고 했다. 데이비드 크로넨버그를 연상케 하는 괴기스럽고 누아르적인 분위기에 맞춰 그녀는 버자이너 버그Vagina bug, 질충膣蟲라는 물고기를 만들었다. 그것은 위 안에 버자이너가 들어 있다는 가상의 생물체로 마치 3차원의 하얀 삼엽충처럼 생겼다. 어쩐지 그녀의 분위기와 어울렸다. 이제 한국은 막 추워지려는 10월인데, 그녀는 봄인데도 여전히 춥다면서 지구 반대편의 봄을 그립게 만드는 말을 던지며 온라인을 떠났다.

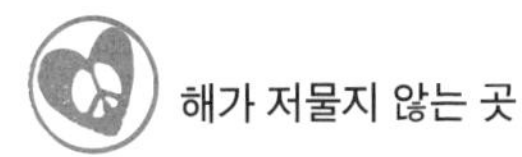

해가 저물지 않는 곳

칠레의 푸콘에는 이상한 해변이 하나 있다. 파도가 거의 없는 물 위에 요트 몇 대가 띄워져 있다. 사람들은 흰 모래 대신 까맣고 동글동글한 돌 위에 비치 타월을 깔고 누워 선탠을 한다. 사실 이곳은 바다가 아니다. 빙하의 물이 녹아 흘러 호수가 된 것이다. 화산과 빙하가 동시에 존재하는 천혜의 자연 덕에 푸콘에는 각종 레포츠 시설이 즐비하다.

나는 가볍게 몸을 풀 겸 '히드로스피드Hidrospeed'에 도전했다. 이것은 4인용 밥상만 한 플라스틱 판자에 몸을 싣고 강에 뛰어드는 '단순한' 레포츠이다. '단순히' 물살에 휘말리거나 '단순히' 바위에 부딪쳐도 '단순히' 죽을 수 있는, 아주 '단순한' 게임이었다. 가이드가 위험 신호를 보내면 큰 물살에 휘말리니까 히드로스피드 위에 가슴을 살짝 들어 바짝 붙이고 있어야 했지만, 나는 번번이 그것을 놓쳤다. 거대한 바위가 사방에서 내 몸 쪽으로 덮쳐왔다. 가까스로 피했지만 5번쯤 몸이 뒤집어지고 나니 정신이 하나도 없었다. 안전 대책이라고는 헬멧뿐. 히드로스피드는 그야말로 목숨을 내놓고 하는 게임이었던 것이다.

푸콘에서 가장 인기가 있는 코스는 비야리카Villarrica 등산이다. 비야리카 산은 2,847미터 높이의 화산으로, 마치 바닐라 아이스크림콘이 뒤집혀 있는 듯한 모양이다. 눈 쌓인 풍경이 아름다웠다. 하지만 산을 오르면서 눈은 점점 무서움으로 다가왔다. 새벽 4시 45분에 기상해 준비를 마친 뒤 차를 타고 산에 도착했을 때는 이미 오전 7시였다. 본격적인 산행은 산의 허리 부근인 1,400미터에서 시작한다. 몇 미터 오르지도 않았는데 숨이 가빠온다. 스위스인 청년 패트릭은 기계처럼 발을 움직이고 칠레의 스노보드 선수인 파블로는 산 위를 서핑보드 타듯 올라간다. 이 산행을 위해 1박 2일 훈련이라도 한 것일까. 산의 고도와 비례해 경사도 점점 가팔라졌다. 눈짐작만으로도 대략 50도에 육박했다. 게다가 동글동글한 콩처럼 생긴 화산석들은, 이미 V자로 꺾여 신음을 내고 있는 발바닥 밑에서 자꾸만 미끄러졌다. 미국에서 온 부부 팀과 린다는 벌써 저만치 뒤떨어졌다. 나는 겨우 중간을 유지하고 있었다. 2시간의 문 워크 끝에 도착한 곳에는 눈이 가득 쌓여 있었다. 이제 T자 모양의 아이스샥을 지팡이 삼아 정상까지 올라가야 한다. 가장자리에 톱니 10개가 박혀 있는 캄폰눈이나 빙하 위를 걸을 때 신발 바닥에 끼워 신는 도구을 발에 채운 뒤, 아이스샥, 왼발, 오른발, 아이스샥 순으로 몸을 움직인다. 캄폰은 꽤 무겁기 때문에 발을 놀리기 힘들다. 발을 더 무겁게 하는 것은, 순간의 실수로 발이 X자로 꺾이기라도 하면 3천미터 아래로 처박히고 말 것이란 사실이다. 눈 위에서 2시간을 걷고, 다시 그 지긋지긋한 화산석을 밟아 정상에 도착했다. 아, 거기에는 연기와 기침과 콧물이 있었다. 화산 분화구에서 나오는 연기에 다들 질식할 듯 콜록대고 있었다. 나는 코를 풀면서 산 위에 올라온 사람들을 보았다. 60대 후반의 노인부터 6세 초반의 아이까지 다양한 사람들이 그곳에 있었다. 다들 코나 풀자고 그곳에 온 것은 아닐 것이었다. 그들이 산에 올라온 이유는 뭐였을까?

해답은 내리막길에 있었다. 내려갈 때, 사람들은 옆이 트인 가죽 천을 허리와 허벅지 부분이 덮이게 찬다. 그리고 올 때는 힘겹게 올라왔던 눈 덮인 산 위에 엉덩이를 깔고 쌩쌩 달리는 것이다. 해발 2천 미터 위에서 타고 내려오는 자연산 눈썰매라니, 생각만 해도 신 나지 않는가. 수많은 인파를 제치고 겨우 썰매를 한 번 타면 '집에 가자'라는 말이 들려오곤 했던 어린 시절을 생각하면 너무나 행복하고 긴 썰매놀이였다. 적어도 10개의 긴 썰매를 탄 것 같다. 골뱅이처럼 생긴 눈의 미끄럼틀 위에서 정신없이 엉덩이를 놀리고 있다 보면 1시간이 훌쩍 간다. 마지막 지점에 도착해 나처럼 엎드려 있는 사람들 역시 60세 후반의 노인에서 6세 초반의 아이까지 다양하다. 그들은 누워서 '러브 스토리'나 '68년 겨울의 추억' 등 저마다의 겨울을 상상하고 있었을 것이다. 내가 눈썰매 위에서 낑낑댈 때 내 등을 발로 찬 사람은 한 무리의 노인 부대였다. 나는 그들이 모두 아이가 되고 싶은 것이라고 생각했다. 엉덩이에 묻은 눈을 툭툭 털다 보면 지난 6시간의 산행은 아무 일도 아닌 것처럼 지나가 있었다. 그날 저녁, 버팔로 윙과 함께 마신 맥주는 잊을 수 없는 맛이었다.

다음 날 나는 해안 도시 발디비아Valdivia를 거쳐, 파타고니아 지방으로 갈 생각이었다. 발디비아의 수산 시장 앞에 몰려나와 선탠을 즐기고 있는 바다표범을 보고 나자, 파타고니아에 대한 기대는 점점 부풀어갔다. 하지만 발디비아에서 푸에르토몬트Puerto Montt로 갔을 때 예상 밖의 일이 일어났다. 파타고니아행 버스가 일주일 뒤에나 있다는 것이다. 할 수 없이 계획을 바꿔 아르헨티나로 가기로 했다. 바릴로체Bariloche라는 호반 도시였다.

바릴로체에는 거대한 나우엘 우아피Nahuel Huapi 호수 주변으로 10만 명이 조금 안 되는 인구가 평화롭게 모여 산다. 이곳에도 시에스타가 있다. 오후 1시부터 무려 서너 시간이나 쉰다. 이때는 아무리 먹고 싶어도 초콜릿이나 스파게티를 먹을 수 없다. 유리문을 두들겨봤자 소용없다. 다가올 사람은 본적本籍보다 긴 이름의 요리가 가득 담긴 메뉴판을 든 웨이터가 아닌 허리에 권총을 찬 경비 회사 직원뿐일 테니까.

그래도 맛난 음식을 먹지 못해 괴로울 일은 별로 없다. 일단 맛난 음식이 없다. 아르헨티나 음식은 영국의 피시 앤 칩스와 쌍벽을 이룬다. 피자든 치킨 슈니첼이든, 음식을 시킬 때마다 나는 고개를 갸우뚱해야 했다. 내가 주문한 음식이 라자냐인지, 법률사무소의 비서실 책상 위에 놓인 재미없게 생긴 전화인지 헷갈리는 것이다. 튀김옷을 헐렁하게 걸친 소와 물렁살로 가득한 닭들에 세상에서 제일 맛없는 소스가 곁들여 나온다. 아르헨티나인들에게 3시간 동안의 점심시간이 주어진 것은 아르헨티나의 요리 때문이 아닐까. 아무리 배가 고파도 그런 음식은 8시간을 줘도 못 먹는다.

바릴로체는 해가 저물지 않는 도시이다. 아르헨티나의 시간은 칠레보다 1시간 빠르고, 한국과는 11시간 차이가 난다. 여름에는 낮이 엄청나게 길다. 밤 10시는 마치 한국의 여름 저녁 7시만큼 어스름할 뿐이다. 이탈리아, 스위스 등 북반구에서 온 대부분의 사람들은 이 긴긴 낮에 적응하지 못했다. 게다가 그날 밤 월식 현상이 나타나 다들 잠을 이루지 못했다. 사람들은 밤 11시에 스파게티를 끓여 먹거나 포커를 쳤다. 그리고 대부분 밤을 새웠다.

만일 아무 생각도, 조건도 없이 영원히 살고 싶은 도시를 꼽으라면 주저 않고 바릴로체를 꼽을 것이다. 나는 그곳의 낭만을 잊지 못한다.

빙하의 죽음

아시아의 평범한 직장인에게 파타고니아는 꿈의 고향이다. 짧은 한국의 휴가로는 도저히 가보기 곤란한 대륙인 데다, 간다 해도 꼬박 이틀을 길에 바쳐야 한다. 파타고니아를 육로로 이동하게 되는 도로를 루타40Ruta40이라고 한다. 파타고니아가 꿈의 고향이라면 루타40은 꿈의 도로이다. 도로 밖에는 그림을 복사해 붙여놓은 것처럼 매번 똑같은 풍경이 이어진다. 회색빛 산, 황톳길, 푸른 하늘, 대담하게 펼쳐진 구름들, 그리고 불쑥불쑥 튀어나와 나를 당황시킨 동물 과나코Guanaco, 안데스산맥에 야생하는 야마의 한 종류. 혹시 이름을 들어본 적이 없다면 낙타의 얼굴, 기린의 키, 사슴의 꼬리, 양의 털을 합쳐놓은 것 같은 동물을 상상해보라. 이 동물의 풀 뜯는 동작은 느리고, 아르헨티나인처럼 여유가 넘친다.

파타고니아, 하면 역시 루이스 세풀베다의 『파타고니아 특급열차』의 이미지가 동시에 떠오르는 것은 어쩔 수 없다. 이 책은 기행문紀行文이자 기행록奇行錄이다. 200매가 조금 넘는 이 책은 지금은 사라지고 없는 기차에 바치는 일종의 헌사이다. 세풀베다는 이 책에 어린 시절의 추억부터, 청년 사회주의 전사이자 정치범이었던 젊은 시절, 감옥 생활, 망명기, 여행기 등을 사실과 환상의 구분 없이 적어놓았다. 그는 열여덟의 나이에 이미 체 게바라보다 더 '세계적인 인간'의 전형이 되리라고 마음먹었다. 청년 사회주의자가 되는 길은 험난했다. 정치범으로 잡힌 그는 칠레에서 가장 비참한 테무코 교도소에서 젊은 시절을 보냈다. 그곳에서 전쟁 포로들이 여는 언어, 수학, 양자 물리학, 세계사 등 다양한 강좌를 들으며 942일을 보낸 그는 1976년 6월 국제사면위원회 덕분에 테무코 교도소를 나왔다. 몸무게가 20킬로그램 빠져 있었고, 동료들은 군부 정권에 처형당했다. 칠레 정부로부터 받은 귀국 불가 조치에서 벗어나기까지 9년이라는 세월이 걸렸다. 그는 함부르크에서의 오랜 망명 생활을 접은 후, 지구 끝으로 여행했다. 젊음을 낭비에 가까울 정도로 성급한 삶에의 충동으로 일관한 세계적 인간이 택한 길이란 게 다름 아닌 세계의 끝이었던 것이다. 세계의 끝이라…… 거창하게 말하자면, 나도 실은 루타40을 타고 세계의 끝으로 달려가는 중이었다.

책 한 권을 다 읽고 나자 버스는 엘 찰텐El Chaltén에 도착했다. 새벽 1시였는데 바람이 무척 찼다. 파타고니아의 환영 인사치고는 매서웠다. 가방 깊숙이 들어 있던 점퍼를 꺼내 입었다. 나는 문틈으로 바람이 들어와 칼자국을 내고 사라져버리는 호스텔에서 짧은 잠을 잤다. 다음 날 숙소로 옮기기 위해 호스텔을 나섰다. 바람은 여전히 매웠지만, 날은 따뜻한 편이었다. 엘 찰텐은 눈 덮인 피츠 로이Fitz Roy 산맥에 둘러싸인 아름다운 곳이다. 마을 자체가 국립공원 안에 들어 있으며 인구가 500에서 1,800명 사이에 불과한 특이한 곳이기도 하다. 점차 관광객이 늘어나는 탓인지 엘 찰텐은 마을 전체가 공사 중이었다.

사람들은 여기저기 예쁜 집을 짓고 도로를 닦았다. 차들이 비포장도로 위를 달릴 때마다 먼지가 폴폴 날렸다.

다음 날 아침, 나는 토레Torre 빙하로 가서 14시간의 산행을 했다. 새벽 6시에 기상해 베이스캠프까지 2시간, 그리고 토레 호수를 지나, 2시간 동안 빙하 위를 걸었다. 내가 발을 한 걸음 한 걸음 뗄 때마다 캄폰 밑에서는 '탁탁' 하고 경쾌한 소리가 났다. 빙하는 바람의 방향을 따라 자연스러운 결을 이루고 있었다. 빙하는 아찔한 푸른색으로 아름답게 빛났다. 나는 빙하 절벽을 따라 걸었다. 빙하 트래킹의 시작이었다. 빙하의 절벽은 터키 파묵칼레 히에라폴리스Hierapolis의 석회붕을 떠올리게 했다. 그것은 하얗고 투명해서 오히려 그 속내를 알 수 없게 하는 엄숙함이 있었다. 절벽 끝에서 반투명에 가까운 하얀 물이 흐르는 개천이 나왔다. 나는 일행들과 밧줄에 매달려 빙하가 녹아내리는 물 위를 건넜다. 왜 빙하가 녹으면 안개처럼 그렇게 속 깊은 흰색을 띠게 되는지 알 수 없었다. 그 자욱함 때문에 안개를 사랑하는 것과 마찬가지 이유로 나는 그 반투명한 흰빛에 매혹당했다. 물은 바닥의 색을 투명하게 드러내게 마련인데, 빙하는 얼었다 녹으면서 자신이 태어난 곳의 기억 따위는 다 잊어버리고 마는 모양이다. 크레바스 속에 갇힌 물은 또 어떠한가! 갈라진 빙하 틈새에 고인 물은 여자의 깊은 곳을 생각나게 하는 면이 있었다. 안으로 들어갈수록 깊고 푸르러지는 고요한 물. 물을 보면 여자가 생각나는 것은 어쩔 수 없는 일인 모양이다. 나는 크레바스에 빠지지 않으려 안간

힘을 썼다. 캄폰이 빙하에 부딪치는 소리가 날 때마다 마치 사랑하는 사람과 대화를 나누듯 조심스러워져 몇 번이나 다음 발을 망설여야 했다. 그렇게 5시간을 살금살금 지나 보내고 산을 내려오자, 선물처럼 엘 찰텐 마을이 나타났다. 너른 언덕에 서니 땀이 밴 등으로 시원한 바람이 불어왔다.

숙소에 돌아와 보니 스위스인 남자 둘이 새로 와 있었다. 그들은 나와 반대로 여행하는 중이었다. 부에노스아이레스에서 한 달간 스페인어를 배운 뒤, 우수아이아Ushuaia를 거쳐 북으로 올라온 것이다. 안드레는 우수아이아에서 가져온 하얀 지팡이를 들고 있었다. 그것은 묵직하고 멋있었다. 그는 스위스제 칼로 나무를 직접 깎았다고 했다. 스위스로 돌아갈 때도 그것을 들고 갈 태세였다. 산을 오른다는 것은 멋진 지팡이를 손에 쥐게 된다는 뜻이기도 했다. 언젠가 나에게도 그런 지팡이를 가질 날이 오려나.

다음 날 나는 엘 칼라파테El Calafate로 떠났다. 여행객들이 인구 8천 명의 이 작은 마을에 들르는 이유는 '페리토 모레노Perito Moreno'를 보기 위해서이다. 이것은 가로 5킬로미터, 세로 30킬로미터, 높이 60미터에 달하는 거대한 빙하이다. 전 세계의 빙하들이 점차 규모가 줄어드는 데 비해 이 페리토 모레노만큼은 안정적인 크기를 유지하고 있다고 한다. 빙하가 녹아 구멍이 생긴 곳에서는 물이 줄줄 흘러내렸다.

갑자기 사람들의 셔터 소리가 빨라졌다. 빙하의 한쪽 귀퉁이가 떨어진 것이다. 빙하는 떨어지면서 거대한 소리를 냈다. 그다음부터는 새로운 놀이가 생겼다. 빙하가 떨어지기를 기다리는 것이다. 모두들 대어를 낚기 바라는 낚시꾼처럼 좀 전에 빙하가 떨어졌던 곳을 유심히 본다. 어떨 땐 5분, 또 어떨 땐 10분 간격으로 빙하가 떨어졌다. 떨어지는 빙하는 마치 남반구의 '별똥별' 같은 느낌이다. 어쩌다 그 간격을 참지 못하고 돌아간 사람들은 뒤통수에서 '우르릉 쾅, 풍덩!' 하는 소리에 '아차' 하는 심정으로 일단 제일 높은 곳으로 뛰어 올라간다. 운이 좋으면 빙하의 낙하를 보는 것이고 아니면 이미 물 위로 엷게 퍼지고 있는 얼음 조각을 쳐다봐야 한다. 아주 큰 빙하가 떨어지자 사람들은 일제히 박수를 치며 휘파람을 불어댄다. 떨어져 나온 유빙은 곧 어머니 바다 위에서 살금살금 움직이며 존재감을 잃어간다.

빙하는 그것을 바라보는 이들로 하여금 단절감을 느끼게 하는 속성을 지녔다. 그것은 지나치게 견고하다. 너무나 무심할 정도로 견고해서 주변을 배제시킨다. 고체 상태에 정지한 채, 그 영원히 변하지 않을 것 같은 견고함으로 주변을 깜짝 놀라게 하고, 마침내 주변을 완벽히 사라지게 한다. 팔에 석고붕대를 한 인간을 본 적 있는가? 빙하는 마치 그 석고붕대와도 같다. 그것은 지나치게 정형화되어 있음으로써 그것이 둘러싸고 있는 세계를 압박해버린다. 단절시키고 정형화시키고 마침내 아무것도 없는 것으로 만들어버린다. 석고붕대가 팔이라는 존재를 망각하게 만들어버리듯이 빙하도 땅, 흙, 공기 등, 어쩌면 그 공간의 주인이었던 존재들을 완전히 망각시켜버린다.

사물은 사물 그 자체보다는 주변과의 관계 속에서 본질이 결정되곤 한다. 만일 내가 그 아련하게 녹아내리는 빙하를 스케이트장에서 보았다면 죽음과 절멸의 이미지를 떠올리지 못했으리라. 꽁꽁 얼어붙어 버린 산, 아무것도 자라지 않는 메마른 땅, 특히나 이 꿈의 고향과도 같은 파타고니아 대륙에서 발견된 빙하이기에 나는 그것으로부터 단절감을 느낄 수 있었다. 우리 따분한 인간들, 절벽 아래로 떨어지지 않게 만들어주는 나무 지지대 앞에서 사진을 찍어대는 관광객들이 그 빙하의 죽음을 축하하고 있었던 이유는 사실 어리석기 때문만은 아니다. 빙하의 붕괴에서 세계가 아주 사소하게나마 무너질 수 있다는 해방감에 사로잡히고 끝내 희열을 느끼게 되기 때문이다.

빙하가 세상의 끝을 지키는 견고한 수문장이나 억센 벽이 아니라는 사실은 다행스럽다. 왜냐하면 그것은 스스로 붕괴함으로써 이 세상의 붕괴를 지키는 아이러니한 존재이기 때문이다. 오히려 빙하를 이토록 어둡게 얼려버린 것은 그 아래 볼모처럼 사로잡힌 땅, 흙, 공기 탓이다. 빙하가 무지막지한 힘을 뿜어내며 땅과 흙과 공기를 압박하고 조이고 지배하는 것이 아니라, 땅과 흙과 공기가 순환하며 빙하의 생장을 도와주고 있다. 빙하는 주변의 움직임에 반응하고 대답하고 또 움직인다.

유빙을 받아주는 어머니 바다의 입장에서 빙하는 한 그루의 나무처럼 읽힐 것이다. 속내를 알 수 없는 깊은 물에 발을 담근 채 자라나는 거대한 나무. 꽁꽁 얼어붙은 파타고니아 대륙을 휘감은 넝쿨로서의 빙하, 세계의 견고함을 자기 스스로 붕괴시키고 또다시 쌓아 올리는 성으로서의 빙하, 주변을 완벽히 사라지게 하는 석고붕대로서의 빙하. 그것이 없다면 파타고니아도 없다. 그것이 없다면 어머니 바다도 없다. 그리고 이 세상의 끝도 사라지고 마는 것이다.

삭발

푸에르토 나탈레스Puerto Natales에 가기 위해 아르헨티나에서 다시 칠레로 돌아왔다. 루트가 계속 꼬여서, 내가 아르헨티나에 있는지 칠레에 있는지 헷갈리는 날이 늘어났다. 푸에르토 나탈레스는 엘 찰텐보다 훨씬 개가 많다. 개 사회의 암스테르담 같은 곳이랄까. 경찰견으로 써도 될 만한 거대한 개부터 자그마한 똥개, 절름발이 개까지 다양한 개들이 폭력 조직처럼 무리를 지어 돌아다닌다. 날은 춥고 동네는 썰렁해서 개들이 마치 그곳을 점령한 것처럼 보일 정도이다. 그 이유는 관광객들 대부분이 '토레스 델 파이네 국립공원Parque Nacional Torres del Paine'에 올라가 있기 때문이다. 이곳은 라틴아메리카에서도 손꼽히는 국립공원이 있는 곳으로 트래킹과 카약으로 유명하다. 빙산 주위를 가로지르는 카약킹은 금전적인 문제로 포기하고 등반을 떠나기로 했다. 일반적으로 일주일간 산을 'O' 자형으로 도는 등반을 떠나지만, 나는 체력 고갈로 인해 'W' 자를 선택했다. 이것도 3박 4일이 걸리는 일정이었다. 우선 텐트, 매트, 버너, 부탄가스, 식기 등을 빌리고 3일치 식량을 샀다. 가방의 무게가 10킬로그램이 넘었다.

토레스 델 파이네의 베이스캠프에는 이미 30여 개의 텐트가 있었다. 나도 한편에 텐트를 세운 뒤 점심을 먹고 출발했다. 갈색의 큰 산토끼들이 풀밭을 뛰어다녔다. 짐도 없고 몸도 가뿐해서 목적지인 토레스 캠프까지는 3시간 만에 쉽게 올라갔다. 거기서 가장 난코스인 돌산을 1시간 정도 올라가면 눈 쌓인 산을 볼 수 있게 되는 것이었다. 하지만 나는 갈림길에서 이스라엘 남자 3명을 따라갔다가 험준한 산을 오르게 되었다. 1시간 반 만에 돌산을 정복하자 비취빛으로 빛나는 호수 위에 자리 잡은 눈산을 볼 수 있었다. 호수의 비취빛은 암회색 산에 쌓인 새하얀 눈과 묘한 대조를 이루고 있었다. 나는 호수를 내려다보며 반나절 같은 5분을 보냈다. 날이 서서히 어두워지고 있었기 때문에 암벽에 내 엉덩이 화석이 찍히도록 마냥 앉아 있을 수 없었다. 6시간 만에 오른 산을 내려가는 데에는 불과 3시간밖에 걸리지 않았다. 텐트에 돌아오자마자 저녁도 먹지 않고 그대로 뻗어버렸다. 산모기들은 정수리까지 물어댈 정도로 독했다. 침낭을 억세게 잡아당기며 왜 이렇게 산을 오르락내리락하는지 답을 알 수 없다 생각했다.

둘째 날엔 전날의 여파로 늦잠을 잤다. 그날은 'W'의 중앙 부분에 오를 차례였다. 겨우 짐을 메고 11킬로미터짜리 낮은 능선을 따라 걸었다. 왼쪽으로 작고 큰 호수 2개가 연달아 나타났다. 이제 겨우 시작이란 뜻이었다. 산행 중에 배낭에 아기를 태운 남자를 보았다. 예순이 다 된 노인도 산을 오르는 것을 보았다. 그들의 체력에 야코가 죽고 말았다. 누군가 버리고 간 단단한 나무 지팡이를 손에 쥐었다. 이렇게 2시간 반을 걸으며 은둔자의 오후를 즐겼다. 목이 마르면 산에서 떨어지는 물을 받아 마셨고 힘들면 돌 위에 누워 하늘의 구름을 바라보았다. 드디어 거대한 노르덴스키욜드Nordenskjold 호수가 끝나는 지점에 도달하자, 다음 캠핑장인 이탈리아노 캠프가 겨우 가까워졌다. 하지만 이미 날은 완전히 어두워져 있었다. 부지런한 사람들은 거기서 3시간을 더 올라갔다 오지만 나는 불을 피워 먹고 자기도 바빴다. 'W' 정복은 서서히 물 건너갔다.

셋째 날은 가장 빡빡한 날이었다. '파이네 그란데Paine Grande' 캠핑장까지 걷는 7.6킬로미터의 산행에서 나는 체력이 완전히 바닥났다. 예정대로라면 'W'의 왼쪽 끝에 있는 그레이 빙하까지 갔다 와야 하지만, 캠핑장에 텐트를 치고 점심을 먹으니 벌써 4시가 다 되어가고 있었다. 해 지는 시간이 8시쯤이었기 때문에 왕복 7시간의 산행은 불가능해 보였다. 나는 페호Pehoe 호수를 구경하다가 텐트에 들어가 그대로 뻗어버렸다. 친한 친구가 나를 배신하는 꿈에 시달리다 잠에서 깨어나 어스름한 캠핑장을 거닐었다. 공동 부엌에서는 젊은 사람들이 음식을 만든다고 한창 불을 피워 올리고 있다. 나는 막 산에서 내려온 과나코 한 마리가 어슬렁거리는 것을 보았다. 사진을 찍으려 하자 과나코는 풀을 먹다 말고 도망가 버렸다.

나흘째 되는 날은 18킬로미터를 걸었다. 막판 2시간은 거의 말발굽과 사람 발자국밖에 없는 초원이었다. 지팡이를 오른발 삼아 구호에 맞춰 걸었다. 5시간, 아니 4일 만의 하산. 나는 지팡이를 내던지고 하늘을 향해 소리를 질렀다. 비록 나의 등반은 'W'가 아닌 'μ' 자가 되어버렸지만 그런 것 따위는 문제되지 않았다. 3박 4일간 토레스 델 파이네를 등정하면서 나는 동작의 즐거움을 익혔다. 그것은 행위의 즐거움이다. 몸의 즐거움이다. 인간이라는 유기체는 언제나 심장 속의 산소를 원한다. 심장의 활동으로 생의 에너지와 죽음의 에너지는 수없이 자리를 뒤바꾼다. 이렇듯 우리를 죽음으로 안내해주는 것은 정직한 몸의 움직임이다.

며칠 전, 나는 컴퓨터를 켜려고 멀티탭을 만지다가 감전을 당했다. 오른손으로 타고 들어온 전기가 순식간에 발끝까지 전해졌다. 짧은 죽음이라는 느낌과 함께 후회, 아쉬움, 안타까움이 몰려왔다. 아주 사소한 전기 자극 하나가 인간이 인간임을 쉽게 포기하게 만든다. 실은 인간이란 존재가 거대한 음극과 양극을 지닌 하나의 자석임에도 불구하고!

나흘간의 산행 후, 나는 어떤 결심을 했다. 그것은 팔꿈치까지 내려오던 긴 머리를 3밀리미터만 남기고 밀어버리는 일이었다. 삭발은 세상의 끝에 도착한 사람들을 위한 의식처럼 여겨졌다. 우선 굵은 빗으로 머리를 빗었다. 외국 샴푸와 물이 맞지 않은 탓에 머리는 철 수세미처럼 말을 듣지 않았다. 언제부터 머리를 길렀던가? 적어도 3년은 넘었을 것이다. 긴 여행 중에 눈에 띄게 거칠어진 손가락 사이로 억센 머리칼을 잡아당긴다. 단백질 덩어리. 내 두피를 덮고 있는 이 짙은 갈색의 머리칼이란 건 고작 단백질 덩어리가 아니던가. 사물의 개념을 안다는 것은 대상을 끝까지 잘게 쪼갠다는 것이고, 그 극단적 분자화의 끝에는 놀랍게도 허무만이 남는다. 이 머리칼을 고작 단백질 덩어리로 쪼개고 난 뒤 머릿속에 쓸쓸함이 감도는 것은 어쩔 수 없지만, 나는 그 끝에 도달하고 싶었다. 끝, 까지 가버리고 싶었다. 저, 탐험가 피어리처럼 절멸의 땅으로, 세상의 끝에서 끝으로 가버리리라. 그곳에서 설령 '대체 그곳엔 무엇이 있을까?'라는 질문을 민망하게 만들어버리는 사태를 만나더라도 나는 반드시 그곳에 가볼 예정이었다. 싹둑. 날 선 가위로 단백질 덩어리를 잘게 오렸다. 속눈썹과 입술 위로 떨어지는 머리카락의 움직임이 처연하다. 울음은 나오지 않았다. 이것이 제아무리 의식적인 행위로 보일지라도 대체 손톱을 자르는 일과 얼마나 다르겠는가. 나는 매주 손톱을 자르지만 그것을 의식이라고 생각해본 적이 없다. 머리카락을 밀기 좋게 자르고 거울을 본다. 내가 아닌 것 같다. 나의 가장 높은 곳을 덮고 있던 단백질 덩어리를 걷어내자마자 나란 존재가 발밑으로 떨어진다. 이 사람은 대체 누구인가. 시간이 어색하게 흐르고 그 어색함이 조금 전 나의 행위를 후회하게 만들까 봐 재빨리 전원을 켠다. 위이잉, 소리와 함께 바리캉에 불이 들어온다. 그 소리를 즐기며 천천히 정수리 가운데를 바리캉으로 가로지른다. 그렇게 몇 번 머리 위에 고속도로를 내고 나니 그다음은 쉽다. 귀 위나 목 뒤의 움푹 팬 곳도 남김없이 민다. 마치 더러움을 문질러 닦기라도 하듯 필사의 힘을 다해 머리카락들을 부러뜨려버린다. 마치 이 섬세한 행위에 이날 의식의 성패가 달려 있기라도 하듯이. 문득, 불안해진다. 만일 이렇게 무턱대고 민 다음에 거울을 보았을 때 후회하면 어쩌지? 사람들은 나를 남자로 착각할 것이고, 화장실의 여자 청소부는 날 향해 소리를 지를 것이다. 내 머리카락만 보고 나를 방금 형무소에서 나온 범죄자 취급하는 사람도 있을 것이다. 만일, 이 잔혹한 세상이 한갓 머리카락, 아니 자그마한 단백질 덩어리 차이 하나로, 나를 여자로, 일상인으로, 하나의 인간으로 보아주지 않으면 어쩌지? 얼굴과 목에 달라붙은 수염 같은 잔여물을 닦아내며 거울을 본다. 거울이란 사물은 어쩜 이리도 대상을 어색히 비추는 재주가 있을까? 까끌까끌한 머리칼을 쓱, 쓰다듬는다. 머리칼이라기보다는 그저 뇌를 덮고 있는 정화조 뚜껑처럼 보인다.

다음 날, 삭발한 머리를 모자 안에 숨긴 인간 하나가 세상의 끝에서 발견된다. 그곳의 이름은 '우수아이아'이다. 우수아이아에는 남극 관광을 가기 위해 잠시 들른 것 같은 일본인 관광객들이 넘쳐난다. 마을 자체는 북적이지 않는다. 다만 곳곳마다 '세상의 끝Fin del Mundo' 이라는 간판이나 문구가 박혀 있어서 마을이 굉장히 극적인 느낌으로 변한다. 7천 달러짜리 남극 투어 대신 내가 선택한 것은 마르티요Martillo 섬이다. 섬에 내리기 전, 점점이 보이는 것들이 모두 펭귄이었다. 이곳에는 젠투Gentoo 펭귄과 마젤란Magallanico 펭귄 두 종이 서식하고 있다. 등이 회색빛인 젠투가 마젤란보다는 약간 더 컸지만 둘 다 키는 사람 무릎 높이에 불과했다. 펭귄들은 뒤뚱거리면서 해안을 돌아다니다가 바다에 풍덩 빠져 헤엄을 쳤다. 젠투 펭귄들은 털갈이 중인지 몸의 반 이상에 흰 깃털이 떨어질 듯 말듯 달려 있었다. 놀라운 것은 펭귄들이 전혀 사람을 두려워하지 않는다는 점이었다. 암수 한 쌍이 땅 밑에 굴을 파고 들어가서 고개를 내민 채 내 눈을 빤히 쳐다보고 있었다. '너희도 머리카락이 별로 없구나.' 저 멀리 한반도에서 날아와 딱히 알 수 없는 충동에 의해 삭발 의식을 행한 여자 하나가 털갈이 중인 펭귄 한 쌍과 마음이 맞닿은 것이다. 그놈들은 흔들림 없는 눈동자를 내게 보내왔다. 죽음에 대한 공포를 겪어본 적 없는 눈빛이었다. 모든 두려움의 핵심인 보이지 않는 대상에 대한 공포가 놀라울 정도로 없는 것이다.

젠투 펭귄들이 의식처럼 바다에 뛰어든다. 그들은 투박하고 작은 날개만으로 돌고래보다 더 신 나게 헤엄을 친다. 한 덩어리처럼 바다에 빠지고 한 덩어리처럼 바다 밖으로 빠져나온다. 의식을 끝낸 펭귄들은 해안 위를 뒤뚱거리며 몸을 말린다. 그렇게 몇 번씩 사부작사부작하다 보면 그들의 삶은 끝나 있게 될 것이다.

"떠납니다!"

가이드의 외침에 사람들이 하나둘 배 위에 오른다. 마르티요 섬이 점점 멀어지며 펭귄들은 점차 면, 선, 점의 형상으로 변이해간다. 마침내 그들은 하나의 작은 점이 되어 마르티요 섬을 지킨다. 그들은 한 덩어리처럼 섬 위에 새겨져 있다. 한 덩어리, 그들의 본질은 그 덩어리짐에 있었다. 한 덩어리로 세상의 끝에 태어난 이 무리들은 한 덩어리로 이 땅을 지키다 마침내 한 덩어리로 죽음을 맞이하게 될 것이다.

이것이 내가 본 세상의 끝이었다.

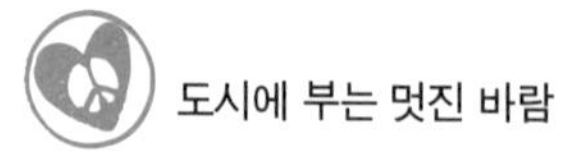

도시에 부는 멋진 바람

나는 도시를 사랑한다. 24시간 편의점과 밤새 영화를 볼 수 있는 멀티플렉스 극장, 좋아하는 책이 10권씩 꽂혀 있는 공공 도서관, 새벽 1시에 돌아다니는 시내버스, 엘리베이터의 금속성, 금은방마다 반짝이는 보석들, 점등하는 형광 불빛, 깨진 곳 없는 네온사인, 무수히 많은 횡단보도, 노점상, 테이크아웃 커피가 제공되는 카페, 예술회관, 붉은 카펫이 깔린 레스토랑, 고궁들, 외국인들, 갑작스레 등장하는 자갈길들……. 이러한 불균질함과 어수선함, 부잡스러움이 서울의 이미지이다. 그리고 바로 그것이 내가 서울이라는 도시를 사랑하는 이유이다. 이에 반해 화장실이 어디냐고 매번 물어야 하는 곳, 옷을 사려면 버스를 2번 갈아타야 하는 곳, 혹은 영화를 보러 배를 2시간 이상 타고 나가야 하는 곳에는 어쩐지 가고 싶지 않다. 그럼에도 종종 시골로 여행을 떠나는 이유는 그 후에 비로소 도시가 얼마나 좋았는지를 깨닫기 위해서이다.

부에노스아이레스Buenos Aires, 멋진 바람이라는 뜻에 오기 전까지 나는 아르헨티나의 반쪽만 본 셈이었다. 그만큼 이 도시의 인상은 강렬하다. 주제 사라마구의 소설에 나오는 듯한 거리. 하필 오늘은 일요일이고 모든 상점은 문이 닫혀 있다. 거리를 나다니는 사람도, 깔깔거리며 웃는 꼬마 애들도 없다. 차도, 사람도 없는 스산한 거리. 그곳은 전염병이 휩

쓸어간 『페스트』의 도시 오랑이자, 좀비들이 출몰하는 영화 〈28일 후〉의 런던이다.

부에노스아이레스의 지도를 펼치면 바둑판 모양이다. 지도 위에서 오목을 하면 가볍게 3판 정도는 할 수 있다. 거리는 하품이 나올 만큼 정비가 잘되어 있다. 거리나 지하철역 이름은 라틴아메리카의 주요 도시나 유명인 들 이름을 따왔다. 과테말라 거리, 니카라과 거리, 보르헤스 거리, 그리고 체 게바라 거리까지. 예상대로 역사상 가장 유명한 아르헨티나인 '체'는 국민 삼촌이다. 체 게바라 배지, 체 게바라 가방, 체 게바라 목걸이, 체 게바라 액자, 체 게바라 거리 등등. 그중에서도 가장 웃겼던 것은 체 게바라가 된 메릴린 먼로이다. 체 게바라 기념품만큼이나 많은 게 노숙자들이다. 침낭을 머리끝까지 뒤집어쓴 채 엎어져 자는 남자, 아기를 더러운 바닥에 앉히고 구걸하는 여인, 배꼽이 등에 달린 남자 등등. 만일 이곳의 독특한 매력을 느끼지 못한다면 부에노스아이레스는 그저 하루나 이틀 머물다 갈 흔해빠진 메트로폴리스의 하나로 전락하고 만다.

다음 날이 되자 부에노스아이레스는 출근하러 나가는 커리어 우먼처럼 세련되게 탈바꿈된다. 월요일이야말로 부에노스아이레스의 날. 도시 전체가 기지개를 쭉 펴고 있다. 어디선가 멋진 바람이 불어온다. 여자의 발목을 타고서. 도레고Dorrego 광장에 오기 전까지는 발목이 그토록 아름다운 줄 몰랐다. 발목은 부드럽게 뒤로 젖혀질 때가 가장 섹시하다.

골동품 시장이 열리는 일요일, 도레고 광장에는 길거리 탱고 공연이 상시 펼쳐진다. 25년째 탱고를 춘다는 포치와 오스왈도. 빨간 드레스와 장갑과 하이힐을 착용한 포치는 팔뚝 살이 축 늘어진 할머니이다. 그녀는 까만 중절모에 회색 양복을 입은 오스왈도와 함께 엉덩이를 씰룩댄다. 만일 한국에서 누군가 이 광경을 봤더라면 "노망났군." 하며 비아냥거렸을 것이다. 하지만 여기 도레고 광장에서 그들은 거리의 흑백사진에 담겨 관광객에게 낭만을 전해주는 익숙한 피사체이다. 분위기가 무르익자 초등학생 커플이 나와 허벅지를 들었다 내렸다 하는 춤을 춘다. 발목을 꺾는 부분은 아직 어색해 보이지만 열심히 추는 모습이 귀엽다. 잘 어울리는 커플이다. 광장 한편 계단에는 짧게 자른 머리가 인상적인 외국인 처녀 하나가 이들의 광경을 연필로 데생하고 있다. 도레고 광장을 영원히 지워지지 않는 사각형 안에 붙잡아두려는 무한의 시도. 시시포스Sisyphos가 생각난다. 아, 어쩌면 우리는 모두 머리 위로 떠밀리는 돌을 제자리에 올려놓기 위해 불가능한 일상을 버티는 시시포스에 불과한지도.

저녁에는 탱고를 보러 카페 토르티니tortini에 갔다. 공연 제목은 '탱고의 그림자Sombre de Tango'. 이들의 탱고에는 춤과 노래뿐 아니라, 드라마까지 가미해놓았다. 아코디언 악사들은 발과 고개로 박자를 맞추며 자신의 음악에 심취해 있다. 극 중에서 누군가 죽고 불이 꺼졌다 켜지고 사람들이 동시에 한숨과 박수를 보낸다. 이렇게 이 카페는 150년을 이 자리에서 버텨온 것이다. 뱀 같은 마력을 지닌 연인들의 몸짓 하나 하나가 그 세월을 지탱해왔다. 불이 꺼지기 직전, 여자 무용수가 가슴을 낮게 들썩이며 숨을 내쉰다. 그 모습이 공연의 일부인지 알 수 없다. 분명한 것은, 만일 내가 20대 초반의 젊은 남자였다면 바로 이때쯤 그녀의 전화번호를 물으러 어두운 대기실로 들어가고 있었으리라는 것뿐.

탱고 말고도 부에노스아이레스의 매력은 차고 넘친다. 유럽과 남미의 문화가 신비롭게 섞여 있다. 거리 곳곳에는 과감한 벽화들이 가득하다. 차도 위에 그려진 '키스 해링'풍의 낙서가 라틴아메리카의 대도시다운 익살스러운 매력을 배가시킨다. 한밤중 흰 페인트 통과 붓을 들고 다니며 낙서할 곳을 찾아 헤매는 청년의 모습이 떠올라 웃음이 났다. 로시난테 위에 오른 돈키호테상과 장난기 가득한 누군가 나무에 그려놓은 사람 얼굴, 오토바이를 탄 젊은 남자, 거리에서 그림을 그리는 어느 구족 화가, 보르헤스의 청년 시절과 노년 시절 사진이 표지에 붙은 책 2권을 나란히 진열해놓은 서점의 가판대. 이것이 부에노스아이레스의 표정이다. 서점에 들어가니 벽에 유명한 작가들의 사진이 걸려 있다. 가와바타 야스나리와 오에 겐자부로, 미시마 유키오 같은 일본 소설가들의 사진이 윌리엄 포크너와 나란히 걸린 것이 인상적이다. 스페인어권에서 일본 문학은 이미 대중적으로 사랑받고 있었다. 한 서점 앞을 지날 때, 젊은 여성이 죽은 것처럼 바닥에 쓰러져 있는 검은색 표지가 눈에 들어온다. 쇼윈도에 얼굴을 가까이 대고 들여다보니 무라카미 하루키의 책이다. 책의 띠지에는 '포스트 모던한 카프카 혹은 문학계의 데이비드 린치'라는 말이 쓰여 있다.

책들의 무덤을 지나 살아 있는 시체들의 무덤으로 향한다. 레콜레타Cementerio de la Recoleta. 에비타의 무덤이 있는 곳이다. 이곳에는 여느 무덤 같은 스산함이 없다. 빌딩처럼 꾸며진 이곳에 사람의 시체가 누워 잠잘 리 없다. 체인이 달린 무거운 자물쇠 위에 수놓인 거미줄을 보고서도 이곳이 무덤일 리 없다는 생각이 든다. 레콜레타는 그러한 곳이다. 지상에 없었어야 할 곳. 죽은 아들을 양손에 든 마리아, 무거운 십자가를 한 손에 꽉 쥐고 가슴팍에 묻은 어머니, 묵주를 만지작거리는 늙은 여인들이 이 무덤에서 동상의 모습으로나마 서럽게 울고 있다. 가을 태양은 낮다. 그림자는 무거워 보이지만, 반대편 묘비에 가 닿을 정도로 길지는 않다. 벽마다 십자가 그림자가 걸려 있다. 그런데 어쩐지 두렵거나 무서운 형상은 아니다. 오히려 경쾌하다. 하지만 날카로움은 있다. 십자가 그림자들이 무서운 경사로 떨어져 V자를 그리고 있는 곳에 서면 그 날에 마음이 베일 것만 같다.

평일인데도 무덤 앞을 지키는 행렬들이 제법 있다. 아르헨티나 국기의 노란 태양이 그려진, 관광용품점에서 샀음이 틀림없는 파란 티셔츠나 핑크빛 민소매, 야구 모자를 착용한 미국인들이다. 그들이 꽃을 바치러 몰려가는 중심에는 에비타가 있다. 그들은 에비타의 무덤 앞에서 에바 페론보다는 마돈나를 떠올렸을 것이다. 인간은 무덤 앞에서도 자기에게 더 의미 있는 인물을 추모하게 마련이니까. 어느 유리벽에는 빨간 글씨의 낙서가 레드 제플린을 쓰려다 말았는지 Led

Zepp에서 끝나 있다.

한 사람의 무덤이라는 것은 방문자에 따라 완전히 다른 장소로 변한다. 그러므로 묘비 모양이 다 똑같아서 남의 집 자식 무덤 앞에 꽃을 두고 왔다는 노인의 울음 섞인 농담은 특기할 만한 것은 아니다. 우리는 누구나 무덤에 꽃을 바치러 가는 게 아니라 언젠가 닥쳐올 죽음, 아니 그 죽음 뒤에 찾아올 평화를 예비하러 가는 것이다. 그러므로 무덤의 비석과 비석, 돌과 돌 사이에 집을 쳐두곤 하는 거미 외에는 어느 누구도 타인의 죽음을 돌보지 않는다. 누군가 매달아둔 낡은 꽃은 인조임이 자명하다. 태양 빛에 한 조각상이 처절하게 빛나고 있다. 고통스럽게 턱을 치켜든 가시관 쓴 예수의 형상이다. 예수의 턱 밑에 수염처럼 둘러쳐진, 태양 빛에 빛나는 저 몇 겹의 거미줄만이 진실이다.

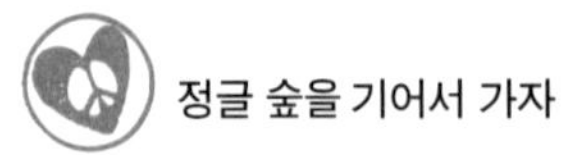

브라질, 아르헨티나, 파라과이 이 세 나라 사이에는 뜨거운 눈물이 흐른다. 그 눈물의 이름은 '이과수'이다. 이과수 폭포는 절벽이 쏟아내는 눈물 같았다. 마치 50년 동안 헤어졌던 형제를 다시 만났을 때, 기쁨과 슬픔이 섞인 고요하고도 뜨거운 울음을 쏟아내듯이, 산은 그렇게 울고 있었다. 그 울음소리가 어마어마하게 컸다. 보고 듣는 것만으로도 가슴이 뻥 뚫리는 폭포였다. HDTV나 극장용 스크린에서도 이 감동은 전해질 수 없을 것이다. 보고 듣는 것만으로도 모자란 사람들은 폭포 속으로 뛰어든다. 보트를 타고 말이다. 20인용 보트에 탄 사람들은 폭포에 다가가면서 점점 숨을 죽였다. 설마 했는데, 보트 운전사는 그대로 폭포 밑에 자가용을 돌진해버린다. 머리가 따가울 정도의 큰 폭포 줄기에 맞고 나자, 어느새 안경은 날아가고 정신은 몽롱해지며 모두가 친구가 된다. 사람들은 와락와락 소리를 지른다. 아마 어린 시절 분수대 안에서 뛰어놀며 정신없이 좋아했던 기억이 있을 것이다. 사람들은 마치 그때로 돌아간 것처럼, 비에 젖은 채 미친 듯이 소리를 지른다. 멀리서 '보세티Bossetti 폭포'에 무지개가 보인다. 그것도 쌍무지개이다. 평소 빗물에 얼룩진 자동차 기름 무지개만 보던 사람들이 무지개 너머 파란 나라를 향해 손을 흔든다. 이과수 국립공원에는 폭포만 있는 것이 아니다. 높은 나무에 사는 코아티남미산 곰의 일종,

도마뱀, 나비, 왕개미 등 다양한 동물들을 아주 가까이에서 볼 수 있다. 1킬로미터가 넘는 기다란 줄을 따라 나뭇잎 조각을 옮기는 개미 행렬을 보고 있노라면, 내가 그 일개미 중 하나가 된 것 같은 착각에 빠진다.

이과수에서 브라질 국경까지는 불과 10분이다. 하지만 시차는 1시간이 났고, 현지인들은 스페인어 대신 포르투갈어를 쓴다. 내게 브라질의 이미지는 〈시티 오브 갓〉이나 〈파리대왕〉 속 아이들이다. 신은 존재하지 않고, 아이들은 무자비하고, 세상은 그러한 아이들보다 더 난폭하다. 20시간 만에 도착한 상파울로는 전체적으로 우울하고 이상하게 긴장감이 도는 곳이었다. 나의 예상이 들어맞으려는 것일까?

일요일 오후 5시부터 나이트클럽 앞에 길게 늘어선 줄, 그리고 젊은 노숙자가 많이 눈에 띈다. 맨발로 레푸블리카República 공원을 돌아다니며 담배를 빌려달라고 하는 소년, 그라피티가 지저분하게 칠해진 높은 터널 아래에서 자고 있는 청년들. 또 대낮에 공원의 연못에 뛰어들려는 애들을 심심치 않게 볼 수 있다. 경찰차 앞에서 경찰 3명이 잡담 중이고, 그들 옆에서는 젊은 커플이 키스를 하고 있었다.

브라질이 아르헨티나와 다른 점은 흑인과 물라토가 많으며 물가가 비싼 데다, 엄청나게 덥다는 것이다. 리우데자네이루에 사는 여자들의 노출 수위는 세계 최고이다. 임산부도 브래지어에 가까운 탱크톱을 입고 다닌다.

더위. 그것만은 예상치 못했다. 내가 리우데자네이루에서 겪은 봉

변도 순전히 더위 때문이었다. 무심코 지하철을 탔을 때, 반대편 좌석에 앉은 아주머니가 날 보고 고래고래 소리를 질렀다. 무슨 일인가 싶어 그쪽을 보는데, 사람들은 오히려 내 쪽을 보았다. 한 달 전 삭발해 약 2센티미터 정도 자란 머리칼을 쓰다듬으며 어쩔 줄 몰라하고 있는데, 어디선가 속삭이듯 영어가 들려왔다.

"여기는 여자 전용 칸이에요."

"알아요."

"저 여자는 당신이 남자라는데요?"

"오, 노노!"

나의 항변에도 불구하고 그 아주머니는 나를 향해 손가락질을 해댔다. 나는 떠밀리듯 다른 칸으로 옮겨야 했다.

더위는 리우데자네이루를 최고의 해양 도시로 만들었다. 하늘은 높고 파도 위에는 서핑하는 애들이 둥둥 떠 있고, 백사장에는 비치발리볼이니, 선탠이니 하는 것으로 하루를 보내는 사람들이 넘쳐났다. 저녁이 되자 둥그런 달과 가슴이 짠할 정도로 붉은 놀이 바다를 채운다. 특히 이파네마와 코파카바나 해변은 잊기 어렵다. 3단 파도가 동시다발적으로, 거세게 밀려오는 바다. 멀리서 파도가 안으로 휘말리듯 온다. 큰 파도에 등을 맞으면 백사장을 향해 그대로 전진이다. 나는 파도에 맞아 2바퀴 반을 굴렀다. 내 코와 귀에서는 소금물이 나왔고 옆에 있던 아기는 팬티가 홀랑 벗겨졌다. 파도가 되돌아가자 어떤 남자는 철망으로 바다에 쏟아진 동전들을 줍기 바쁘다. 불과 30분 정도 수영했을 뿐인데, 손가락 끝의 살갗이 벗겨져 있었다. 브라질의 태양에 전 내 피부는 서서히 물라토를 닮아갔다.

며칠 후, 판타날Pantanal에 가기 위해 리우데자네이루에서 서쪽으로 20시간 버스를 탔다. 꿈을 꿨는데 거대한 악어 3마리가 몸을 겹친 채 내 앞을 기어가고 있었다. 악어는 현실에도 나타났다. 판타날은 그 크기가 21만 제곱킬로미터나 되는 세계 최대의 습지대이다. 그곳은 리우데자네이루와는 비교도 안 될 정도로 덥고 습했다. 3월 말은 우기의 끝 무렵이었다. 비가 많이 오면 습지에는 최대 3미터까지 물이 차오른다고 한다. 숙소는 물 위에 지어져 있었다. 화장실에서는 노란색 혹은 검은색 물이 쏟아졌다. 양치를 하면 입안이 더욱 텁텁해지는 그런 물이었다. 게다가 바닥에는 거대한 바퀴벌레가 돌아다녔다. 화장실 가기를 포기하고 밖으로 나갔다. 까만 악어 한 마리가 물속에 잠수한 채 눈을 희번덕거리고 있었다. 그것은 남미산 악어의 일종인 케이맨Cayman이었다. 케이맨은 앨리게이터Alligator, 북미산 악어와 달리 인간을 물지 않는다. 또 최대 2.5미터까지 자라며 육식 동물이 아닌 생선이나 곤충을 먹고 산다. 케이맨은 시야가 좁은 대신 청력이 발달해서 조금만 다가가도 물속 깊이 몸을 숨겼다. 밤에 플래시를 켜면 곳곳에서 번뜩이고 있는 노란 불빛을 볼 수 있는데, 그것은 바로 케이맨의 눈이었다.

더워서 토할 것 같은 날, 나는 8명의 사람들과 정글 투어를 나갔다. 가는 길에 어른 팔뚝만 한 크기의 도마뱀과 사슴, 마코Macaw 앵무새, 그리고 재규어 어미와 새끼 2마리의 발자국을 보았다. 정글에서는 긴 까만 부리와 하얀 몸통을 가진 새인 투유유Tuiuiu, 머리에 파란 털이 난 그라야 칸차Gralha Canca라는 새를 주로 볼 수 있었다. 갑자기 다리 한쪽이 귀를 뚫을 때의 느낌처럼 순간적으로 따끔했다. 누군가 개미집을 밟은 것이다. 게다가 모기 수십 마리가 미친 듯이 달려들었다. 모기한테 물린 오른쪽 눈은 쌍꺼풀이 풀릴 정도로 퉁퉁 부어올랐다. 게다가 갑자기 쏟아진 비로 인해 몹시 피로해졌다. 그때 눈앞에 뭔가가 몸을 비틀며 굴러왔다. 가까이 다가가 보니 노란 실뱀이었다. 뱀은 30초 전쯤에 습격을 당했는지, 머리 전체가 댕강 잘려 있었다. 캐나다에서 온 나이 든 여행자가 겁도 없이 뱀을 가슴께로 들어 올렸다. 뱀은 굵은 밧줄처럼 축 늘어져 있었다(노인이 되면 놀랄 일이 없다더니, 그는 내가 사양했는데도 불구하고 뱀 만진 손으로 내 팔에 난 상처 위에 약을 덧발라주었다).

오후에는 강물에서 피라니아piranhia, 남미산 담수어로 사람과 짐승을 떼 지어 뜯어먹는다 낚시를 했다. 피라니아는 흐르는 물이 아니라 깊고 정체된 물속에 산다. 매우 작은 물고기이지만, 입안에는 날카로운 이빨이 있어 느릿느릿 움직이다가도 배가 고프거나 피 냄새를 맡으면 난폭해진다고 한다. 나는 피라니아를 두 번이나 잡았다 놓치고 말았다.

라틴아메리카의 동물들은 그 존재만으로도 신비하다. 앵무새의 형광 연둣빛 깃털이나 큰부리새Toucan의 빨갛고 노란 부리 색마저도 주술적이다. 동물들과 관련된 전설도 많다. 고대 문명으로부터 라틴아메리카인들은 이구아나가 바다와 인간을 연결해주는 다리 역할을 한다고 믿어왔다. 또 마그달레나 강에 사는 매너티라는 동물은 수컷 없이 암컷들로만 이루어진 동물이란 전설이 있다. 페루의 어느 강에는 부페오분홍돌고래라고 하는 돌고래가 있는데, 이것들은 남자를 잡아먹고 여자를 강간한다고 한다. 특이하게도 이것은 사람의 것 같은 여성생식기가 있어 인디오들은 그것을 대용품으로 사용했다. 성교 후에는 돌고래 외음부가 수축되기 때문에 남자들은 돌고래를 죽여야만 성기를 꺼낼 수 있었다고 한다.

5일 만에 깨끗한 물로 샤워를 할 수 있는 마을로 돌아왔다. 나는 큰부리새나 카피바라Capybara, 남미산 설치류 중 최대 동물로 몸길이가 1.2미터에 이르며 강가에 산다를 가까이에서 볼 수 없는 것이 아쉬웠다. 그런 동물을 보려면 아마존에 가야 했다. 인터넷 서점 말고 동물들이 득실대는 정글 말이다. 하지만 마나우스Manaus의 아마존 강 투어는 말도 안 되게 비쌌다. 고맙게도 아마존 강의 지류는 베네수엘라나 볼리비아에까지 흘러들었다. 나는 볼리비아 쪽 아마존 유역으로 가기로 했다.

볼리비아에서 머무는 보름간 나는 기차, 야간 버스, 보트, 비행기를 모두 경험해볼 수 있었다. 놀랍게도 그 모두가 우열을 가릴 수 없을 정도로 지옥 같았다. 특히 브라질 국경에서 볼리비아의 산타크루스Santa Cruz로 가는 오리엔털 특급열차는 과거에 '죽음의 기차'라고 불린 경력이 있다. 안은 어둡고 덜컹거렸고, 시트는 솜씨 나쁜 요리사의 부침개처럼 마구 흐트러져 있었다. 아침에 일어날 때는 어깨뼈가 몸에 잘 붙어 있는지 살펴봐야 했다.

15시간 만에 도착한 산타크루스야말로 천국이었다. 대신 조금 지저분하고 부랑자가 많고 칙칙한 천국이었다. 거리에는 기저귀를 찬 채 바닥을 돌아다니는 아기나 아이에게 젖을 물리는 여자 거지들이 많았다. 갈래머리를 하고 중절모를 쓴 중년 여성들이 자줏빛 보따리를 목에 매달고 돌아다니는 모습은 특히 인상적이었다. 그들은 인디오 혈통의 얼굴을 하고 있었다. 어쩐지 '얼굴에 내리는 비'라든가, '눈 내리는 마을의 불타는 장미'라는 이름을 가지고 있을 것 같았다. 그녀들은 대체로 길고 까만 머리를 엉덩이까지 땋아 내리고 무척이나 통이 넓은 치마를 입고 있었다. 『체 게바라의 모터사이클 다이어리』를 읽다 알게 된 사실인데, 인디오들은 위생에 별로 신경 쓰지 않는다고 한다.

> *여자들은 자신의 치마로 뒤를 닦았고, 남자들은 용변을 본 후 아예 닦지도 않고 태연히 다시 길을 갔다. 아이를 데리고 다니는 인디오 여인들의 속치마는 말 그대로 배설물 전시장이나 다름없었는데, 아이들도 자기 속치마로 닦아주었기 때문이다.*

실제 그네들의 속치마 속사정까지는 모르겠다. 아직까지 그런 버릇을 유지하고 있다면 그저 놀라울 뿐이다.

루트가 꼬이면서 차질이 생겼다. 아마존으로 가기 전에 '티티카카'를 거쳐 가면 꼬인 루트를 풀 수 있었다.

티티카카는 안데스산맥의 화산 분화구 사이에 형성된 해발 4천 미터 높이의 호수이다. 이른바 세계에서 가장 높은 호수를 보기 위해 나는 코파카바나로 갔다. 이곳에는 피가 흐르는 양 머리를 나무 선반에 내놓고 파는 재래시장이 있는가 하면, 아프로-라틴아메리카 음악이 흘러나오는 펑키한 술집과 레스토랑이 즐비했다. 문제는 그곳이 해발 3,815미터 높이에 있다는 것이었다. 코파카바나에 내려 가방을 꺼냈는데 겉에 샴푸가 흥건했다. 기압 변화 때문에 샴푸 뚜껑이 열려버린 것이다. 가방 안이 온통 미끈한 액체 범벅이었다.

버스에서 내리자마자 3번이나 구토를 했다. 마지막엔 초록색 담즙까지 나올 지경이었다. 고산병이었다. 종일 머리가 아프고 가슴이 심하게 뛰었다. 10미터만 뛰어도 1,200미터 계주를 막 마친 사람처럼 숨이 가빴다. 나는 맥박이 1분에 35~40회 뛰지도 않고, 42.195킬로미터를 3시간 만에 뛸 자신도 없다. 이봉주 선수처럼 폐활량 270리터에 체지방률 4퍼센트, 최대 산소 섭취량 80밀리리터, 심장 지름이 15센티미터도 아니다(내가 이봉주 선수보다 나은 점이라곤 쌍꺼풀이 자연산이라는 것뿐일 거다).

나는 고산병에 좋다는 양파도 내팽개치고 4박 5일간 그곳에서 미친 듯이 잠만 잤다. 그 와중에 관광객으로서의 무슨 정신 나간 열망이 솟아났는지, 보기만 해도 울렁거리는 보트를 타고 태양의 섬Isla del sol에 갔다. 섬에 닿자마자 머리가 깨질 듯이 아팠다. 손오공의 머리띠가 이만큼 아팠을까. 나는 금방이라도 뇌수가 쏟아질 사람처럼 머리를 부여잡고 있었다. 마을에서 축구공을 차며 집에 가던 꼬맹이들이 나를 이상하게 쳐다본다. 태어나서 양파는 씹어본 적도 없는 아이들 같다. 나는 급기야 어린애처럼 펑펑 울기 시작했다.

축구 이야기가 나와서 말인데, 볼리비아에는 정말이지 축구장이 많다. 에보 모랄레스Evo Morales 대통령이 축구 선수를 겸하고 있다는 것도 볼리비아의 축구 사랑과 무관하지 않아 보인다. 그는 2005년에 당선된 볼리비아 최초의 원주민 대통령이다. 그의 전직은 코차밤바Cochabamb 지역 코코아 농장의 농부이다. 공공 기관마다 걸린 그의 사진을 보면 순박한 인상이 단박에 들어온다. 서민적인 취향의 그는 한때 울 스웨터에 자신의 사인을 한 옷을 입고 다녀서 붐을 일으키기도 했다(당시 어느 볼리비아 디자이너가 론칭한 회사가 하나 있는데 이름이 '에보 패션'이라고). 그런 그가 지난 3월, 돌연 축구 선수로 변신했다. 볼리비아 경찰 소유의 볼리비아 2부 리그 팀 '리토랄'의 후보 선수가 된 것이다. 리토랄이 이번 시즌에 1부 리그로 승격한다면 2009년에는 그가 프로 축구 리그에서 뛸 수도 있단 뜻이다. 그는 코차밤바에서도 알아주는 축구광이었다. 하지만 이번 입단의 진짜 목적은 국제축구연맹FIFA의 축구 경기 고도 제한에 반대하는 데 있다. 2007년 FIFA는 선수 보호와 공정한 승부를 위해 앞으로 해발 2,750미터가 넘는 곳에서는 2주 이상의 적응 기간을 거치지 않은 경우 FIFA 주관 경기를 치르지 못하도록 하는 규정을 승인했다. 그는 이것이 고지대 국민에 대한 차별이라고 보고, 해발 3,640미터의 수도 라파스에서 마라도나와 함께 축구 경기를 벌이는가 하면, 스포츠중재재판소CAS를 통해 법적 투쟁에도 나섰다.

나는 마라토너급 폐와 심장을 타고나지 못한 것을 탓하며 루레나바케Rurrenabaque로 도망쳐 갔다. 그 또한 죽음의 레이스였다. 내가 탄 버스는 낮에는 황톳길을, 밤에는 예전에 큰 사고가 난 적이 있다는 가파른 벼랑을 따라 21시간을 달렸다. 화장실 갈 시간은커녕, 밤에는 버스가 고장 나 2시간이나 멈춰 서야 했다. 버스가 덜컹거릴 때마다 아이들이 도미노 넘어지듯 울어댔다. 한 아이가 울면 다른 아이가 따라 우는 것이다. 아이들은 알람 시계처럼 1시간마다 정확하게 울어주었다. 겨우 루레나바케가 다가오자, 한 아이가 엄마와 함께 맨발로 버스에서 내렸다. 아이의 큰 눈에는 눈물이 그렁그렁했고 바지 뒤쪽은 흠뻑 젖어 있었다. 내 상태도 그 아이와 별로 다를 바가 없었다.

버스에서 내리자마자 피자 가게에 들어갔다. 버섯, 햄, 치즈 외에 한 가지 모르는 메뉴가 있었다. 얼마 후, 처음 보는 재료가 피자 치즈에 섞여 나왔다. 인디오 특유의 까맣고 긴 머리카락이 무려 4가닥이었다.

"이게 뭡니까?" 내가 물었다.

"오!"

인디오 여자는 한참 만에 피자 속 실지렁이를 찾아낸 뒤 미안한 표정으로 접시를 걷어 갔다. 얼마 후 피자가 새로 나왔다. 그런데 그것은 징글징글한 머리카락 흉터가 남아 있는 아까 그 피자였다. 놀랍게도 그 머리카락 피자조차 아르헨티나의 피자에 비하면 훨씬 맛이 좋았다.

이 모든 북새통을 헤치고 이곳에 온 이유는 앞에서 말했던 볼리비아 쪽 아마존 유역 투어 때문이었다. 보통 '팜파스 투어'라고 하는데, 주로 8인용 보트를 타고 산타로사의 야쿠마Yacuma 강을 따라가며 동물을 보게 된다. 그곳에서 나는 드디어 카피바라를 보았다. 카피바라는 동물 분류상 쥐목目에 속한다. 저게 정말 쥐란 말인가. 하마처럼 뚱뚱하고 큰 동물이 사람을 보고 놀라 늪으로 뛰어드는 것을 보면서 나는 그렇게 생각했다. 카피바라 말고도 처음 보는 동물들이 많았다. 온몸이 노란 다람쥐원숭이, 앨리게이터, 타란툴라독거미의 일종, 흰개미termite, 자비루Jabiru, 황새의 일종으로 펠리컨 같은 주머니를 가진 새, 분홍돌고래……. 그 밖에도 이름을 알 수 없는 매, 잠시 물 밖으로 나와 몸을 말리고 있는 거북이, 거대한 케이만, 그리고 나무속에 사는 작은 박쥐들, 뱀도 관찰할 수 있었다. 또 식물에서 추출한 송진과 흡사한 검은색 물질로, 화살촉을 만들어 쏘면 2초 만에 동물을 기절시킨다는 쿠라레Curare, 치료라는 뜻 나무, 볼리비아 국기의 색빨강, 노랑, 초록을 모두 갖고 있어 국가를 상징하는 꽃처럼 여겨지는 꽃고비Poleminium caeruleum 등…….

루이스 세풀베다는 『파타고니아 특급열차』에서 조종사의 말을 빌려 다음과 같이 말한 바 있다.

> *"맨, 아마존은 여인네의 속살이나 다름없소. 아마존은 아무것도 원하지 않는데, 우리 인간은 그 속에 들어가면 자신이 원하는 모든 것을 취하려 하니 말이오."*

생태 소설로 이름난 세풀베다의 소설에는 아마존이 자주 등장한다. 대표작 『연애소설 읽는 노인』은 라틴아메리카판 『노인과 바다』, 아니 『노인과 밀림』이라고 할 만하다. 적도 지방 밀림의 오두막에 사는 노인 안토니오는 치과 의사가 전해주는 연애소설을 읽으며 고독을 달랜다. 그는 상금을 주겠다는 뚱보 읍장의 말에 살쾡이 사냥에 나선다. 밀림의 베테랑인 그는 수컷을 엽총으로 쏘아 죽이고 나서 미안해한다. 그러나 이를 복수하려고 나타난 암살쾡이마저 죽이고 난 뒤, 그는 그놈을 동정하고 또한 존경하고 살생을 진심으로 뉘우친다.

> *……짐승의 자태는…… 너무나 아름다워 도저히 인간의 상상으로는 만들어질 수 없는 존재처럼 보였다. ……명예롭지 못한 그*

싸움에서 어느 쪽도 승리자가 될 수 없다고 생각하면서 부끄러움의 눈물을 흘렸다.

노인은 짐승의 시체와 엽총을 백인들의 더러운 발길이 닿지 않는 곳으로, 아마존 강 깊은 곳으로 던져 넣은 뒤 인간의 야만성을 잊게 해줄 연애소설을 읽으러 집으로 돌아간다(이 엔딩은 헤밍웨이 소설보다 더 슬프고 아름답다).

나는 아가씨의 치마 밑 스타킹을 만지려는 소년 같은 호기심을 안고 아마존을 구석구석 헤매고 다녔다. 팜파스 투어에서 다양한 사람들을 만났다. 초등학교 수영 교사 출신의 가이드 도밍고, 독일의 함부르크에서 온 야니와 야나, 슬로바키아 출신으로 영국에서 일을 하고 있다는 페트라, 미국인 줄리와 애슐리 등이 그들이었다. 친자매 같은 야니와 야나는 쾌활한 데다가 스페인어가 유창했다. 각각 페루에서 1년, 볼리비아에서 반년간 자원봉사를 한 덕이었다. 특히 7년간 스페인어를 공부했다는 야니는 휴식 시간에 해먹에 누워 스페인어판 『해리포터』를 읽었다. 나는 그녀가 가을에 대학 입학을 앞둔 열아홉 소녀란 사실을 종종 잊곤 했다. 그녀가 이틀째 되던 날부터 의문의 병을 앓아 종일 누워 있지만 않았더라면 햄버거가 함부르크에서 왔느냐는 시시껄렁한 농담 대신 더 많은 이야기를 나눌 수 있었을 텐데 하는 아쉬움이 남는다.

저녁이 되자 나는 사람들과 보트를 타고 팜파스 내의 작은 술집에 갔다. 그것은 실로 작은 가게이지만 젊은 백인들로 가득했다. 그중에는 한국에서 5개월간 영어 교사를 했다는 캐나다 출신의 여자도 있었다. 내가 서울 출신이라고 하자, 그녀는 서울은 너무 넓다며 구체적인 '동'을 대라고 했다. 캐나다에선 소주가 너무 비싸다는 둥, 한국 음식은 최고라는 둥의 이야기를 주고받으며 해가 지는 것을 구경했다. 숙소로 돌아온 나는 사람들과 원카드 게임을 했다. 목과 다리 사이로 수많은 나방과 모기 들이 날아왔다. 도밍고는 그럴 때마다 재밌게도 "오파Opa, 놀라움을 나타내는 감탄사!"라고 외쳤다. 다음 날 해먹 밑에는 나방이 샛노랗게 죽어 있었다.

팜파스에서 도시 생활로 완벽히 돌아오는 것은 쉽지 않았다. 라파스La Paz는 고산지대에 있어서 언덕에 오를 때마다 심호흡을 여러 번 해야 했다. 라파스에서 가슴 벅찬 하루를 보낸 뒤 남쪽의 우유니Uyuni에 갔다. 소금 사막을 보기 위해서였다.

가는 길에 차가 작은 기념품 가게에 들렀다. 야마와 비쿠냐 털로 짠 스웨터와 모자 등을 파는 곳이었다. 근처에서 사람들과 서성대고 있을 때 비쿠냐 한 마리가 나타났다. 노란 털이 복슬복슬한 그놈은 야마 중 내가 가장 예뻐하던 종류였다. 내가 다가가서 털을 쓰다듬으려 하자 비쿠냐가 입을 오물거리더니 내게 침을 탁 뱉었다. 알고 보니 녀석은 심기가 불편하면 아무에게나 침을 탁탁 뱉는 게 버릇이었다. 그때의 기분은 한마디로…… 더러웠다. 아무래도 녀석은 관광객들이 만지작거리던 스웨터가 자기네 족속의 털이란 것을 알았던 모양이다.

아, 털이 길어 슬픈 짐승이여!

차를 조금 더 달리자, 눈이 가득 쌓인 허허벌판이 나타났다. 실은 눈이 아니라 소금 결정들이었다. 무려 1만2천 제곱킬로미터에 달하는 곳이 12미터 두께의 소금으로 뒤덮여 있었던 것이다. 이곳이 4만 년 전에는 바다였던 탓이다. 주변에 있는 4,030개의 거대한 선인장, 검은 화산석을 덮고 있는 산호초들이 이곳의 역사를 대신 말해준다. 소금 결정은 일반적인 식용 소금보다 조금 더 컸다. 손가락에 찍어 먹어보니 정말 소금이 맞았다(나는 손가락을 찔러보고서야 예수의 존재를 인정했던 도마인가?).

점심에는 어금니만 한 크기의 옥수수가 가득 든 수프와 야마 스테이크를 먹었다. 그리고 빨간 호수를 비롯한 5개의 호수, 그 위를 돌아다니는 홍학 무리, 선인장이 빼곡하게 들어찬 산과 온천, 그리고 초현실주의 화가 달리가 영감을 얻었다는 '살바도르 달리 사막'을 둘러보았다. 화산활동과 풍화작용에 의해 만들어졌다는 스톤 트리stone tree는 이집트의 바하리야 오아시스에서 본 '플라워 스톤'과 놀랍도록 닮아 있었다. 마치 백설공주가 베어 문 사과처럼 가운데가 폭 들어간 독특한 모양은 바람의 침식작용에 의한 것이라고 한다. 세계를 돌아다니다 보면 이렇게 서로 닮은 자연의 문양에 화들짝 놀라곤 한다.

나는 정글과 팜파스, 소금 사막을 거쳐 다시 칠레로 넘어갔다. 사막의 모래가 뜨겁고 부드럽게 뺨 위를 스쳤다.

모래의 마을

칠레 북부의 산 페드로 데 아타카마San Pedro de Atacama는 인구가 5천 명도 안 되는 작은 마을이다. 이곳은 볼리비아와 국경을 맞대고 있지만, 그곳과는 놀라울 정도로 다르다. 마을 전체가 나른한 분위기에 휩싸여 있다. 낮에는 독특한 레스토랑과 바에서 맛있는 스파게티 향이 풍긴다. 가장 눈에 띄는 새하얀 건물은 이곳의 명물인 산 페드로 교회이다. 못을 하나도 쓰지 않았다는 사실이 신비하다. 단지 가죽끈, 어도비 벽돌햇볕에 말려 굳힌 벽돌, 선인장, 진흙 등으로 지어진 이 교회는 내가 본 중 가장 소박하고 아름다운 건물이다. 밤이 되면 별빛을 가려버릴 정도로 눈부시게 빛나는 달이 뜬다. 코카 차를 한 손에 든 채 해먹 위에 매달려 하늘을 보는 외로운 여행자를 상상해보라. 코카 차가 식어도 오리온의 전투는 계속된다.

이곳의 여행자들은 대부분 자전거를 타고 마을 주위를 떠돈다. 나 역시 5시간 반 동안 엉덩이를 쪼개버릴 것 같은 비포장도로를 달려 '악마의 파편Quebrado del Diablo'까지 갔다(이름이 어쩌면 이렇게 서사적일까? 라틴아메리카 대륙은 그 자체로 거대한 이야기이다). 악마의 파편은 화산에 의해 형성된 거대한 동굴들이 모인 곳이다. 언뜻 봤을 때는 요르단의 페트라를 떠올리게 하는 곳이었다. 그곳에 서서 사진을 찍으면 인간은 바둑판에 놓인 까만 돌이자, 운동화에 제멋대로 들어

온 성가신 모래 알갱이에 지나지 않는다는 것을 알 수 있다.

산 페드로 데 아타카마의 진수는 '달의 계곡Valle de la Luna'에 있다. 달의 표면을 닮았다고 해서 붙여진 이름이다. 마을에서 불과 19킬로미터 떨어져 있음에도 이곳은 완전히 다른 세상처럼 보인다. 바람에 의해 형성된 날카로운 언덕들은 2천만 년 전의 화산활동에 의한 것이다. 그때 바위와 재 등이 옮겨지는 바람에 이곳에는 소금, 석고, 염소산염, 붕산염 등이 마구 섞여 있다. 소금의 하얀 결정이 쌓인 땅과 바위는 눈이 내린 것만 같다. 습기도 부족한 이곳에 동식물이 있을 리 만무하다. 〈스타 워즈〉의 R2D2라면 모를까.

사막沙漠이 아니라 사막死漠에 가까운 냉정한 모래. 아무 생명도 내어주지 않으며 아무것도 자라지 못하게 하는 이 모래가 때로는 엄청난 일을 하기도 한다. 산 페드로 데 아타카마 사막이 없다면 우리는 휴대전화를 사용하지 못한다. 왜냐하면 바로 이곳에서 휴대전화에 들어가는 리튬이 생산되고 있기 때문이다. 이 사막 밑에는 전 세계 리튬 공급량의 절반에 달하는 많은 양의 리튬이 묻혀 있다. 리튬은 휴대전화, 노트북, MP3 플레이어 등에 자주 쓰이는 리튬 배터리의 핵심 재료이다. 게다가 요새는 전기 자동차, 하이브리드카의 충전용 배터리에도 사용된다. 휴대전화나 스마트폰에서 리튬이 차지하는 무게는 45그램에 불과하지만, 전기 자동차에 사용되는 배터리용 리튬의 무게는 9킬로그램에 이른다. 아타카마 사막의 매력은 리튬을 추출하는 데 인공적인 과정이 하나도 없다는 것이다. 안데스산맥의 눈이 녹아

지표면 아래의 소금 먹은 풀로 스며든다. 태양열에 금세 물이 증발되고 리튬 소금물이 남는다. 소금물이 하얀 가루가 되면 이것이 탄산리튬 형태로 배터리에 들어가게 된다. 여기서 사람이 할 일은 지표면 아래에 있는 소금물을 밖으로 끌어 올린 다음, 잘 말리는 일뿐이다.

사막의 모래로 할 수 있는 것은 또 있다. 바로 샌드 보딩거대한 모래언덕 위에서 보드를 타고 내려오는 레포츠이다. 모래는 맨발로 서 있다가는 발이 델 정도로 뜨겁다. 사구는 아찔할 정도로 경사가 높다. 샌드 보더들은 더 잘 미끄러져 내려가기 위해 보드 바닥에 초를 칠한다. 그리고 언덕을 천천히 내려간다. 처음 타보는 것이라 스노보드만큼 유연하게 움직일 수는 없다. 게다가 한 번 넘어지면 모래에서 발을 빼기조차 어렵다. 하지만 일단 타면 바로 중독이 되어버려, 몇 번이고 50도도 넘는 경사면을 힘겹게 올라가고 마는 것이다. 나는 보드 타기에는 좀 자신이 있는 편이었지만, 샌드 보딩만큼은 탄 것보다 구른 일이 많다고 실토해야겠다. 라틴아메리카 여행 두 달 만에 찾아온 휴가는 사막의 모래판 위에서 뜨겁게 끝났다.

모래로 할 수 있는, 매우 독창적이지만 아무도 시도하지 않는 것

1. 모래로 요리하기

냄비에 물을 넣고 끓인다. 물이 팔팔 끓으면 생강, 마늘, 양파 등을 집어넣는다. 재료가 끓고 나면 주재료인 모래를 집어넣는다(모래 가루는 체에 걸러 가장 고운 모래들로 골라두어야 한다). 모래가 완전히 끓어 넘치면 접시에 예쁘게 담아놓는다. 이때 파슬리나

당근 등으로 예쁘게 장식하면 좋다. 단, 먹을 때 입에 모래가 들어가지 않도록 주의한다.

2. 모래로 만든 공

어느 날 한 발명가가 모래로 공을 만들었다. 공에 필요한 요소—탄성, 내구성—는 떨어졌지만, 어쨌든 그것은 동그란 모양이었다. 그는 가난한 아이들에게 공을 선물했다. 아이들은 그 공으로 축구를 하려 했지만 공은 금세 부서지고 말았다. 발명가는 하루 동안 고민한 끝에 해답을 얻어냈다. 공을 차는 방식이 문제였다. 그는 아이들을 모아놓고 얘기했다.

"얘들아, 이제부턴 공에 발을 대지 않고 차는 거다. 공을 발로 차면 지는 거야."

"어떻게 공에 발을 대지 않고 축구를 해요?"

"공이 항상 발에서 떨어지지 않게 하되, 대지는 말라는 거다."

"어떻게요?"

"공이 나보다 앞서거나 뒤서지 않게 만들어야지."

"그게 가능해요?"

"어떻게 해보지도 않고 가능, 불가능을 따지니?"

그날 이후 아이들은 모래로 만든 공을 차지 않았다. 발명가는 낙담하며 중얼거렸다.

'너무 혁신적인 공이었어. 다음번엔 얼음으로 공을 만드는 게 좋겠어.'

3. 모래의 책

어느 날 한 노인이 모래로 만든 책을 샀다. 그것은 힌두어로 쓰인 경전인데 페이지가 순서대로 되어 있지 않았다. 게다가 책을 펼칠 때마다 전혀 다른 페이지가 나타났다. 그 모래의 책은 끝도 시작도 없었기 때문이다. 그는 그 신기한 책을 잃어버릴까 봐 노심초사하다가 노이로제에 걸리고 말았다. 그래서 90만 권의 책이 소장된 국립도서관에 그것을 숨겨버렸다. 어느 날 보르헤스의 「모래의 책」을 읽게 된 한 소녀가 그 책이 그곳에 있는지 궁금해졌다. 그녀는 90만 권의 책을 뒤지고 다니기 시작했다. 그렇게 손에 들어온 책을 한두 권씩 읽다가 그녀는 엄청나게 많은 책을 읽게 되었다. 덕분에 그녀는 작가가 되었고 모래의 책에 관해서는 완전히 잊어버리게 되었다. 시간이 흐르고 대홍수가 나는 바람에 국립도서관의 거의 모든 책들이 비에 젖어버리게 되었다. 덕분에 모래의 책은 누구의 손에 들어간 적도 없이 빗물을 따라 사방으로 흩어져 버렸다.

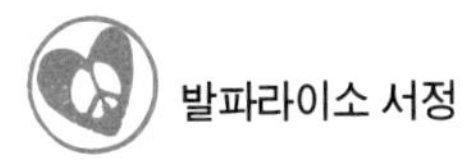

발파라이소 서정

칠레는 안데스산맥에 가로막혀 상대적으로 폐쇄적인 국가가 되었다. 하지만 여행자들에게는 안데스만큼 좋은 구경거리도 없다. 창밖에 우아하게 펼쳐진 아이맥스 영화가 없었다면 아마 10시간의 버스 여행이 고되기만 했을 것이다. 눈 덮인 아름다운 안데스. 어렵게 산맥을 넘어 아르헨티나로 갔지만 살타Salta와 멘도사Mendoza라는 작은 도시에는 별로 인상적이랄 만한 것이 없었다. 날씨마저 희한하게 나빴다. 또다시 안데스를 넘어 칠레 남부로 계속 내려갔다. 칠레 출입국 스탬프만 벌써 7개였다. 하지만 그렇게라도 다시 칠레에 돌아온 데에는 이유가 있었다. 일명 '이스터'라고 불리는 라파 누이Rapa Nui 섬 때문이었다. 나는 4월 말에 라파 누이로 가는 비행기를 예약했다. 그곳은 이번 여행에서 가장 기대되는 장소 중 하나였다.

떠나기 전까진 아직 며칠의 여유가 있어서 나는 산티아고에서 북쪽으로 120킬로미터 떨어진 발파라이소Valparaiso에 들렀다. 20세기 초까지만 해도 이곳은 칠레산 밀 수출 선박과 포경선이 드나드는 국제적인 항구이자 칠레의 문화 수도였다. 산티아고에서 만난 핀란드인 안나는 발파라이소에 대한 이야기를 했었다. 산티아고에서 2시간 정도 떨어진 도시인데, 색깔이 무척 예쁜 마을이니 꼭 한번 가보라고 말이다. 안나뿐 아니라 라틴아메리카의 예술가들에게 발파라이소는 각별한 공간이었다.

『영혼의 집』과 더불어 이사벨 아옌데의 여성 3부작에 속하는 『운명의 딸』과 『세피아빛 초상』은 모두 발파라이소를 배경으로 하고 있다. 『운명의 딸』은 1810년 칠레가 독립하고 30여 년이 흐른 후인 19세기 칠레의 무역항 발파라이소가 배경이다. 칠레가 독립하면서 이민자들에게 문호가 개방되고 영국인들은 칠레 안에 자신들의 거주지를 마련했다. 그들은 태평양의 해상 교통을 장악하기 위해 발파라이소에 정착했고 가난한 시골이었던 이곳은 20년도 지나지 않아 태평양의 상업 중심지가 되었다. 여기에는 남미 최남단에 위치한 혼Horn 곶을 거쳐 대서양에서부터 들어오는 범선들이 정박했으며 나중에는 마가야네스Magallanes 해협을 통과하는 증기선들도 정박했다. 소설에는 런던에서 온 모험가이자 사기꾼인 제이컵 토드가 등장하는데, 그가 생각하는 칠레의 모습에는 라틴아메리카 대륙에 대한 유럽인 남성의 몰이해가 담겨 있다.

> *……. 그들은 칠레를 백만이 조금 넘는 인구를 가진 혼혈 국가로, 수려한 산과 가파른 해안, 비옥한 계곡, 깊은 숲과 만년설로 이루어진 나라라고 묘사했다. ……칠레는 아메리카 대륙 전체에서도 종교에 있어서는 가장 배타적인 나라로 명성이 자자했다. ……중략……. 눈앞에 펼쳐진 발파라이소는 여행에 지친 그에게 놀라움*

그 자체였다. 여러 나라의 국기들을 매단 백여 척 이상의 배들이 그곳에 정박해 있었으며, 산들은 정상이 하얗게 눈으로 뒤덮인 채 너무나도 가까이 있어 마치 파란색 잉크를 푼 시퍼런 바다에서 금세라도 튀어나올 듯한 인상을 주었다. ……. 제이컵 토드는 평화로운 그 겉모습 아래로, 부서진 스페인 범선들과 정복자들에 의해 발목에 채석장 돌을 매단 채 죽어간 원주민들의 유골들이 가득 찬 도시가 있었다는 건 몰랐다.

『운명의 딸』이 19세기 후반 미국 서부로 이주한 칠레인 이야기라면, 『세피아빛 초상』은 19세기 말에서 20세기 초를 배경으로 샌프란시스코에서 다시 칠레로 역이주하는 사람들의 이야기이다. 『세피아빛 초상』에서 이사벨 아옌데는 여자 주인공들의 입을 빌려 칠레의 인상에 대해 이렇게 술회한다.

……. 자연재해가 심하고 인구가 적으며, 사나운 화산들과 눈 덮인 산정, 에메랄드를 뿌린 듯한 오래된 호수들, 거품 많은 강이며 향기로운 숲이 있고, 허리띠 모양으로 가느다란 나라, 넘치는 부패와 악습에도 불구하고 가난하고 순박한 사람들이 사는 이 칠레…….

한때 항구 창고마다 전 세계로 수출될 금속과 양털, 알파카 털 등이 가득 쌓여 있고, 관광객이 넘쳐나던 발파라이소는 해양 무역의 퇴조와 더불어 서서히 쇠락해갔다. 그리고 지금은 멀리 태평양이 보이는 조그만 광장이 있는 아담한 해안 도시가 되었다. 바다가 멀리 보이는 전망대 앞에서 행상들이 파는 백상아리 이빨 목걸이만이 이곳이 한때 위대한 해양 무역 도시였음을 입증해준다.

유난히 비탈길이 많은 이 마을은 마치 아현동 달동네와 홍대 골목이 섞인 듯한 묘한 감상을 준다. 내가 좋아하는 그라피티 벽화—심지어 드럼통 모양의 쓰레기통에도 그림이 그려져 있다—, 작고 예쁜 액세서리로 가득한 아트 숍, 그리고 창문을 활짝 열어젖혀 놓은 채 캔버스 위에 열심히 붓질을 하는 화가의 모습이 바로 오늘날의 발파라이소이다.

나는 발파라이소에서의 마지막 날 밤에 미국인 셋과 이야기를 나눴다. 그들 역시 다른 남미 여행자들처럼 장기 여행을 하고 있었다. 음악, 영화에서 시작한 이야기는 여행 이야기로 귀결되었다. 한 명이 볼리비아와 브라질에 관한 불평을 털어놓았다. 그들 나라에 미국인이 입국하려면 비자 비용만 100달러를 내야 한다는 것이다. 그래서 나는 한국인이 미국에 가려면 100달러가 훨씬 넘는 돈과 함께 엄청난 양의 서류를 제출하는 것도 모자라, 지루하게 긴 줄을 기다려 인터뷰를 해야 한다고 말해주었다. 그러니 볼리비아와 브라질의 조처는 일종의 '복수'인 것 같다고 덧붙였다. 미국인들은 내 말에 웃음을 터뜨렸지만, 나는 농담을 한 것이 아니었다.

발파라이소를 이야기할 때 칠레의 위대한 시인 파블로 네루다를 빼놓을 수 없다. 네루다는 1904년 칠레 남부에서 철도 노동자의 아들로 태어났다. 아버지는 그가 어릴 때 기차에 밀쳐져 피살당했다. 스물셋에 시인으로 인정받은 네루다는 칠레 정부로부터 아시아 주재 영사로 임명받았다. 그는 5년간 미얀마, 태국, 중국, 일본, 인도 등에서 지냈고 훗날 상원의원에 출마해 당선되기도 했다. 그러나 1947년 우익 독재자 곤살레스 비델라의 미움을 산 그는 아르헨티나, 파리 등지에서 망명 생활을 해야 했다. 쉰 살이 된 시인은 독재 정부가 무너진 뒤에야 칠레로 돌아왔다.

네루다의 인기 탓인지, 그는 라틴아메리카 작가들의 작품에 종종 실제 모습 그대로 등장한다. G. 마르케스의 단편 「꿈을 빌려드립니다」에서 파블로 네루다는 스페인 내전이 일어난 뒤 발파라이소로 가기 직전 바르셀로나에 들렀다가 우연히 주인공의 눈에 띈다. 여기서 시인은 대식가 이미지로 다소 우스꽝스럽게 그려진다.

네루다는 마치 외과의사처럼 능수능란하게 세 마리의 가재를 통째로 토막내어 먹으면서, 동시에 모든 사람들의 음식을 모두 삼켜버릴 듯한 눈으로 쳐다보았다. 그러고는 같은 테이블에 앉은 사람들의 음식을 조금씩 집어먹으면서, 아주 즐겁게 그의 식욕을 다른 사람들에게 전염시켰다. 그는 갈리시아의 바지락조개, 칸타브리아의 삿갓조개, 알리칸테

의 가재, 코스타 브라바의 에스파르데냐스를 집어먹었다. 그렇게 먹는 동안, 그는 프랑스 사람들처럼 아주 맛있는 다른 음식들에 관한 이야기를 했다.

안토니오 스카르메타의 『네루다의 우편배달부』[8]는 파블로 네루다에게 더욱 친근하게 다가간다. 마치 네루다에 대한 팬픽 같은 이 소설에서 네루다는 어린 연인의 연애편지를 도와주는 등 희극적인 인물로 형상화된다. 그러나 종국엔 비극시의 주인공이 되어버린 실제 삶을 따라간다. 칠레를 장악한 군인들은 조용한 섬 이슬라 네그라에까지 찾아와 그의 집에 바리케이드를 친다. 그리고 도망친 공산주의자들을 찾는다는 핑계로 집을 급습해 그가 평소에 취미로 모아둔 소라와 뱃머리 장식, 책 등을 뒤졌다. 노시인은 쿠데타가 일어난 지 2주도 채 되지 않아 지병이 악화되어 숨을 거둔다.

네루다가 좀 더 진지하게 나오는 작품은 이사벨 아옌데의 『영혼의 집』이다. 아옌데는 조숙하고 상상력 풍부한 여자 클라라와 그 외손녀 알바의 눈을 통해 이 젊은 시인을 특별하게 그리고 있다. 소설 속에서 젊은 시인 네루다는 소녀 알바의 집에 머물고, 문학 모임이 열릴 때마다 알바를 자신의 무릎에 앉히는 친근감 있는 인물로 등장한다.

파블로 네루다는 칠레에 돌아온 뒤 이곳 발파라이소에서 살았다. 소라 장식을 모으는 취미가 있었던 그에게 발파라이소 해안은 망명 생활

....

8_ 영화 〈일 포스티노〉의 원작

의 고단함을 달래주기에 충분했을 것이다. 그는 「발파라이소의 시계공 돈 아스테리오 알라르콘에게」라는 장문의 시를 남기기도 했다.

1970년 대통령 선거 때 그는 살바도르 아옌데를 지지했다. 하지만 불과 3년 만에 아옌데는 군사 쿠데타의 희생양이 되었다. 몇 달 후 시인도 산티아고 자택에서 유명을 달리했고 그가 살던 발파라이소의 집은 파괴되었다. 생전에 그는 산티아고 인근의 작은 섬 이슬라 네그라를 사랑했고, 죽어서는 그곳에 묻히고 싶어했다고 한다. 그의 소원은 피노체트가 물러난 뒤에야 이루어졌다. 사후 20년 만에.

다시 산티아고에 돌아온 것은 두 달 반 만의 일이었다. 산티아고는 이제 가을이었다. 서머타임이 해제되어 한국과는 시차가 13시간으로 벌어져 있었다. 고대하던 라파 누이로 떠날 시간이었다. 하지만 나는 마음이 무거웠다. 섬에서 두 가지 일이 나를 기다리고 있었기 때문이었다. 하나는 내 여동생의 결혼이고 또 하나는 내 생일이었다.

여행을 하다 보면 포기할 일이 많이 생긴다. 그것은 전적으로 타이밍과 예산 탓이다. 돈이 없는 것은 어쩔 수 없는 일이라 해도, 시간이 부족해 여행지를 포기하는 일만큼 억울한 것은 없다. 그래서 때로는 과감한 결단이 필요하다. 동생이 결혼 발표를 했을 때는 내가 여행을 떠나기 직전이었다. 나는 당황했지만 어떻게든 한국에 갈 수 있을 거라 생각하고 여행을 강행했다. 결혼식쯤에는 되도록 한국과 가까운 아시아 지역에 갈 수 있을 거라고 믿었다. 하지만 언제나 그렇듯 여행은 생각보다 느리고 예정일은 생각보다 빨리 다가온다.

라파 누이는 남태평양 한가운데에 있는 조그만 섬이다. 남미 대륙에서 서쪽으로 3,400킬로미터, 산티아고에서는 약 5시간 떨어져 있으며 한국과는 15시간의 시차가 난다. 라파 누이는 다양한 별명을 갖고 있다. 폴리네시아어로 '세계의 배꼽'을 뜻하는 '테 피토 테 헤누아Te Pito O Te Henua' 말고도 1888년에 칠레령이 되고 나서 붙여진 '파스

쿠아', 그리고 가장 유명한 별명인 '이스터'까지. 하지만 '이스터'라는 이름이 붙게 된 유래를 알고 나면 그 이름이 '인디언'이란 말만큼이나 폭력적이란 사실을 알 수 있다. 1722년 네덜란드의 로헤벤 제독이 이곳을 처음 발견했을 때가 마침 부활절이스터이었던 것이다. 하지만 서양인의 발견 이전부터 이곳에는 3천여 명의 원주민이 살고 있었다. 그들은 5세기에서 16세기에 걸쳐 '모아이'라 불리는 거대한 석상을 세울 정도로 문명이 발달한 부족이었다. 폴리네시아인으로 추정되는 그들이 화산 주변에 세운 모아이의 개수는 자그마치 천여 개다. 모아이에 관해서는 여러 가지 설이 있지만 씨족의 신앙물, 즉 수호신이라는 설이 유력하다. 하지만 아이러니하게도 이 수호신은 오히려 원주민의 멸망을 부채질했다고 한다. 석상을 옮기기 위한 나무를 베느라 숲이 파괴되면서 원주민도 함께 멸하고 만 것이다.

라파 누이에는 인구 3,800명이 한가롭게 모여 사는 마을이 있다. 공교롭게도 이름이 '한가로아Hanga Roa, 항가 로아'이다. 그곳에 도착한 날에는 날씨가 참 좋았다. 하지만 다음 날, 자전거 타고 나가야지, 하고 마음먹기 무섭게 무지막지한 비가 쏟아졌다. 5월도 아닌데 이토록 비가 많이 오는 것은 이상하다고 주인이 얘기할 정도였다. 바람도 무척 강해서, 파도에 맞았다가는 그대로 100미터는 전진할 것처럼 바다가 심하게 흔들렸다. 주변에 키가 3미터를 훌쩍 넘는 모아이 석상 하나가 우뚝 서 있는데 바람에 쓰러지지 않을까 걱정이 될 정도였다. 나는 다른 모아이를 찾으러 해안 근처까지 나갔다가 깜짝 놀랐다. 춥고 비가 철철 내리는 날씨에도 불구하고 3단 파도에 맞서 서핑하는 사람들이 여럿 있었기 때문이다. 나는 종일 나를 따라다니는 개와 함께 비를 맞으며 그것을 구경했다.

나는 미친 듯이 오는 비를 뚫고 아후 아키비Ahu Akivi, Ahu는 제단이라는 뜻에 가기로 했다. 자전거를 타고 험한 돌산 위를 2시간가량 달려, 마침내 모아이들 앞에 서니 비가 보란 듯이 그쳤다. 마침 자동차로 두어를 온 유럽 관광객들이 말끔한 옷을 입고 유유히 모아이 곁으로 들어섰다. 아후 아키비에 있는 7개의 모아이는 바다(정확히 말하면 바다 아래의 마을)를 바라보고 있다. 일반적인 모아이들이 바다를 등지고 있는 것과는 반대이다. 이것은 마을을 보호하는 의미라고 한다.

모아이 덕분에 스릴 만점의 산악자전거 여행을 하긴 했지만, 그 뒤 나는 컨디션이 좋지 않아 사흘간 숙소에만 있어야 했다. 날씨가 개기를 기다리며 숙소에서 밥을 해 먹는 일은 여간 심란하지 않았다. 치명적인 물가 때문이었다(계란 한 알이 우리 돈으로 400원, 큰 양파 하나가 1200원이라니!).

그사이 내 동생은 결혼을 하고, 나는 생일을 맞았다. 미리 산티아고에서 사 온 고추장과 미역국으로 생일상을 차려 먹고 있는데 뉴욕에서 온 여자애가 눈을 반짝였다. 그녀는 1년간 남미를 여행 중이며 그중 절반은 아르헨티나에 있었다고 말했다. 그녀는 나의 고추장 밥을 보며 이게 김치냐고 물었다. 내가 고개를 저으며 어떻게 김치를 아느냐고 물었더니, 뉴욕에서 한국 음식이 유명하다고 말했다. 자신이 좋아하는 '만두 바'도 많고, 아무튼 자기는 한국 음식을 너무 사랑한다는 것이다. 나는 뉴욕에 한 번도 가본 일이 없으므로 그런 이야기가 신기하게 들렸다. 그녀는 저녁때 크레이프를 만들 건데 같이 들지 않겠느냐고 물었다. 나는 그녀의 호의가 고마웠지만 사양했다. 그날 밤, 천둥과 번개, 폭우 소리에 몇 번이나 잠에서 깼다. 깨고 나면 동생에 대한 걱정이 들었다. 인터넷이 되지 않아 집에 전화를 할 수도 없었다. 밤은 내가 혼자라는 사실을 일깨워주는 악마 같았다.

이제 나는 서른이었다. 10대와 20대가 인생의 봄이라면 30대는 여름을 시작하는 시기이다. 그런 의미에서 서른을 사하기思夏期라고 불러도 좋으리라. 여름을 준비하는 나는 인생이 사실 몇 가지 요소의 반복에 불과하다는 것을 깨달았다. 30년이나 살았는데, 겨우 '반복'이 인생의 핵심일 뿐이라는 것을 알게 되었을 때의 허탈감. 신문은 더 이상 신문이 아니다. 파키스탄에선 언제나 자살 폭탄 테러, 미국에선 언제나 총기 난사 사건이 일어난다. 국회는 올해 예산을 엉뚱한 데 책정했고, 정부는 여론 수렴을 제대로 하지 않았으며, 수능 시험 날은 이상하리만큼 춥고, 거액을 복지 재단에 기부한 사람은 김밥 장수로 평생 살아온 여든 노인이다. 나는 인생의 자잘한 법칙을 완전히 하나의 꼬치 안에 꿰어버린 것 같은 기분을 느꼈고, 이제 아무리 발버둥 쳐도 그 틀 안을 벗어날 수 없다는 회의에 빠지고 말았다.

나에게 서른은 마블링과도 같았다. 어린 시절 물에 물감을 타서 종이에 적셔본 기억이 있을 것이다. 그림은 의도와는 전혀 상관없는 희한한 것이 되어버린다. 마블링 안에서 이전의 기억과 이후의 기억들이 화학적으로 뒤섞이며 새로운 내가 탄생한다. 재발견한 나는 더 이상 어제의 내가 아니다.

이탈로 칼비노의 소설 『보이지 않는 도시들』에는 다양한 도시를 여행한 마르코 폴로가 등장한다. 그는 히파티아라는 나라의 언어를 이해하기 위해서는 지금까지 알고 있던 이미지들로부터 자유로워져야만 한다고 역설한다. 그때까지의 자신을 지탱해주던 목발을 과감히 떨쳐버리기란 쉽지 않다. 그러나 인생의 어느 한때, 반드시 발상의 전환이 필요한 때가 온다면, 과감히 그 익숙한 목발, 즉 나를 구성한다고 '믿었던' 그 이미지를 던져버려야 한다.

다음 날 아침, 날씨가 처음으로 환하게 갰다. 나는 하늘이 내려준 선물에 감사하며 섬을 한 번에 완주하기로 결심했다. 총 40킬로미터에 달하는 거리였다. 먼저 북쪽에 있는 아나케나Anakena의 모아이를 향해 자전거를 달렸다. 1시간가량 힘겹게 달리자 드디어 내리막길이 나왔다. 30분간 아무도 없는 도로를 질주하면서는 나는 새가 부럽지 않았다. 그야말로 나는 해방감을 맛보았다. 어이없게 놓쳐버린 동생의 결혼식이나 혼자 먹는 미역국 따위는 잊어버린 지 오래였다. 더구나 아나케나 주변 바다는 수영복을 가져오지 않은 것을 후회할 만큼 아름다웠다. 불과 몇 사람만이 수영과 스노클링으로 한적한 오후를 보내고 있는 평화로운 바다였다. 아나케나를 지나 좀 더 가니 '세계의 배꼽'이라 불리는 둥근 돌이 나왔다. 백인 남녀 다섯이 돌에 손을 댄 채 엎드려 기도를 드리고 있었다. 그 옆에는 거대한 모아이 하나가 엎어져 있었는데, 갈색의 모자 크기만도 2미터가량 되었다.

6킬로미터쯤 더 달리자 아후 통가리키Ahu Tongariki가 나왔다. 여기에는 15개의 모아이가 늘어서 있는데 멀리서 보면 모아이 축구팀을 연상케 했다. 하지만 이것들은 1990년대까지만 해도 무참히 쓰러져 있었다고 한다. 1960년에 쓰나미가 해안의 200미터를 덮쳐서 모아이들이 100미터 사방으로 마구 흩어졌던 것이다. 그러다가 1990년대 초반, 타다노라는 일본 회사가 많은 돈을 들여 모아이 15개를 일으켜 세워준 것이 오늘날에 이르렀다. 하지만 모자를 제대로 갖춰 쓰고 있는 모아이는 단 1개뿐이다. 그리 멀지 않은 곳에 있는 거대한 모아이는 누워서 잠을 자고 있다.

섬을 한 바퀴 빙 돌아 8시간 만에 항가 로아 마을로 돌아왔다. 돌아오는 길에 사진에 다 담을 수 없을 만큼 큰 무지개를 보았다. 그 아래의 목초지에서는 두 마리의 말이 교미를 하고 있었다. 얼마 후 쌍무지개가 떴다. "내가 바로 네 인생에서 두 번 다시 볼 수 없을 가장 크고 아름다운 무지개일 거야." 라고 말하는 듯한 무지개였다.

여행을 시작한 지 251일째 되던 날, 다시 산티아고에 돌아왔다. 이로써 두 달여에 걸친 상반기 남미 여행은 끝이 난 셈이었다. 하지만 나는 이틀 만에 다시 비행기에 올랐다. 세계 일주 중 벌써 16번째 비행이었다. 비가 주룩주룩 내리는 날 아침 산티아고에서 출발한 비행기는 초저녁에야 목적지에 도착했다. 적도 바로 위에 위치한 베네수엘라의 수도 카라카스였다. 베네수엘라는 칠레와 30분의 시차가 났다. 하지만 문화적인 차이는 30광년쯤 되는 것 같았다.

베네수엘라는 여행하기 힘든 3대 조건을 두루 갖추고 있다. 살인적인 더위, 살인적인 물가, 그리고 살인적인 분위기. 수도인 카라카스가 바로 여기에 해당한다. 낮엔 덥고 부랑자가 여기저기 누워 있다.

미국 외교 전문지 포린폴리시FP는 잔인한 살인·폭력 측면에서 가장 위험한 5개 도시를 골라 소개했는데, 1위가 바로 카라카스였다. 공식 피살률이 10만 명당 130명에 달한다. 이 통계에는 교도소에서 발생한 살인 사건 등이 포함되지 않았기 때문에 피살률은 10만 명당 160명까지 추산된다.

해가 지자 러브호텔이 즐비한 사바나 그란데Sabana Grande의 도로 위에 부랑자들이 자리를 깔고 눕기 시작하고, 여장 남자들이 가죽 팬츠가 꽉 끼는 엉덩이를 흔들며 거리를 돌아다닌다. 약국조차 밤에는 강도가 무서워 철창을 내리고 손이 겨우 들어가는 좁은 구멍을 통해 돈과 약을 교환해주었다. 과연 세계 최악의 살인 도시다운 풍경이다.

카라카스에서 도망치듯 나와 간 곳은 베네수엘라 동부의 산타 엘레나Santa Ellena이다. 그곳은 로라이마Roraima 산에 등반하려는 사람들이 모이는 장소이다. 로라이마는 전형적인 테푸이Tepuis의 형태를 띠고 있다. 인디언 페몬Pemon족 말로 '산'을 뜻하는 테푸이는 위가 평평한 테이블 모양의 산을 말한다.

이곳은 공룡 멸종 이전의 세계를 다룬 코난 도일의 책 『잃어버린 세계』 때문에 '로스트 월드'란 별명으로 더 유명하다. 원래는 잃어버린 세계를 방문하려는 사람들이 가득 차 있어야 했지만, 내가 간 5월 초는 완벽한 비수기였다. 적어도 4명이 모여야 5박 6일의 투어를 떠날 수 있었다. 하지만 사흘을 기다려도 가겠다는 사람이 한 명도 나타나지 않았다. 이틀을 꼬박 걸려 동쪽 끝으로 왔으니 로라이마 때문에 허비한 시간만 무려 5일이다.

나는 매일 밤 빈대에 온몸을 뜯기는 바람에 다음 날 아침에 일어나면 배와 팔 주변이 가려워 죽을 것만 같았다. 그것을 억지로 참아가며 밥 먹고 글만 썼다. 하지만 그렇게 기다린 시간과 노력에도 불구하고 결국 아무 일도 일어나지 않았다. 나는 모든 것을 포기하고 서쪽 끝에 있는 메리다Merida로 가기로 했다. 메리다에 가려면 마라카이를 거쳐 또다시 36시간을 달려야 했다.

다행한 일은 베네수엘라의 차비가 다른 남미 국가에 비하면 놀랍도록 싸단 점이다. 특히 버스로 20시간을 여행하는 비용은 브라질보다 3배나 싸다. 그 이유는 말할 것도 없이 석유 때문이다. 베네수엘라는 1940년대 이후 석유가 발견되면서 석유수출국기구OPEC에 가입했다. 1973년 제1차 석유파동으로 막대한 부를 쌓은 뒤, 지금까지도 경제의 80퍼센트를 석유에 의존하고 있는 남미 최고의 석유 강국이다.

마라카이에 도착한 건 새벽 5시. 아직 바람이 차가웠다. 새벽부터 보온병을 들고 다니는 흰 수염의 노인에게서 뜨거운 커피 한 잔을 샀다. 커피를 마시며 승합차를 기다리는데 3명의 남녀가 다가왔다. 그들은 2년간 세계 일주를 하고 있다는 네덜란드 커플과 머리가 벗겨진 29세의 프랑스인 남자였다. 네덜란드 커플은 메리다 여행이 끝나면 파나마로 날아갈 것이라고 했고 프랑스인 남자는 베네수엘라 동부를 거쳐 브라질로 갈 것이라고 했다. 오랜만에 영어를 할 줄 아는 외국인을 만나니 무척이나 반가웠다. 사람들이 모이자 차가 출발했다. 베네수엘라로 넘어가서 1시간쯤 더 달리자 이번에는 얼굴이 길쭉하고 안경을 쓴 칠레 여자 파멜라가 탔다. 그녀는 아르헨티나와 칠레 국경의 이민국 직원이었다. 8일간 휴가를 내어 메리다로 여행 가는 길이라고 했다.

한창 이야기하던 중에 차가 멈췄다. 장총을 멘 군인들이 차 안에 고개를 쑥 들이밀더니 내 여권만을 요구했다. 아시아인은 나밖에 없었다. 그들은 내 여권 검사를 끝내자 이번에는 차에 탄 모든 이에게 통행료를 요구했다. 우리는 돈을 뜯긴 기분이 들어 황당했고 메리다에 도착할 때까지 이에 대해 불만을 토로했다.

이 일은 베네수엘라 국경을 넘어 콜롬비아로 갈 때도 반복되었다. 군인한테 여권 검사를 받은 횟수만 5번이 넘고, 매번 알 수 없는 이유로 돈을 갹출당해야 했기 때문이다. 하지만 이것을 공산주의, 자본주의의 문제로 보지는 않았다. 자유를 억압하는 사회라면 어디에나 존재할 수 있는 경직성이었다.

베네수엘라는 그 어떤 나라보다 대통령의 힘이 막강하다. 베네수엘라 대통령 우고 차베스는 19세기 초 남미 독립을 이끈 시몬 볼리바르 장군의 계승자를 자처하며 남미의 사회주의 혁명을 주장했다. 1992년에 쿠데타를 일으켰다 체포된 적도 있지만, 6년 뒤 민중들의 지지를 얻어 헌법을 새로 제정하는 등 합법적 정권을 창출하는 데 성공했다. 2006년 선거에서도 빈민을 위한 강력한 포퓰리즘 정책으로 승리, 3선에 성공했다. 그는 조지 W 부시 미국 대통령을 '악마', FTAA 지지자인 멕시코의 비센테 폭스 전 대통령을 '미국의 애완견'이라고 비난할 정도로 미국의 일방적인 외교에 대해 일침을 가하는 몇 안 되는 지도자 중 하나이다. 또한 남미의 좌파 정권 도미노(볼리비아, 쿠바, 아르헨티나, 우루과이, 칠레, 브라질)에 결정적 영향을 미쳤다. 쿠바의 피델 카스트로와 볼리비아의 에보 모랄레스 대통령을 공개적으로 지지하고 있기도 하다. 그는 줄곧 이라크 침략, 신자유주의로 대표되는 미국과 자본주의의 양극화를 규탄하면서 사회주의적 경제정책을 펴고 있다. 합법적 정권 아래, 미국의 헤게모니에 대항한다는 점에서 촘스키와 같은 지식인들의 지지도 얻고 있다.

하지만 과연 그가 자본의 힘을 이기고 사회주의 혁명에 성공할지는 두고 볼 일이다. 21세기 초에 들어서면서부터 그의 장기 집권 야욕에 맞서는 반反차베스파의 각종 시위와 쿠데타, 높아지는 범죄율, 사회 비리, 빈곤율 등으로 위기를 맞고 있기 때문이다. 그의 모습에서 실패한 독재자와 실패한 사회주의 혁명의 그늘이 보이는 것도 사실이다. 베네수엘라는 차베스의 목표와는 달리 다수가 잘사는 사회가 아니라 다수가 못 사는 사회로 가고 있다. 게다가 연대가 가능한 주변국들과의 우호도 끊고 점차 고립된 상황으로 내달리고 있다. 공산주의 정권의 수호자들이 독재자의 나락으로 빠지는 전철을 그대로 밟는 것처럼 보인다.

버스 안은 과도한 에어컨 사용으로 몹시 추웠고 바닥에는 바퀴벌레가 돌아다녔다. 더러운 좌석에서 몸으로 옴벌레가 옮아왔는지 옆구리와 사타구니가 간지러웠다. 나는 복날을 앞둔 개처럼 미친 듯이 온몸을 긁어댔다. 추위와 가려움에 이를 악물고 잠을 잤다. 시끄러운 소리에 깨니 어느새 메리다였다. 버스에서 땅으로 발을 딛는 순간 몸이 앞으로 고꾸라져 어떤 아저씨와 부딪쳤다. 너무 오래 앉아 있어 내 무릎도 움직이는 법을 잊어버린 모양이었다.

메리다는 전형적인 레저 스포츠 도시이다. 세계에서 가장 높고 긴 케이블카도 있고 아름다운 산도 있다. 나는 캐니어닝Canyonning이라는 스포츠에 도전했다. 이것은 잠수복을 입고 캐니언개울이 흐르는 깊은 협곡을 걸어가는 스포츠로, 중간에 험한 골짜기와 폭포가 나오기 때문에 산악 장비 또한 필수였다. 나는 모스크바에서 온 러시아 여행객 5명과 함께 산 근처까지 차를 타고 간 뒤, 30분여를 걸어 출발지에 도착했다. 거기서부터 약 5시간 동안 개울과 폭포를 건너는 것이다. 캐니어닝을 하면서 나는 드디어 나의 실체를 발견했다. 내가 못 말리는 겁쟁이란 사실이다.

캐니어닝 도중에 절벽 미끄럼틀을 몇 번이나 만났다. 돌 위에 엉덩이를 깔고 앉아 5미터 벼랑으로 떨어져야 했다. 나는 무서워 견딜 수가 없었다. "괜찮아, 어서 뛰어!" 사람들이 밑에서 내게 소리쳤다. 몇 번을 앉았다 일어섰다 반복했는지 모른다. 세상에서 단 하나를 없앨 수 있는 능력이 있다면 그 5미터짜리 벼랑을 없애고픈 마음뿐이었다. 몇 번의 페이크 모션 끝에 눈을 딱 감고 뛰어내렸다. 나는 결심했다. '다시는 이런 미친 짓을 하지 않겠어. 고층 아파트 옥상에라도 올라가는 일은 내 평생 절대 없을 거야.'

5미터 벼랑을 지난 지 얼마 되지 않아, 이번에는 좁은 협곡이 나왔다. 두 팔로 돌을 지탱해서 내려가기에는 물살이 너무 셌다. 사람들은 가슴에 팔을 X자로 걸치고 미끄럼틀을 탔다. 이번에도 내가 문제였다. "괜찮다니까! 아무 생각 없이 그냥 뛰어내려!" 나도 정말이지 아무 생각이 없었으면 했다. 하지만 가지가 뚝뚝 부러지는 소리를 내며 물살에 떠밀리는 나무, 살짝만 긁혀도 하이에나에게 습격당한 상처를 낼 것 같은 거친 바위를 보니 실로 여러 생각들이 밀려왔다. '잘못하면 내 몸도 저 나뭇가지처럼 뚝뚝 부러지며 물살에 떠밀리겠지? 저 바위는 내 몸에 하이에나의 발톱 자국을 그려 넣겠지? 아, 어제 일기도 쓰지 않았는데. 그러고 보니 이번 주엔 집에 전화도 하지 않았잖아? 마지막 유언이 될 수도 있었는데. 그나저나 숙소에서 나올 때 문을 잠갔던가……?' 그렇게 버둥대다 발을 헛짚고 미끄러지고 말았다. 거꾸로 물에 처박혔지만 다행히 아무 일도 없었다.

여기까지는 약과였다. 가장 공포스러웠던 것은 10미터 폭포에 자일을 걸고 내려가는 일이었다. 가이드가 위에서 줄로 조종해주었지만, 나는 겁을 잔뜩 집어먹고 폭포 밑을 무릎으로 기어 내려갔다. 중간에 줄이 흔들리는 바람에 트림이 연속으로 5번은 나올 정도로 폭포수 물을 마신 것도 모자라, 절벽에 손등을 긁혀버렸다. 마침내 폭포수 아래로 첨벙했을 때는 손등에서 피가 철철 나고 있었다. 여행하면서 좀체 살 만한 기념품을 발견하지 못하던 차에 기념품 하나를 제대로 얻은 셈이다.

갑작스레 폭우가 쏟아졌다. 비를 맞으며 더 내려가니, 이번에 나타난 것은 38미터짜리 폭포였다. 나는 실신할 것 같았다. 왜 내려가면 내려갈수록 더 높은 폭포가 나오는지 이해 불가였다. 나는 다시 결심했다. '내가 다시 이런 미친 짓을 하나 봐라. 그땐 내가 인간이 아니라 개다.' 나는 무사히 절벽을 내려왔다. 오직 내려가야 한다는 일념뿐이었다. 그 뒤로도 나는 미친 짓을 자주 했으나 이렇게 무사하다, 멍멍.

허구와 진실

한국인이 라틴아메리카 여행을 떠날 때 반드시 준비해야 할 물건이 있다. 그것은 '중국인 아님'이란 팻말이다. 그것을 큰 가방에 붙이는 것이다. 그럼 아무도 '치노Chino 혹은 치나China?'라고 말을 걸며 귀찮게 하지 않을 것이다. 내가 콜롬비아인과 베네수엘라인을 구별할 수 없듯이 라틴아메리카인들도 아시아인을 전혀 구별하지 못한다. 하지만 콜롬비아를 여행할 때만은 이 팻말을 집어넣어도 좋을 것이다. 콜롬비아인들은 어디서 왔는지 끈덕지게 물어보지 않는다. 그들은 국경을 막론하고 모든 이방인에게 격의 없이 대한다.

카르타헤나Cartagena는 콜롬비아 북부의 해안 도시이다. 이곳은 해변 쪽이 성벽으로 가로막혀 있어 무척 더운 데다 요새다운 독특한 분위기가 난다. 나는 핀란드와 이스라엘, 탄자니아의 잔지바르, 쿠바의 아바나 등 세계 곳곳에서 요새를 본 적이 있다. 지금은 의미가 퇴색되어 버리고 학생들과 관광객의 코스로 전락해버린 역사의 현장. 요새 안에는 언제나 먼지를 깨끗이 닦아둔 장총과 총알, 포탄, 그리고 하늘로 올라가는 거대한 성문이 있다. 성벽 주위에는 으레 물이 흐르거나 고여 있고, 전망대에 올라가면 도시를 배경으로 사진 찍는 사람들이 있다. 카르타헤나 역시 고풍스러운 요새의 이미지로 가득하다.

G. 마르케스가 쓴 소설 『콜레라 시대의 사랑』은 이곳을 배경으로

한다. 그가 카르타헤나에 온 것은 스물한 살 때의 일이다. 그는 시위대의 데모로 폐허가 된 보고타와 물난리를 겪은 고향 바랑키야를 떠나왔다. 그는 『이야기하기 위해 살다』를 통해 당시의 카르타헤나에 대해 이렇게 술회한다.

> *1948년 4월 9일에야 비로소 콜롬비아에 20세기가 시작되었다고 인식했던 것 같다. ……중략……. 내 등 뒤에 400년 역사를 간직한 까르따헤나 데 인디아스가 있었다. ……. ……구둣발로 밟을 때마다 껍질이 폭죽 터지듯 톡톡 소리를 내는, 살아 있는 게들로 뒤덮인 잡초 위를 가방을 질질 끌며 걸었다. ……중략……. 우리는 렐로흐 성문城門에 이르게 되었다. 그곳에는…… 게세마니 마을과 빈민촌을 연결하는 100년 된 가동교可動橋 하나가 있었는데, 밤 9시부터 새벽까지는 들어 올려져 있었다. 빈민촌 주민들은 세상뿐 아니라 역사와도 격리되어 있었다. 전하는 바에 따르면, 변두리 지역 빈민들이 한밤중에 에스파냐 출신 식민지 개척자들의 거주 지역에 침입해 잠들어 있는 그들의 목을 자를까 두려워 다리를 건설했다고 한다.*

『콜레라 시대의 사랑』에는 도시의 이름이 직접적으로 언급되어 있지 않지만, 소설의 분위기는 카르타헤나의 습한 공기와 제법 잘 어울린다. 16세기 무렵, 카리브 해에 주둔한 스페인군의 주요 요새로 번성했던 이곳은 현재 콜롬비아에서 가장 큰 항구이자 산업 도시로 자리 잡았다. 올드 타운 내에는 16~17세기 스페인풍 건물들과 공예품, 액세서리, 옷가게 들이 미로처럼 생긴 거리를 사이좋게 점하고 있다. G. 마르케스의 부모님이 사랑을 나눈 바로 그 거리이다.

소설은 우연한 죽음에서 시작된다. 19세기 말, 엘리트 우르비노 박사와 그의 부인 페르미나 다사, 그리고 그녀를 사랑하지만 지위, 계급에 밀려 51년 9개월 4일을 기다려야 했던 플로렌티노 아리사의 삼각관계가 주된 내용이다. 어느 날 플로렌티노 아리사의 절친이자 연적인 우르비노 박사는 앵무새를 잡으려다가 사다리가 미끄러져 죽고 만다.[9] 그의 죽음을 계기로 플로렌티노 아리사는 50년을 미뤄둔 짝사랑을 페르미나 다사에게 고백하게 된다.

노인들의 불타는 사랑이란 비현실적인 소재에서 미뤄 짐작할 수 있듯이, 이야기 전체는 우연의 덩어리에 가깝다. 우연한 죽음, 우연한 살인, 우연한 사랑……. 여기서 말하는 우연이란 '이럴 수도 있고, 저럴 수도 있었다'는 뜻이다. 놀랍게도 그의 소설에는 모든 문학 교과서가 소설의 필수 요소라고 외친 필연성이 존재하지 않는다. 작가가 여러 미끼를 던져놓긴 했지만, 우리 독자들은 복권 추첨 기계를 굴러

9_ 이 에피소드는 작가의 외할아버지가 소경이 다 된 앵무새를 붙잡으려다 기적적으로 살아난 사건을 바탕으로 한 것 같다. 『이야기하기 위해 살다』에 따르면 그의 외할아버지는 앵무새의 목을 잡다가 층계참에서 미끄러지는 바람에 4미터 높이에서 땅바닥으로 떨어진 적이 있다고 한다.

나오고 있는 공을 기다리는 심정으로 다음 페이지를 넘겨야 한다. 결과는 예상 밖이거나 예상대로이다. 이러한 우연과 반복의 연속에도 불구하고 독자는 그 사건들을 미신처럼 믿게 된다. 그리고 그는 과신에 대해 보답이라도 하듯 우리가 믿고 있는 눈앞의 현실보다 훨씬 더 경이로운 허구를 보여준다.

이야기가 허구냐, 실재냐 하는 문제는 중요하지 않다. 세상에는 얼마든지 허구처럼 보이는 실재가 있기 때문이다. 그러지 않고서야 머리 둘 달린 아기, 캘리포니아 해안가에 출몰한 괴생명체, 불가사리의 떼죽음과 같은 뉴스가 연일 랭킹 1위에 오를 까닭이 없다. 그렇기에 우리는 작가의 허구적 상상력을 허무맹랑한 우연의 산물로 보지 않고, 눈앞의 현실처럼 믿게 되는 것이다.

카르타헤나에 온 지 이틀째 되던 날, 나는 얼굴이 파랗게 질려 숙소를 나섰다. 원숭이와 열대 지방의 새들이 사는 낭만적인 곳이라던 주인의 말과 달리 숙소에는 모기, 바퀴벌레도 모자라 팔뚝만 한 쥐마저 출현했다. 심란한 마음으로 걷고 있는데 얼굴빛이 짙은 남자가 다가왔다. 그가 악수를 건네며 물었다. “간자 필요해요?” ‘간자’가 뭔가 했더니 마리화나를 뜻하는 것이었다.

콜롬비아 하면 ‘커피’와 더불어 ‘마약’이 떠오르는 게 사실이다. 콜롬비아의 범죄 강국 이미지 형성에 결정적 역할을 한 사람들은 게릴라이다. 관공서 곳곳에는 수십 명이 넘는 게릴라의 사진과 현상금이 붙어 있다. 특히 최대 게릴라 조직인 콜롬비아무장혁명군FARC은 9천여 명의 병력을 갖춘 대규모 무장 단체로 활동하며 반세기간 콜롬비아 정부를 위협해왔다. FARC는 원래 토지개혁과 정권 탈환을 주요 목표로 하는 사회주의 이념을 내걸었으나 친미 성향인 알바로 우리베 대통령의 대대적 토벌 공세로 세력이 약화되자, 지금은 코카인 거래와 인질 납치를 주로 하는 테러 단체로 전락했다. 게다가 대변인에 이어 최고지휘관까지 사망한 것도 모자라, FARC를 배후에서 지원해온 우고 차베스 베네수엘라 대통령마저 무장 혁명군과의 관계 청산에 나선 상태여서 무장 혁명군은 최대 위기를 맞고 있다.

콜롬비아를 다녀오지 않은 여행자들은 간혹 그곳이 얼마나 위험하냐고 묻곤 한다. "전혀요. 관광만 할 생각이라면." 내게 '간자'를 권유했던 부랑자도 내가 고개를 흔들자, 별말 없이 사라져주었다.

보고타는 콜롬비아가 여행하기 힘들 것이라는 편견을 날려주는 도시이다. 카르타헤나에서 22시간을 달리면 수도 보고타가 나온다. 신호등 앞에서 차가 멈췄을 때 서둘러 앞 유리창을 닦아주고 돈을 받아 가는 사람들이 보였다. 아프리카에서도, 중동에서도 본 적 없는 진기한 장면이다.

5월의 보고타는 춥고 비가 많이 왔다. 콜롬비아는 국토의 대부분이 적도 바로 위쪽에 위치하고 있어 덥고 습하다. 하지만 보고타는 해발 2,600미터 위에 있어 연중 섭씨 14도의 기온을 유지한다. 나는 보고타와 단번에 사랑에 빠졌다. 보고타는 꾸미지 않은 젊음으로 가득 차 있고 예술성이 넘치는 도시였다. 어디선가 시끄러운 소리가 들려 발을 디딘 곳에서는 대학교 축제가 한창이었다. 나는 오렌지빛 머리에 고딕풍의 까만 허리띠를 한 학생들 틈에 끼어서 록 밴드의 음악을 들었다. 보고타 사람들은 친절하며 정감이 넘친다.

저녁에는 바나나 튀김과 치즈 롤을 먹었다. 바나나 튀김은 바나나 배를 반으로 갈라서 넓적하게 튀긴 채로 나오는 곁가지 요리였다. 아삭거리는 바나나는 호박고구마 맛이 났는데, 입맛을 돋우는 애피타이저로 그만이었다.

보고타에서 단연 돋보이는 곳은 칸델라리아La Candelaria, 성촉제 聖燭祭였다. 식민지풍의 고전적인 건물들이 늘어선 거리를 걷다 보면 칸델라리아가 나온다. 창틀마다 촛불이 켜진 듯 화사한 색으로 도배된 건물들 사이로 보테로 미술관Donacion Botero이 보인다. 콜롬비아를 대표하는 화가 보테로의 그림이 전시된 미술관이다. 보테로 미술관에는 안경 너머로 뚫어져라 심각하게 그림을 보는 사람들이 없다. 웃음에 관한 의태어로 표현하자면 '빙그레' 미소를 짓고 있는 사람들이 대부분이다. 이것은 보테로 특유의 동화적인 감성과 유머러스한 과장법 때문이다. 뚱뚱한 모나리자로 유명한 보테로는 여자의 엉덩이를 유난히 살찌게 그리고 눈 밑에는 애교 점을 그리는 버릇이 있다. 옷을 벗은 채 웃고 있는 여자의 모습은 한 떨기 장미가 아니라 맛있게 부풀어 오른 빵처럼 보인다. 여자뿐만이 아니다. 살찐 말, 살찐 과일, 살찐 자화상까지, 그는 무슨 사물이든 풍만하게 그린다. 조각 작품도 마찬가지이다. 곧 레스토랑에 보내져도 아무런 핑계를 대지 못할 정도로 통통하게 살이 찐 말을 보며 개성이란 바로 이런 것이라고 생각했다.

칸델라리아 거리를 걷다가 우연히 '가브리엘 가르시아 마르케스 문화센터CCGGM, Centro Cutural Gabriel Garcia Marquez'를 발견했다. 여기에는 G. 마르케스의 대표작들을 다양한 형태로 수백 권 쌓아 올린 벽장이 있다. 옥타비오 파스, 이사벨 아옌데, 마리오 바르가스 요사의 책들을 지나가다 보면 한쪽 구석에 외국 소설들도 보인다. 무라카미 하루키의 『해변의 카프카』 밑에 오르한 파묵의 『내 이름은 빨강』이 있고 그 옆에는 척 팔라닉과 트루먼 커포티, 더글러스 애덤스의 책들이 올려져 있다. 나는 익숙한 작가들의 이름을 발견하고 고향에 돌아온 사람처럼 행복했다.

이미 눈치챘겠지만 나는 G. 마르케스의 광적인 팬이다. 그는 영국의 동화 작가 로알드 달과 마찬가지로 어떤 소재를 갖다 놓아도 기상천외한 이야기를 창조해낼 사람이다. 하다못해 기저귀나 바늘 쌈지를 소재로 삼아 써보라고 해도 말이다. 다만 로알드 달이 전형적인 플롯 중심의 영미식 작법을 구사한다면, G. 마르케스는 물 흐르듯 흘러가는 설화적 서사를 구사한다는 점이 다르다.

앞서 예로 든 네루다의 폭식 장면을 통해 알 수 있듯이, G. 마르케스는 남이 먹는 장면을 가장 재미있게 묘사할 수 있는 작가이다. 『백년의 고독』에서 아우렐리아노 세군도와 암코끼리의 먹기 대회 장면을 잠깐 살펴보자.

아우렐리아노 세군도는 세계를 두루 여행하고 돌아왔을 때의 호세 아르까디오만큼이나 왕성한 식욕으로 인해 이내 뚱뚱해지고, ……, 해안 지방에서 명성이 자자한 대식가들을 불러들였다. 삐뜨라 꼬떼스 집에서 열리는, 그 어리석기 짝이 없는, 많이 먹고 참기 대회에 참가하기 위해 각지에서 전설적인 대식가들이 도착하곤 했다. 어느 불운한 토요일, 〈암코끼리〉라는 별명으로 전국적으로 알려져 있던 몸집이 거대한 여자 까밀라 사가스뚜메가 나타나기까지 아우렐리아노 세군도는 무적의 대식가였다. 그들의 대결은 화요일 동틀녘까지 계속되었다. 처음 이십사 시간 동안 송아지 한 마리와 유까, 냐메, 구운 쁠라따노를 집어넣고 나서, 샴페인 한 상자 반까지 들이마신 아우렐리아노 세군도는 승리를 확신하고 있었다. ……중략……. 그 〈암코끼리〉는 몸이 우람하고 단단했지만, 장승처럼 거대한 몸집에 반해 여성적인 부드러움이 압도하고 있었고, 너무나 아름다운 얼굴에 아주 곱고 잘 가꾼 손, 그리고 가히 거부할 수 없는 매력을 지니고 있었기 때문에 아우렐리아노 세군도는 그녀가 집으로 들어서는 모습을 보고 낮은 목소리로 식탁에서가 아니라 침대에서 시합을 벌이면 더 좋겠다고 말했었다. 나중에 그녀가 고상한 예법을 단 한 가지도 어기지 않으면서 송아지의 엉덩이 고기를 먹어치우는 것을 보았을 때, 그는 저렇게 섬세하고 매력적이고 식욕이 왕성한 코끼리 같은 여자야말로 어떤 의미에서는 이상적인 여자라고 말했다. ……. 그녀는

소문처럼 소백정이나, 그리스 곡마단의 수염 난 여자가 아니라, 어느 음악 아카데미의 원장이었다. ……중략……. 두 사람은 네 시간만 잤다. 잠에서 깨어나자 각각 오렌지 오십 개를 짠 주스와, 커피 팔십 킬로그램과, 날달걀 삼십 개를 먹어치웠다. 오랜 시간 동안 잠도 자지 않은 채 각자 돼지 두 마리와 쁠라따노 한 다발과 샴페인 네 상자씩을 집어넣느라 두번째 날 동이 텄을 무렵, ……. "자신이 없으면 더 이상 먹지 마세요. 우린 무승부니까요." 〈암코끼리〉가 그에게 말했다. ……. 그러나 아우렐리아노 세군도는 그것을 새로운 도전이라고 풀이하고는 자신의 불가사의한 능력을 넘어설 때까지 그 칠면조를 삼켜버렸다. 그리고 의식을 잃고 말았다.

사실상 이 장면을 통째로 뺀다 해도 전체 이야기의 흐름은 바뀌지 않는다. 하지만 그는 생기 넘치는 묘사를 통해 사소한 에피소드마저도 극적으로 살려낸다. 좀 허무맹랑할 수도 있으나, 영미 공포 소설의 제왕 스티븐 킹의 『스탠 바이 미』와 비교해보자. 데이비드 호건은 개척자의 날을 맞아 벌어진 파이 먹기 대회에 나간다. 데이비드는 몸무게가 120킬로그램이나 나가서 평소에 돼지비계라는 별명으로 불렸지만 이 날만큼은 먹기 대회 챔피언 빌 트래비스와 붙어 제대로 실력을 뽐낸다.

……(시장은 뚱보 호건이 나치의 타이거 탱크처럼 요란하게 굴러다니면서 지금까지 얼마나 지독한 바보들에게 괴롭힘을 당했는지, 그리고 앞으로도 얼마나 괴롭힘을 당할는지 다 안다는 듯이 말했지만 사실은 짐작도 못할 터였다.) ……중략……. 장식 천이 드리워진 무대 위에 마지막으로 올라간 출전자는 제일 오랫동안 제일 우렁찬 박수갈채를 받았다. 바로 전설적인 빌 트래비스였다. 그는 키 195센티미터에 체격은 호리호리했지만 엄청난 대식가였다. ……중략……. 다섯 개의 머리가 다섯 개의 파이 접시 속으로 푹 처박혔다. 마치 다섯 개의 커다란 발이 진흙을 힘껏 밟는 소리 같았다. ……중략……. ……이제 전설적인 빌 트래비스를 파이 한 개 차이로 따돌리고 있었다. 변덕스러운 군중은 예상치 못한 새 챔피언의 탄생을 알아차리고 그를 열렬히 응원하기 시작했다. ……중략……. 복수의 순간은 갑자기 찾아왔다. 견딜 수 없을 만큼 가득 차버린 위장이 반란을 일으켰다. 반질반질한 고무장갑을 낀 힘센 손처럼 위장이 단단히 조여들었다. 목구멍이 저절로 벌어졌다. ……중략……. 터널 속을 질주하는 6톤 트럭 같은 굉음과 함께 뚱보의 목구멍에서 토사물이 솟구쳤다. ……중략……. 사방이 온통 토사물투성이였다. 사람들은 목을 움켜쥐고 힘없이 끅끅거리는 소리를 냈고 마치 술에 취한 듯 원을 그리며 이리저리 비틀거렸다. ……중략……. 뚱보 호건은 이 모든 광경을 지켜보았다. 그의 커다란 얼굴에 고요한 미소가 가득했고 두

번 다시 경험할 수 없는 따뜻한 진정제의 효과로 위장이 갑자기 편안하게 가라앉았다. 그 진정제는 바로 철저하고 완전한 만족감이었다.

기승전결이 명확한 글이다. 권선징악을 주제화한 결말은 대중이 기대하는 바이기도 하다.

남미는 서구의 이성주의 철학의 흐름에 의해 거의 내팽개쳐지다시피 한 전설(혹은 신화)을 이야기의 바탕으로 삼았다. 이것은 불가결한, 그러나 탁월한 선택이었다. 남미 출신 작가들의 작품 전반에서는 영靈적인 힘을 강하게 느낄 수 있다. 그것은 고딕식 유령처럼 기괴하게 다가오지 않도록 시종일관 즐겁고 명랑한 리듬을 이야기에 부여한다. 그 영적인 흐름의 구심점에 G. 마르케스가 있다. 어린 시절 그가 마술이 아닌 다른 것에 매료되었다면 오늘날의 마술적 리얼리즘은 없었으리라. 또한 그가 작품의 제목에 '고독'이라는 단어를 넣지 않았다면, 마술적이고 명랑한 라틴아메리카의 이미지 뒤에 숨은 슬픔을 발견하지 못했으리라.

G. 마르케스의 재능은 외할아버지 니콜라스 리카르도 마르케스 메히아로부터 받은 것이다. 『백년의 고독』에 등장하는 부엔디아 대령의 모델이 바로 그의 외할아버지이다. 외할아버지는 어린 가비토(G. 마르케스의 별명)에게 1928년 바나나 농장 학살 사건을 천 번도 넘게 설

명해주었다. 노동 조건의 열악함에 분노해 파업을 선언한 농장의 일용직 노동자들은 군대에 의해 잔인하게 학살당했다. 군대는 이들 노동자를 범죄 집단으로 선포하고, 5분 내에 광장을 떠나지 않으면 발포 명령을 내리겠다고 선언한다. 그들은 꼼짝 않고 뙤약볕 아래에 있던 (어린이를 포함한) 무고한 사람들을 향해 기관총과 대포를 난사한다. 군중이 쓰러져 바나나 송이처럼 쌓이고 주동자들은 도청 소재지 감옥에 투옥된다. 그러나 소설에 나왔듯이 3천 명이 몰살당했다는 사람의 말을 아무도 믿지 않는다. 현실보다 더 훌륭한 작가는 없는 것이다.

같은 대륙 출신이지만 유럽인에 가까운 보르헤스, 아돌포 비오이 카사레스에 비하면 G. 마르케스는 철저한 라틴아메리카인이다. 그는 건기에 4년도 넘게 하루도 멈추지 않은 비, 5개월간 지속된 안데스의 폭풍, 5분 만에 계란을 삶을 수 있는 아마존의 개울, 큰 소리로 말하면 소나기가 온다는 지역, 기도를 하면 구더기가 죽어서 떨어지는 황소가 사는 카리브 해변의 전설들을 '진심으로' 믿고 있다. 반면에 '폭풍' 하면 천둥과 번개만을 떠올리는 유럽인들을 이상하게 생각한다. 도적이 왕이 되고 탈옥수가 해군 장성이 되고 창녀가 주지사가 되고 그 반대의 경우도 일어날 수 있는 곳이 바로 카리브 해라는 것이다. 이런 주술적 믿음이 없었다면 아마도 마술적 리얼리즘은 탄생하지 않았을 것이다.

그는 이미 소설과 연설문을 통해 각각 '고독'과 '열기'라는 단어로 라틴아메리카의 이미지를 명징하게 전달한 바 있다. 하지만 그의 글은 고독한 달보다는 열기로 이글거리는 태양에 가깝다.

그가 마지막으로 발표한 장편소설은 『내 슬픈 창녀들의 추억』이다. 아흔 살 노인이 10대 창녀와 사랑을 나눈다는 발칙한 내용이다. 책을 읽고 난 소감을 말하라면 이렇게 답하겠다.

"지금 당장 냉동 창고에 넣어두었다가 50년 후에 꺼낼 만한 인물을 대라고 한다면, 나는 주저 없이 G. 마르케스를 꼽을 것이다. 그쯤 되면 내가 그보다 먼저 죽을 확률이 높으니까."[10]

....

10_ 안타깝게도 2010년 6월 주제 사라마구 작가가 유명을 달리했다. 사랑하는 사람들이 하나둘 사라져간다. 그런 의미에서 더더욱 저 냉동 인간 실험이 지금이라도 실현되었으면 좋겠다.

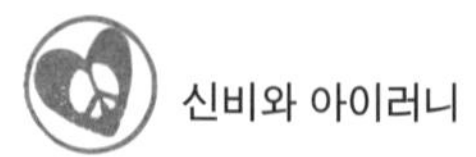

보고타를 떠나 콜롬비아 남부의 산 아구스틴San Agustin으로 향한다. 이곳은 단순함의 미학을 보여주는 동네이다. 비탈진 언덕 위를 채우고 있는 것은 흰색 페인트칠이 된 벽과 파란 대문 들뿐이다. 동네에는 개를 데리고 다니며 연날리기 혹은 팽이치기하는 꼬마와 노인 들뿐이다. 마치 박수근 화백의 그림이 연상되는 소박한 정경들이다.

마을에서 조금 떨어진 산 아구스틴 고고 공원Parque Arqueologico de San Agustin은 내가 본 중 최고의 야외 박물관이었다. 78헥타르에 달하는 이곳에는 석상과 무덤 들이 잔디와 정글 위에 흩어져 있다. 남미의 석상들은 언제나 익살스러운 표정을 하고 있다. 두 손을 앞으로 모으고 있는 석상 사이로, 느릿느릿 기어가는 딱정벌레와 이구아나, 거북, 그리고 광대한 집들을 잔디 위에 짓고 사는 개미 떼 들을 목격하는 것은 즐거운 보너스 중 하나이다. 개미들은 건너편 나무 꼭대기에서 뜯어 온 이파리를 새끼손톱만 한 크기로 잘라 입에 물고 이동하는데, 20미터도 넘는 여정 도중에 잠시도 쉬는 일이 없다.

산 아구스틴을 나와 비포장도로 위에서 버스 한 대를 겨우 잡았다. 버스에서는 신 나는 라틴음악이 흘러나오고 있었다. 운전사는 그 음악에 맞춰 손가락을 까딱거렸고 젊은 엄마는 아기에게 젖을 먹였다. 평화로운 시골 마을에는 소들이 풀을 뜯었고 아이가 돌부리에 걸려 넘어졌으며, 사과 뺨을 한 콜롬비아 꼬마 셋이 막 콩깍지에서 꺼낸 콩알들처럼 말 위에 옹기종기 앉아 버스 안을 들여다보고 있었다. 국경마을 이피알레스Ipiales를 넘을 때는 너구리를 봤다. 풍성하고 까만 줄무늬 털을 가진 너구리는 누군가 돌 위에 조각한 해골을 껑충 넘어 숲으로 사라졌다.

버스가 에콰도르 국경을 통과하면서 이상한 일을 목격했다. 에콰도르에 고유의 화폐가 없었던 것이다. 에콰도르는 가장 작은 단위인 센타보 외에는 미국의 달러화를 그대로 쓴다. 나는 지금껏 많은 나라를 여행했지만, 아무리 가난한 나라라도 다 고유의 화폐가 있었다. 에티오피아에도, 캄보디아에도 다 자기만의 화폐가 있었다. 그런데 에콰도르에서는 그런 상식이 통하지 않는 것이다.

에콰도르 경제는 1999년 석유 시장이 타격을 입으면서 침몰, 달러당 7천이었던 수크레과거의 에콰도르 통화 단위의 통화가치가 2만5천 수크레로 급락했다. 이에 당시 부통령이었던 구스타보 노보아는 그해 9월 미국 달러화를 에콰도르 공식 화폐로 인정했다. 비슷한 시기에 IMF를 맞았던 한국에서 만일 미국 달러화를 쓰게 되었다면? 해밀턴이 웃고 있는 만 원은 상상이 되질 않는다.

수도인 키토에 들어서니 다시 상식이 통하기 시작한다. 키토는 라틴아메리카 여행자들에게 무척 이상적인 곳이었다. 물가도 싼 편이고 여행자도 많아 거리거리가 활기찬 국제적인 도시이다. 그런 점에서 태국의 카오산 로드가 생각났는데, 조금 다른 점이 있다면 이미 많은 서구인들이 들어와 레저 스포츠 회사나 숙박업소, 레스토랑 등을 선점하고 있다는 것이다. 그들은 카페에서 커피를 마시고 해발 5,890미터에 있는 코토팍시Cotopoxi 산에서 자전거 하이킹을 하며, 읽고 있던 스티븐 킹의 책을 헌책방에 팔고 새로 나온 로빈 쿡의 책을 싼값에 구입한다. 아예 이곳에 눌러앉아 스페인어나 카포에이라브라질 전통 무술를 싼 가격에 배우는 젊은이들도 많다. 나는 스위스인이 경영하는 호텔에 머무르며 베트남 음식점에서 쌀국수를 먹었다. 비록 짧은 시간이었지만 코스모폴리탄적인 분위기의 에콰도르에 정이 너무 들어버렸다. 더 머무르고 싶을 때 일정에 쫓겨 떠나야만 하는 현실이 너무 싫었다.

나는 국경을 넘어 페루로 갈 참이었다. 목적지인 페루의 수도 리마를 상상해본다. 안데스산맥 밑자락에서 풀을 뜯고 있을 양, 삼포냐zampoña, 팬플룻처럼 생긴 안데스 지방의 전통 악기를 불고 있는 목동, 긴 담뱃대를 물고 있는 사람 좋게 생긴 인디오 노인, 색색의 천 보자기를 메고 다니는 여자들……. 키토에서 과야킬Guayaquil을 거쳐 25시간을 달렸다. 점점 다리에 마비가 오고 에어컨 바람이 너무나 차가웠다. 힘든 여정 끝에 마침내 리마에 도착했다. 그곳에서 처음 마주한 사람은 사람 좋게 생긴 노인이었다. 그러나 인디오가 아닌 KFC 앞에 서 있는 백인 할아버지 간판이었다. 이어서 나타나는 거대한 간판과 대형 백화점과 사람들로 북적이는 현대적인 중국 음식점들……. 리마의 상업적 얼굴이 먼저 나를 맞이했다. 양羊? 어쩌면 리마 한복판에 나타날 수도 있을 것이다. 단, 메에메에 소리를 내진 않을 것이다. 이미 먹음직스럽게 잘 요리되었을 테니.

여행자들이 많이 몰리는 미라플로레스Miraflores의 해변 근처 절벽에서는 패러글라이딩이 인기이다. 아마도 세계에서 가장 싼값(50달러 안팎)으로 25분간 전문가와 함께 타는 탠덤 비행을 할 수 있는 장소이기 때문일 것이다. 도시에서는 도시 생활을 즐겨야 하는 법. 나도 근처 멀티플렉스 빌딩의 카페에 있는 사람들과 해안에서 서핑을 즐기는 사람들의 머리 위를 날아다니는 짜릿한 경험을 했다.

패러글라이딩을 마치고 오랜만에 극장에 갔다. 한국을 떠나기 직전에 가보고 처음 가는 것이니까 거의 1년 만의 극장 나들이인 셈이다. 굉장히 설레는 마음으로 본 〈인디아나 존스 4〉는 공교롭게도 페루를 배경으로 하고 있다. 극장 안에 있던 사람들은 나스카 라인이나 쿠스코에 대한 화면이 지나갈 때마다 환호성을 냈다. 모험 영화는 페루에 대한 환상을 심어주기에 충분했다.

리마에 온 것은 쿠스코에 가기 위해서이다. 잉카제국은 쿠스코를 중심으로 동서남북으로 뻗은 네 지역으로 이루어졌기 때문에 '4방위의 땅'이라고도 불렸다. 쿠스코의 아르마스 광장은 그야말로 두 개의 세계가 대립하고 있는 것처럼 보였다. 잉카제국의 옛 수도답게 화려한 건축물로 가득한 광장은 그야말로 관광 명소였다.

이곳에서 가장 유명한 음식은 기니피그를 요리한 쿠이Cuy다. 혹시 나처럼 기니피그가 돼지일 것이라 상상했다면 버리는 것이 좋다. 기니피그가 쥐목目에 속하며, 다른 말로 '모르모트'라고도 한다는 사실을 알게 된 것은 그놈이 4개의 다리를 잔뜩 웅크리고 손톱과 이빨을 드러낸 채 접시에 누워 있었을 때였다.

"이게 뭐죠? 먹는 건가요?"

나는 종업원이 음식이라고 우기는 접시를 뚫어져라 쳐다보았다. 틀림없이 부엌을 돌아다니는 쥐를 잡아다 4조각으로 자른 게 틀림없었다. 등뼈에 딱 달라붙은 얇은 피부하며, 댕강 잘라진 목 사이로 보이는 까만 살들, 그리고 내장이 다 발라져 텅 빈 원통처럼 보이는 25센티미터 길이의 가냘픈 몸을 보고 있으려니 입맛이 딱 떨어지고 말았다. 나는 입을 한껏 벌리고 있는 놈의 머리를 반대쪽으로 놓았다. 다른 건 몰라도 그 징그럽게 웅크린 발톱을 보며 먹는 건 참을 수가 없었다. 조심스럽게 놈의 등에 포크를 찍었다. 껍질이 질긴 편이었지만 의외로 맛은 있었다. 어린 시절 마당에서 본 거대한 쥐 새끼의 환영이 머릿속에서 겹치지만 않았어도 끝까지 먹을 수 있었을 것이다.

모험과 스릴 넘치는 식사를 한 다음 날, 나는 아과스칼리엔테스Aguascalientes, '뜨거운 물'이라는 뜻행 기차를 탔다. 마추픽추에 가기 위해서이다. '백패커스 트레인Backpacker's train'이라는 이름의 이 파란색 기차는 기관실까지 포함해 6량밖에 되지 않는다. 서로 모르는 사람들끼리 무릎을 마주 대고 4시간을 가야 한다. 어색함도 어색함이지만, 그 느린 속도에 기가 찰 지경이다. 산비탈을 오르는 이 기차는 지그재그 형태로 5번 이상 주행을 한다. 앞으로 갔다 뒤로 갔다 하는 기차가 영 익숙지 않다. 창밖으로는 완전한 시골 풍경이 내려다보인다. 당나귀, 몸이 노르스름하고 입과 발만 흑갈색인 양 떼들, 개, 농부들. 잠시 기차가 섰을 때 8명의 어린아이들이 나타났다. "1솔약 400원만 주세요!" 이렇게 외치며 손을 흔드는 아이들에게 한 백인 여자가 사탕을 던져주었다. 그러자 아이들은 "아미가amiga, 친구!"를 외치면서 여자의 손 밑으로 달려들었다. 서로 치고받고 싸우다 어떤 아이는 몸뚱이가 깔리기도 했다.

남미를 여행하면서 가장 안타까운 건 바로 저런 장면들이다. 체중을 달아주고 돈 받는 사람, 줄줄이 사탕처럼 길게 매달린 복권을 파는 사람, 밖에 재봉틀을 내놓고 열심히 페달을 굴리는 사람, 손을 입 부근에 가져가며 구걸하는 사람, 화려한 네온사인 대신 조악하게 페인트로 벽에 상호를 칠하고 있는 사람 들. 이것은 아프리카 대륙만의 모습은 아니다. 남미 대륙 어디에나 가난한 사람들이 있다. 화려한 광장 주변에서 쥐 새끼 요리를 먹는 관광객이 있는가 하면, 좁은 골목에서 색색의 포대기에 싼 아기를 길바닥에 누이고 더러운 쥐를 손으로 쫓아내는 여자들이 있는 것이다. 종일 팔아도 만 원이 될지 모르는 사탕이나 빗을 늘어놓고 앉아서 말이다.

아과스칼리엔테스에 도착하자 안개가 휘어 감싸고 있는 웅장한 산이 나타났다. 그 뒤에서 마추픽추를 내려다보고 있는 것은 2,700미터 높이의 와이나픽추Huayna picchu, '젊은 봉우리'라는 뜻였다. 나는 1시간 정도 가파른 산길을 걸어서 와이나픽추의 정상에 올랐다. 산자락에 마추픽추가 찌그러진 별 모양 형태로 박혀 있고 그 왼쪽으로는 지그재그형의 기찻길이 보였다. 안개는 30분 간격으로 마추픽추를 덮었다 사라졌다 하면서 변덕을 부렸다. 드디어 안개가 개운하게 걷히자 '잉카의 잃어버린 도시'가 눈앞에 나타났다. 사람들은 안개가 걷히기 무섭게 산봉우리 정경을 카메라에 담느라 정신이 없었다.

많을 때는 하루에 천 명씩 방문한다는 잉카제국(1438~1533년)의 고대 도시 마추픽추Machu picchu, '늙은 봉우리'라는 뜻는 해발 2천 미터 높이에 있어, 흔히 '공중 도시'로 비유된다. 이곳은 우루밤바Urubamba 계곡 사이에 있다. 성벽으로 둘러쳐진 안에는 신전, 궁전, 일반 거주지를 포함해 200가구 이상의 유적이 40개의 계단식 밭과 3천 개의 계단으로 오밀조밀하게 연결되어 있다. 잉카제국은 백 년간 번성하다가, 13대 황제이자 마지막 사파 잉카Sapa Inca, 케추아어로 '유일한 왕'이라는 뜻였던 아타왈파가 스페인의 피사로에게 살해당하면서 멸망에 이르렀다. 잉카인들은 왜 이런 곳에 도시를 세웠을까. 그리고 200톤이 넘는 거석을 정교하게 쌓아 올릴 수 있었던 화려한 문명을 버리고 왜 16세기에 갑자기 이곳을 떠났을까. 1911년 한 미국인 역사가에 의해 발견되기 이전까지 400년간 무슨 일이 있었는지도 여전한 수수께끼이다. 그러나 그 안개 낀 신비의 봉우리가 사람들에게 많은 영감을 준 것만은 분명하다. 파블로 네루다는 1943년 안데스산맥 꼭대기 마추픽추의 폐허에 다녀와서 12편의 시를 썼다. 또 체 게바라는 편안한 객차에 앉아 여행하는 북미의 관광객들을 '인디오에 대해 무지한 채 단지 카메라를 갖고 잉카제국에 잠입한 간첩 같다'고 묘사할 정도로 페루와 마추픽추에 대단한 애정을 갖고 있었다. 그가 쓴 『체 게바라의 모터사이클 다이어리』에는 와이나픽추 여행기가 나오는데, 젊은 시절부터 게릴라 전술가로서 타고난 면모가 엿보인다.

마추픽추보다 약 200미터가량 높은 우이나픽추젊은 산를 쳐다보면, 요새도시의 웅장한 모습을 실감할 수 있다. ……. 마추픽추는 두 방향에서 난공불락이었다. 한쪽은 아래에 흐르는 강까지 300미터 높이의 낭떠러지를 이루고 있고, 다른 한쪽은 우이나픽추와 이어지는 좁은 골짜기를 이루고 있다. 가장 취약한 쪽은 일련의 테라스계단식 언덕들을 만들어 적들이 공격하기 어렵게 만들었다. 대략 남쪽을 향하고 있는 마추픽추의 정면은 거대한 성곽과 자연적으로 좁아지는 언덕이 공격을 어렵게 만들었다. ……중략…….

……실용적인 세계관에 묶인 북아메리카 관광객들은 그들과 동떨어진 도덕적 차이를 인식하지 못한 채, 여행 중에 보았던 몰락한 민족을 단지 한때 번성했던 성벽처럼 여길 뿐이다. 어느 정도 남아메리카 고유의 정신을 가진 사람만이 그 미묘한 차이를 이해할 수 있기 때문이다.

다음 날 오얀타이탐보Ollantaytambo를 거쳐 쿠스코로 돌아갔다. 오얀타이탐보는 잉카제국의 꼭두각시 왕 망코 2세가 스페인의 피사로 군대에 저항하는 봉기를 일으켰던 곳이다. 2시간가량 버스가 달린 도로는 이루 말할 수 없을 정도로 아름다웠다. 푸른 하늘과 들판, 몸뚱이가 안 보일 정도로 무거운 장작을 지고 가는 당나귀, 풀 뜯는 젖소와 양 그리고 산 위에 새겨진 기이한 문양을 보고 있으니 여행의 피로가 싹 가셨다. 버스비 5솔약 1800원의 행복.

쿠스코에서 15시간을 달려 나스카에 도착했다. 나스카는 인구 5만 명의 작은 마을이지만 해마다 많은 관광객이 몰린다. 500만 제곱킬로미터에 이르는 미스터리한 그림을 보기 위해서이다. 사람들은 보통 6인승 경비행기를 타고 약 30분간 총 13개의 나스카 라인을 보게 된다. 우주인인지 올빼미인지 가늠할 수 없는 사람의 형상, 꼬리가 돌돌 말린 원숭이, 다리가 좌우로 대칭을 이루는 거미 등 다양한 무늬가 거대한 사막 위에 남아 있는 모습을 보면 신비하기 짝이 없다. 게다가 이 무늬는 그린 것이 아니다. 오랫동안 태양에 그을린 돌들을 치워냄으로써 하늘에서만 특정한 무늬가 보이도록 만들어낸 것이다. 대체 누가, 왜 이곳에 이런 문양을 만들었는지는 아무도 모른다. 천체 지도설, 샤머니즘 의식설 등 다양한 이론이 있지만 어느 것도 확실한 것은 없어서, 나스카는 여전한 미스터리로 남아 있다.

나스카에 대한 의혹

1. 왜 유독 그 예술가 양반께서는 나스카에만 그림을 남겨놓았을까? 왜 굳이 평면, 즉 그리기 좋은 위치에 그림을 남겨놓았을까? 그리고 왜 더 이상 그림을 남기지 않는 걸까?

2. 나스카 라인은 추상적인 그림이 아니다. 만일 추상적인 그림이고, 그만큼 해석의 여지가 많았다면 그저 사람들이 보고 싶은 대로 믿어버렸다고 결론 내릴 수도 있었을 것이다. 하지만 이 그림들은 구상화이다. 자연이라면 절대 구상화를 만들어내지 않는다. 구상이라는 것도 인간의 기준이다. 게다가 자연에는 직선이 없다. 직선의 날개를 가진 불사조나, 동그란 눈을 가진 외계인의 형상은 오직 인간의 기준에서 나올 수 있는 그림이다. 특히 외계인은 상당히 미심쩍다. 어쩐지 13개의 나스카 라인을 '외계인'과 결부시키려는 누군가의 장난인 것 같다.

3. 외계인? 나 같으면 힘들게 남의 땅에 관광(혹은 침략)하러 와서 그림을 그려놓는 수고는 하지 않을 것 같다. 관광 중인 외계인이었다면 피곤을 견디지 못했을 것이고, 침략이 목적인 외계인이었다면 굳이 저렇게 대놓고 지도나 전략을 공개하진 않았을 것이다.

4. 나스카 관광으로 인해 이익을 보는 자는 누구일까? 페루 관광청? 페루 정부? 경비행기 회사? 흠, 적어도 막대한 비용을 내고 한국에서 날아오는 관광객은 아닐 것 같군.

5. 경비행기가 엄청나게 흔들리는데 왜 비행기 안에는 구토용 비닐봉지가 없을까?

나스카에 대한 내 멋대로의 추측

1. 분명히 나스카 미스터리는 오래전에 풀렸을 것이다. 나스카의 민족 예술보다는 나스카의 미스터리 쪽이 훨씬 좋은 먹잇감일 테니.

2. 차라리 외계인의 소행이었으면 좋겠다. 머리 둘 달린 아기, 캘리포니아 해안가에 출몰한 괴생명체, 불가사리의 떼죽음, 영국의 크롭 서클, 버뮤다 삼각지대의 미스터리도 모두 자기들 소행이었다고 자백했으면 좋겠다. 대신 기자회견할 때 눈물만 흘리지 않았으면. 울면 마음 약해지니까.

3. 신비는 우연의 결과이다.

세 번째 추측은 현실로 드러났다. 왜냐하면 나스카를 지나자마자,

신비로 가득 찬 페루에 오아시스가 나타났으니까.

페루 남부의 이카Ica에서 택시를 타고 10분 정도 가면 와카치나Huacachina란 곳이 나온다. 이곳은 사막 한가운데에 있는 작고 평화로운 오아시스 마을이다. 분위기 있는 카페와 장신구 파는 사람들이 관광객을 유혹하는가 하면, 사막 한가운데에 수영장까지 마련한 어떤 숙소에서는 매일 밤 바비큐 파티를 열기도 한다. 숙소를 둘러싼 사막의 벽을 보고 있자니 아베 고보의 『모래의 여자』의 한 장면 같다. 모래는 끝없이 유동하고 어떤 생물도 뱉어낸다. 쉬지 않고 움직이는 집들로 구성된, 처음도 끝도 아닌 이상한 마을.

이곳의 대표적인 레포츠는 버기카사막을 달리는 바퀴가 큰 차 투어와 샌드 보딩이다. 버기는 사막의 롤러코스터 같은 차이다. 사방이 뚫려 있고 사막의 어느 곳이든 자유롭게 달릴 수 있다. 사구砂丘의 아름다움은 버기카를 타는 순간 끝장이 난다. 방심하고 있다가 사구 아래로 차가 달리면 마치 절벽 위를 직각으로 달리는 기분이 든다. 버기카 운전사가 미친 듯이 사막을 달리는 바람에 나는 모자도 잃어버리고 카메라도 고장 났다. 모래는 많은 것을 집어 가는 대신 아무런 흔적도 남기지 않는다. 바람이 불자 새로운 사구들이 등장했다. 마치 아무 일도 없었던 것처럼.

페루의 마지막 목적지는 피스코Pisco였다. 이곳은 이카에서 불과 2시간 떨어져 있었지만 분위기는 사뭇 달랐다. 거리 곳곳이 마구 파헤쳐져 있고 보도블록 중간에는 구멍이 뚫린 곳도 허다해서 잘못하면 다리가 빠지기 십상이었다. 실제로 한국인 친구 하나가 가이드북을 보며 길을 걷다 철근이 튀어나온 사각형의 구멍에 빠졌다. 비명 소리를 듣자마자 당구장 앞에서 담배를 피우고 있던 페루 노인이 달려왔다. 그는 겨드랑이에 가는 팔을 넣어 친구를 구멍 밖으로 꺼내주었다. 그의 오른쪽 다리는 철근에 긁혀서 허연 살이 드러났고 피도 발목까지 흘러내렸다. 페루 노인은 다리를 지압한 뒤 노란색 응급약을 발라주고는 쾌유를 비는 인사를 하고 사라졌다.

나는 중심부가 날아간 교회를 보고 나서도 대체 무슨 일이 있었는지 깨닫지 못했다. 알고 보니 피스코는 2007년 8월 15일에 일어난 대지진의 피해지였다. 당시 페루 남부 지방을 강타한 리히터 규모 8의 지진 때문에 500명 가까이 되는 사람들이 건물 잔해에 파묻히거나 심장마비에 걸려 사망하고, 부상자도 1,600명에 달했다고 한다. 마침 성모 승천 대축일이어서 성당에서 미사를 드리던 145명이 그 자리에서 사망했다는 아이러니한 소식도 뒤늦게나마 듣게 되었다. 지진으로 인한 피해는 이뿐만이 아니었다. 1만7천여 건물과 주요 고속도로가 파괴되었고 전기, 수도, 통신이 두절되었으며, 여진이 끝없이 이어져 하루아침에 집을 잃은 사람들이 8만5천 명에 달했다. 지진이 난 지 1년이 다 되어가지만 아직도 파괴된 집들 사이에는 대형 텐트들이 남아 있다.

逍遙

3

소요

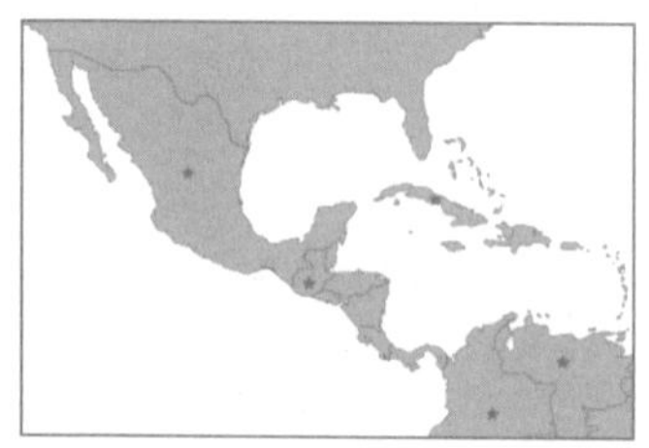

마스카라 만세!

금요일 낮, 멕시코시티.

7월까지 장마라고 하더니 매일 비가 왔다. 우산을 쓰고 거리로 나가자 현장학습을 나온 초등학생들이 나에게 달려들었다. 어딜 가나 이방인을 반겨주는 건 아이들뿐이다. 나는 졸지에 연예인이 되어 그들과 사진을 찍어주고 인터뷰까지 했다. 외국인은 영어를 잘한다는 믿음은 한국에만 있는 것이 아닌지, 아이들은 다짜고짜 내게 물어왔다.

"She 다음에 has예요, have예요?"

"h, h, had 아닌가?"

라틴아메리카 대륙을 여행하며 놀란 점 하나는, 그들이 영어를 아예 모른다는 사실이었다. 한국인들이 습관적으로 쓰는 '핫hot'처럼 단순한 어휘들조차도 말이다. 핫 치킨을 찾는 내게 "핫이 뭔데요?" 하던 직원의 반문은 너무나 이상한 나라의 외국어였다. 나는 라틴아메리카인들에게 영어에 대한 짝사랑 감정이 전무하다는 것이 신기했다. 역으로, 왜 우리는 어렸을 때부터 "핫이 뭔데요?"라고 당당히 말할 수 있는 자유를 상실하게 된 것인지 궁금해졌다. '핫'을 모르면 죄책감을 느끼고 당장이라도 영어 회화 월수금 새벽반을 끊어야 하는 것은 이제 더 이상 슬픈 일도 아니다.

거리에는 노점상이 많았다. 비를 피해 점포 안 처마에 숨어 한 손에 토르티야를 들고 먹는 사람들의 뒷모습이 마치 우리나라의 떡볶이 점포를 연상케 한다. 멕시코인들은 음식에 탁월한 재능을 보인다. 라틴아메리카를 적은 경비로 여행하다 보면 주로 엠파나다다진 고기나 야채, 치즈 등을 넣어 만두처럼 만든 음식, 카르네 아사도쇠고기 숯불 바비큐, 아레파옥수수로 만든 전병, 토스타도얇은 토스트 빵에 치즈와 햄을 넣은 샌드위치, 그리고 세계 어디에나 있는 중국 음식점의 싸고 흔한 음식에만 손이 가게 된다. 그러다 멕시코에 오면 타코고기, 야채, 치즈, 소스 등을 토르티야에 얹어서 먹는 요리, 엔칠라다칠리소스에 적신 토르티야에 소를 넣고 둥글게 말아 구운 요리를 비롯한 매콤 달콤한 맛과 향에 입맛이 확 높아져 버린다. 라우라 에스키벨의 소설 『달콤 쌉싸름한 초콜릿』을 보면 음식을 만들고 먹기 좋아하는 전형적인 미식가로서의 멕시코인들의 모습을 엿볼 수 있다. 그들은 아이도 '타코처럼 포대기에 푹 싸여 잠들어 있다'고 생각한다. 상상만 해도 군침이 도는 표현이다.

금요일 밤, 멕시코시티.

아레나 데 메히코Arena de Mexico에서 루차 리브레Lucha libre, 프로레슬링, 자유로운 싸움이라는 뜻 경기가 열린다. 1만7천 석 규모의 경기장 안에는 빈자리가 거의 보이지 않는다. 휴식 시간을 틈타 솜사탕과 콜라를 파는 행상, 피리를 불어대는 팬클럽 단원들, 사이키 조명의 화려함 탓에 장내는 어수선하다. 이제 시작인데 사람들의 흥분은 이미 절정에 달한 것처럼 보인다. 젊은 남자뿐 아니라 여자와 노인, 아이들도 많다. 한 팀은 복면을 쓴 3명의 루차도르Luchador, 레슬러로 구성되었다. 우두머리 1명과 졸병 2명인데 이들 가운데는 악한 캐릭터를 맡은 이도 있다. 의외로 악당의 인기가 좋은데 흔히 말하는 안티 팬들이 많기 때문이다.

게임의 또 다른 중심축은 심판이다. 멕시코는 미국, 일본과 달리 심판이 2명이다. 그들도 선한 역과 악한 역으로 나뉜다. 사람들은 자기가 응원하던 루차도르가 복면을 쓰고 등장하면 환성을 지른다. 경기는 쉽게 끝나지 않는다. 조금 전에 나가떨어졌던 사람도 다시 링으로 뛰어 들어오기 때문이다. 사람들은 이 게임이 각본가에 의해 철저히 만들어진 것이라는 것을 알고 본다. 합이 서로 맞지 않아 '퍽' 소리가 제대로 나지 않으면 일제히 야유를 보낸다. 사람들은 루차도르가 상대편 선수 뒤에서 몸을 날려 그의 목을 꺾고 복면을 벗겨주길 바란다. 복면은 루차도르에게 생명과도 같은 것이기에 고의로 상대의 복면을 벗기면 패배하게 된다는 규칙이 있다. 그건 상대 선수로서도 엄청난 굴욕이지만 루차 팬들에겐 최고의 이슈가 된다. 이런 경기를 3시간 동안 6팀이 벌인다.마지막 무대는 경기의 하이라이트이다. 스태프들이 닭장차에나 어울릴 3미터 높이의 철창을 링 사면에 하나씩 붙인다. 모든 선수가 저 높은 철창을 먼저 빠져나가야 이긴다. 루차도르들은 상대가 방심한 틈—좀 더 정확히 말하면 방심한 척하는 틈—을 타 벽 위로 기어 올라간다. 한 루차도르가 철창 위를 기어오른다. 상대가 적당히 발을 잡을 틈을 놔두면서. 예상대로 그가 링 바닥에 패대기쳐지면 이번엔 다른 선수가 철창 위에 점프해서 달라붙는다. 선수 2명이 달라붙어 그를 패대기친다. 이런 패대기가 수십 번 반복되고 이 팀, 저 팀 사이좋게 하나씩 링을 빠져나가고 나면 최후의 일대일 경기가 펼쳐진다. 내 바로 앞에서 모자母子 사이로 보이는 남녀가 "죽여라, 죽여!" 하고 있다. 이봐요, 거기! 잘 알았는데 팔은 좀 내려요.

경기가 끝나자 사람들은 후련해하며 밖으로 빠져나갔다. 자정이 되어가는데도 사람들은 귀가할 줄 모른다. 약삭빠른 가면 장수들이 "마스카라가면, 마스카라!"를 외치며 아직 열기를 식히지 못해 서성이는 시민들을 유혹한다. 아이들은 좋아하는 선수의 복면을 사달라고 부모를 조른다. 어쩌면 저 아이들은 프로레슬링의 우악스러움보다는 저 가면의 비밀스러움을 더 좋아하는지도 모른다. 나를 사로잡은 것도 프로레슬링의 물질성보다는 가면의 내면성이다.

인간은 왜 가면에 열광할까? 아마도 그것은 가면이 인간에게 내적인 자유를 주기 때문일 것이다. 선과 악, 공과 사, 안과 겉이라고 하는 양쪽의 세계에서 뭔가를 늘 선택하게 되어 있는 인간은 가면을 쓰는 순간 오히려 과감해진다. 도덕의 눈치를 보지 않게 된 순간 인간은 악을 택하게끔 되어 있다. 물론 배트맨처럼 가면을 쓰고 선을 행하는 예외도 있으나, 선의 가면조차 '숨기는 행위' 자체의 찜찜함에선 자유로울 수 없다. 가면은 '숨는 것' 혹은 '이중 자아', '아이덴티티의 혼란' 등을 상기시켜준다. 인간은 대리 표상 작업이라도 하듯 '가면→이중성→자아 충돌→갈등→가면 벗기'의 과정에 따라 현상의 문제를 표면화해내고 또 이를 해결하는 데 익숙하다.

상상해보라, 가면을 벗은 루차도르 아저씨들을. 그들이 대체 가면 없이 뭘 할 수 있겠는가? 그들은 파리 한 마리도 죽이지 못하는 수줍은 한 떨기 장미처럼 변해 있을 것이다. 예를 들어 루차도르 계 모임이 열린다 치자. 그들이 모여서 치고받고 싸우겠는가? 천만에. 수줍은 한 떨기 장미 아저씨들은 나초를 옆구리에 끼고 소파에 앉아 TV에 나오는 루차도르를 향해 욕을 퍼부으며 욕망을 풀 것이 빤하다. 입가에 묻은 나초 부스러기를 새끼손가락으로 수줍게 털어내면서.

나는 어느 순간 가면을 사지 않고는 못 배기게 되었다. 아프리카의 흑단 나무로 만든 가면은 내 보물 236호이다. 그것을 얼굴에 대고 있으면 어쩐지 기분 좋은 향기가 나는 것 같다. 나는 냄새를 맡지 못하기 때문에 언제나 그 향기는 상상에 맡겨버린다. 멕시코시티의 루차

리브레 경기장 앞에서 나는 싸구려 가면을 샀다. 노란색에 검은 무늬가 요란하게 들어간 헝겊 가면이다. 그것을 쓰니 이상한 기분이 들었다. 내 얼굴이 사라진 느낌. 어쩐지 나 자신이 아닌 것 같은 느낌을 받았다. 가장 큰 공포는 이 가면과 나의 자아가 완전히 합쳐져 내 본질을 잃으면 어쩌나 하는 것이다. 그런 공포에 코미디가 가미되어 나타난 결과물이 짐 캐리 주연의 영화 〈마스크〉이다.

나는 내가 아닌 내가 되고 싶을 때만 가면을 쓴다. 한국에 이 가면을 가져왔을 때는 조금 고민이 되었다. 대체 이 가면을 언제 쓰겠느냔 말이다. 요리할 때? 외출할 때? 목욕할 때? 가면을 쓰기 위한 상황을 일부러 만들지 않는 이상 자연스럽게 가면을 쓸 일은 없다. 아무래도 '가면'과 '자연스러움'은 상극인 것 같으니까. 그럼에도 불구하고 나는 꿋꿋하게 가면을 쓸 상황을 만들어봤다. 글을 쓸 때 가면을 쓰는 것이다. 2,306개의 자아들이 뒤섞인 소설을 쓰는 동안 그까짓 가면 하나 쓰는 것쯤은 아무 일도 아닌 것처럼 보인다. 가면의 일상화, 내가 지향하던 생활이다.

가면 쓰는 네 가지 방법

1. 스타킹

스타킹을 처음 쓰려면 용기가 필요하다. 그것이 범죄와 에로티시즘의 연관성 때문임은 굳이 밝힐 필요가 없을 듯하다. 스타킹이 주는 에로틱한 촉감은 그것을 얼굴에 쓰는 순간 전혀 다른 양상으로 바뀐다. 스타킹의 가면화→에로티시즘의 범죄적 외화→내면의 악마와의 만남.

가면은 내면의 악마성을 숨기기 편리한 도구이다. 여기서 가면이 된 스타킹은 이전의 속성, 즉 에로티시즘을 완벽히 버린 상태이다. 그러므로 당신은 마음 안에서 이 사실을 똑바로 인지하고 있어야 한다. '이건 절대 변태적인 행위가 아니다. 나는 은행이나 편의점을 털려고 스타킹을 쓰는 게 아니다. 가면을 통해 나의 또 다른 자아와 만나려는 행위이다.'

특별히 부끄러움을 많이 타는 사람이라면 까만색으로 시작하자. 그다음은 커피색, 불투명한 흰색, 그리고 마침내 부끄러움을 완전히 정복하게 되었을 때는 자신의 얼굴색과 가장 유사한 살색을 쓰면 되는 것이다(피부가 짙은 사람이라면 말할 것도 없이 이 반대의 순서를 거치면 된다).

2. 선글라스

가장 소심한, 그리고 모던한 가면 쓰기 방식이다. 이 사물은 마치 자외선 차단 용도로 나온 것 같지만 사실 자신의 내면을 감추기 위한 수단으로 더 많이 쓰인다. 선글라스를 쓰면 관음증을 생활화할 수 있다. 타인의 시선을 수용할 필요 없이 내 시선만 자유로우니 이것만큼 일방적인 커뮤니케이션은 없는 것이다.

3. 마스카라

현대인들이 추구하는 포스트 모던한 가면 쓰기 방식이다. 이제 남녀를 막론하고 마스카라는 현대 화장의 기초가 되었다. 가면이라는 뜻의 마스카라가 화장용품으로까지 뜻이 확대된 것은 별로 놀랄 일이 아니다. 마스카라는 매우 섬세한 방식으로 우리의 내면을 방어할 수 있다. 강렬한 스모키는 뒤집어보면 나약한 내면을 상징한다(비슷한 예: 자욱한 담배 연기로 우리의 표정을 가리려고 시도하는 일).

4. 콧수염

페미니스트들이 쓰면 좋을 적극적인 가면 쓰기 방법이다. 남성이 기르는 콧수염은 패션의 차원이 되겠지만, 여성이 '쓰는' 콧수염은 가면 그 자체가 된다. 콧수염은 여자에게 금기와 같다. 예전에 쿠바에 갔을 때 여자들의 콧수염이 유난히 도드라지는 것을 보고 너무 이질적이어서 웃음이 나곤 했다. 그들은 마치 태어날 때부터 수염이 자라기 시작한 사람들 같았다.

여성의 콧수염은 두 가지 효과를 낸다. 하나는 웃음이고, 또 하나는 전투이다. 코미디 프로그램에서 남자들이 여장한 것과 동일하게 여자들은 콧수염 하나로 남장한 여자의 이미지를 대신한다. 혹은 프리다 칼로처럼 전사의 이미지를 원할 때도 콧수염은 매우 효과적으로 쓰인다. 콧수염이 이렇듯 극이나 예술이 아닌 일상에서 쓰인다면, 다시 말해 가면으로 확장된 콧수염은 더욱 큰 파장을 일으킬 것이다. 게다가 중성이 대중화되었을 30년 뒤엔 '콧수염을 기르는 것은 여성의 당연한 권리이다'와 같은 캠페인이 나올지도 모른다.

멕시코시티를 떠나기 전날 밤, 손목시계를 잃어버렸다. 벌써 3개째다. 프로이트식으로 얘기하면 무의식 속에서 난 오래전 시계와 작별했다. 시계는 이미 내 팔목을 끊고 달리의 무의식 속으로 도망가 버렸다. 이는 여행의 지배자가 돈이 아닌 시계라는 것을 깨달았을 때 생긴 반발심 탓이다. 그만큼 여행에서 시계의 존재는 절대적이다(이탈리아처럼 기차가 제멋대로 오는 나라를 제외한다면). 시계는 여행을 어느 순간 관광으로 전락시킨다. 꽉 짜인 패키지 관광을 거부하고 훌훌 날아온 배낭여행자조차도 손목시계의 유혹에서는 헤어나기 어렵다. 적어도 비행기나 기차 시간을 놓치지 않을 수만 있다면 만사 오케이일 것 같다. 그렇게 허겁지겁 달려 겨우 기차간에 오르면 대체 내가 왜 여행을 떠나왔나 자문하게 된다. 만일 남이 정해준 시간표에 맞춰 살지 않기 위해 여행을 떠나온 사람이라면 죄책감이 더할 것이다. 아, 내가 시계의 노예가 되어가고 있구나, 시간의 노예가 된 것만으로도 이미 충분한데…….

여행에서 시간이라는 벡터를 지우려면 과거로 떠나야 한다. 시간이 무의미해진 공간이라면 좋을 것이다. 멕시코시티에서 동쪽으로 50킬로미터 떨어진 테오티우아칸Teotihuacán이 바로 그러한 곳이다. 여기에서 몇 시냐고 물어보는 것만큼 무의미한 일은 없다. 화장실이 어디냐고 물어본다면 몰라도.

테오티우아칸은 나우아틀어아스텍 언어로 '신이 태어난 곳'을 뜻한다. 아스텍 사람들의 전설을 담은 『태양 이야기』에 보면, 태초에 다섯 태양의 시대가 있었다고 한다. 맨 처음 대홍수가 일어나서 사람들이 모두 죽고 첫 번째 세상이었던 테스카틀리포카의 4천 년 역사도 끝났다. 그러나 나무에 올라가 살아남은 단 두 사람, 즉 네네와 타타로부터 인류가 지속되었고, 두 번째 세상 케찰코아틀이 시작되었다. 하지만 다시 4천 년 후 태풍이 세상을 날려 보냈다. 세 번째 세상 틀랄록은 화재로 멸망했고, 네 번째 세상 찰치위틀리크웨이는 피와 불의 비로 소멸했다. 그리고 지금의 다섯 번째 세상 토나티우가 찾아왔는데 이곳이 바로 테오티우아칸이다. 세상이 새로 탄생할 때마다 태양은 새로 등장했다. 현재 우리가 보고 있는 태양 역시 네 번째 세상의 태양이 테오티우아칸의 성스러운 화로 속으로 떨어졌다가 재생된 것이다.

가장 인상적인 건축물은 태양의 피라미드이다. 바닥의 모서리 길이가 각각 222미터, 높이 70미터로 세계에서 세 번째로 큰 것이라고 한다. 총 248개의 계단을 3번이나 쉬면서 정상에 올라섰다. 죽음의 길Calzada de los Muertos 북쪽 끝에 있는 달의 피라미드를 비롯해 시가지 유적들이 훤히 내려다보인다. 태양이 떠오를 때 가장 밝게 빛나는 태양의 피라미드는 A.D.150년경에 사람의 힘으로만 지어졌다. 300만 톤이 넘는 돌을 철제 도구나 바퀴, 나귀의 도움을 받지 않고 노예들이 져 나른 것이다. 그런데 힘없는 사람들의 손과 발에 의해 탄생한 이

다섯 번째 태양의 세상은 운명의 날, 지진과 기아로 멸망하게 되어 있다고 한다. 신화가 틀렸기를 바라지만 '죽음의 길'이라는 단어가 예사롭게 들리지 않는다.

멕시코시티를 떠나 14시간을 달리자 팔렌케Palenque가 나왔다. 매일 비가 오고 춥던 멕시코시티와 달리 날씨는 급격히 더워졌다. 과테말라의 티칼Tikal 유적을 보러 가기 위해 오전 6시에 일어났다. 2시간가량 차를 타고 국경으로 가자 한 사람이 막아선다. 다시 멕시코로 돌아오려면 100페소약 만 원를 내야 하는데, 만일 지금 안 내면 나중에 2배로 내야 한다는 것이었다. 아, 저런! 이마에 사기꾼이라고 쓰여 있다. 다행히 일행 중에 돈을 낸 사람은 아무도 없었다.

과테말라 국경으로 가는 버스 안에서 험한 꿈을 연속으로 꿨다. 이가 홀랑 빠지는 꿈은 양치질을 건너뛰고 잤을 때 흔히 꿨던 것이다. 하지만 어떤 사람이 내 엄지 위를 초승달 모양으로 찢어버려 피가 그 속에 가득 차는 꿈은 처음이었다. 여행이 힘들어질수록 꿈도 스펙터클해진다. 브로드웨이 뮤지컬을 보러 갈 필요가 없다.

저 멀리 돛단배 선착장이 나왔다. 바나나 나무로 지붕을 엮은 길쭉한 배에 올라타고 30분간 황톳빛 물 위를 달렸다. 배에서 내리자마자 환전상들이 '캄비오환전'를 외친다. 그곳에서 1시간을 대기하자 과테말라의 플로레스로 가는 버스가 왔다. 버스를 타고 조금 가니까 웬 휑뎅그렁한 시골에 입국소가 있었다. 수속을 밟고 다시 4시간을 달려갔다. 미니버스 안에서 가이드가 카랑카랑한 스페인어로 티칼 일출 투어를 설명했다. 몇몇 유럽인이 성급하게 투어 용지에 사인을 했지만, 얼마 후 도착한 숙소에서는 35페소 싼 가격으로 투어권을 팔고 있었다.

플로레스 섬에 도착한 건 오후 4시였다. 과테말라는 멕시코보다 1시간 느리고 10배는 덥다. 투어 회사 직원 말이 더울 땐 기온이 40도 이상 올라간다고 한다. 좁은 골목은 대개 비탈길이었다. 사람 잡는 날씨와 비탈을 견디며 겨우겨우 호스텔 로스 아미고스를 찾아냈다. 주인은 50대로 보이는 백인 남자였는데 억양으로 봐서는 영국인이나 호주인 같았다. 숙소 안은 울창한 숲처럼 꾸며져 있었다. 바나나 나무 아래서 이야기를 나누는 수많은 사람들은 대부분 백인들이었다. 주인은 2층 방을 내준다. 올라가는 나무 계단은 좁은 데다 살 떨리게 삐걱거린다. 계단 사이로 시멘트 바닥이 보인다. 간이 수용소처럼 생긴 방에는 침대와 책상 하나만 덜렁 있다. 창문이 나 있어야 할 곳에는 발과 커튼이 쳐져 있었다. 어설프게 쳐진 발을 보니 모기와의 사투가 예상되었다. 책상에 가방을 내려두고 침대에 앉아 선풍기를 틀었다. 돌아가는 요란한 소리에 비해 선풍기 바람은 미지근하다. 마당을 내려다보고 있으려니 어쩐지 큰부리새 한 마리가 나무 위를 날아다니는 모습이 상상되었다. 짐을 풀고 채식주의자용 커리와 생과일 주스를 맛나게 먹었다. 오랜만에 드는 포만감이었다. 빨래를 돌리고 난 뒤 한숨 쉬고, 저녁때 생과일 주스를 한 잔 더 마셨다.

밤이 깊어지자 백인들이 하나둘 정원에 모여들었다. 누군가 파티를 연 모양이다. 20명이 넘는 사람들이 테이블 4개를 길게 붙이고 앉아 밤새 놀고 떠들었다. 나는 어둡고 빨간 조명을 켜두고 침대에 누웠다. 모기 때문에 발을 연방 비벼야 했다. 아프리카의 호스텔이 그리웠다. 방의 천장마다 모기장이 하얀 커튼처럼 내려와 있었다. 그 안에 있으면 잠자는 모기장의 공주가 된 것 같았다. 생각해보면 참 호사스러운 모기장이었다. 괴로움에 아래를 보니 자갈 깔린 마당 위에 2층 침대를 놓고 자는 커플들이 보여 그나마 위안이 되었다. 다음 날은 새벽 3시 15분까지 약속 장소로 나가야 했다. 지각 벌금 10달러보다 티칼의 일출을 놓칠 것 같은 두려움에 서둘러 잠에 들었다.

티칼 유적은 특이하게도 밀림 한가운데에 있다. 스페인군 때문이다. 마야문명은 4세기에서 9세기에 걸쳐 절정을 이루다가 10세기 초에 멸망했다. 마야인들은 칼을 만들 때 철을 쓸 수도 있다는 것을 몰랐다. 대신 문자를 거의 남기지 않은 잉카나 아스테카 문명과 달리, 발달한 문자가 있었다. 그런데 1562년 스페인의 디에고 데 란다가 유카탄반도에 들어가 마야 문서를 모조리 불태워버렸다. 덕분에 마야의 역사는 거의 소실되었다. 남아 있는 문서도 완전 해독이 불가능한 상태가 되어버렸으며 유적 대부분이 밀림에 방치되었다.

젊은 외국인들은 새벽 산행을 하는 기분으로 티칼의 유적에 올랐다. 수십 개의 계단을 오르자 멀리서 2개의 유적 봉우리가 보였다. 봉우리들은 우윳빛 안개에 휩싸여 신령스러운 기운을 자아냈다. 투어 가이드는 이곳이 신성한 곳이라며, 떠드는 사람들에게 주의를 주었다. 바스락대는 낙엽처럼 떠들던 친구들은 숨죽인 채로 희멀건 태양이 붉어지는 광경을 기다렸다. 수만 겹의 시간이 흐른 것 같았다. 어느 순간 안개에 갇혀 있는 2개의 유적 봉우리 옆에서 은은한 빛이 뿜어져 나오기 시작했다. 빛은 안개를 헤치고 아주 천천히 떠올랐다. 마야의 태양이었다. 저 태양 중 하나는 마야인의 신화에 등장하는 쌍둥이신일 것이다. 쌍둥이신은 악을 멸망시키고 하늘로 올라가 달과 태양이 되었다고 한다. 신화에 따르면 최초의 인간은 사내 넷이었다. 그들은 천리안이었고 전지전능했다. 신은 그런 인간을 두려워했다. 그래서 티칼 유적을 감싸고 있는 저 우윳빛 안개를 인간의 눈에 뿜어버렸다. 수세기 후 마야인들의 돌계단 위에 앉아 있는 이방인들은 그 안개 속에서 신의 질투심을 자극한 인간의 재능을 훔쳐보는 중이었다.

우리는 아직 이슬이 맺혀 있는 풀밭을 밟으며 티칼의 아침을 만끽했다. 수십 개의 작은 언덕이 된 개미집과 그 주위에서 동심원을 만들며 빙빙 돌고 있는 개미 떼들, 나무를 타는 원숭이와 나무 뒤에서 칼날 같은 부리만 살짝 내놓고 있는 큰부리새, 초록색 줄기에 매달린 메뚜기들, 내 키의 수십 배를 훌쩍 뛰어넘는 거대한 나무……. 마야인의 조상, 즉 키체족들의 재능은 어두울 대로 어두워진 이방인의 눈으로 보기에도 찬탄할 만한 것이었다. 우리는 이집트나 멕시코의 피라미드와 비교도 안 되는 경사를 지닌 돌계단 앞에 도착했다. 돌계단 왼편에 임시 사다리가 부착되어 있었다. 주변엔 안전장치가 전혀 없었기 때문에 우리는 수백 개의 계단을 이를 악물고 올라갔다. 마침내 계단을 다 오르고 정상에 서자 새벽안개에 휩싸여 있던 티칼의 형상이 드러났다. 무성한 수풀과 유적의 봉우리들, 그리고 푸른 하늘이 이방인들을 반겼다. 잠시 휴식을 취한 사람들이 하나둘 아래로 내려간다. 나는 차마 아래를 내려다볼 수 없었다. 보는 것만으로도 현기증이 났다. 그래도 미니스커트를 입은 저 백인 여자보다는 낫겠지. 내가 그렇게 생각하고 있을 때 그 여자가 사다리 밑을 내려다보며 소리친다.

"맘마마야!"

여기는 쿠바

유카탄반도 끝에 자리한 칸쿤Cancún은 세계적인 휴양도시이다. 그중 아름답기로 소문난 카라콜Caracol 해변은 5성 호텔로 둘러싸여 있다. 바다를 보려면 누구나 화려한 호텔 로비와 북적이는 수영장을 통과해 들어가야 한단 뜻이다. 바다가 5성 호텔 소유도 아닌데 나는 빨간 조끼를 입은 채 눈을 부라리는 호텔 직원의 눈치를 보면서 해안가에 입장했다.

옥과 오팔, 비취 등 아름다운 보석을 뿌려놓은 바다 옆에서 밀가루처럼 곱고 하얀 모래를 뒤집어쓴 아이가 놀고 있다. 칸쿤은 좋은 곳이다. 낮에는 깨끗한 수영장 물에 몸을 담근 채 방금 냉장고에서 꺼낸 차가운 맥주를 마시며 경치 좋은 카리브 해를 바라보며 놀다가, 밤이 되면 클럽에서 미남, 미녀 들과 시시덕거릴 수도 있다. 하룻밤 숙박료로 쓸 100만 원과 기타 잡비만 있다면 말이다. 만일 바퀴벌레가 시도 때도 없이 튀어나오는 호스텔을 전전해야 하는 배낭여행자라면 칸쿤은 추천할 만한 도시가 못 된다. 그럼에도 내가 칸쿤에 간 것은 쿠바 때문이다. 칸쿤은 쿠바의 수도 아바나Havana에 가기 위한 최적의 장소이니까.

멕시코를 떠날 때 쿠바 여행 책자를 가져가지 않는 실수를 저질렀다. 그때까지도 나는 쿠바를 전혀 모르고 있었다. 올드 아바나를 몇 바퀴나 돌았는데도 변변한 서점이 보이지 않았다. 여행 정보 센터에서 가이드북이나 지도를 구할 수 있는지 물었다. 직원은 박물관 이름과 전화번호밖에 적혀 있지 않은 두 쪽짜리 인쇄물을 내밀었다.

"혹시 여행서 파는 데 없나요?"

"론리 플래닛? 에이, 그런 건 없죠."

그는 속으로 '장난하시나?'라고 중얼거린 것 같다.

나는 태어나서 처음으로 재화의 부족이라는 것을 경험하는 중이었다. 내가 유복한 가정이나 지역에서 태어난 건 아니지만 우리 집과 근처 슈퍼마켓에는 먹을 것이 넘쳐났다. 맛난 딸기 웨하스도 10층 높이로 쌓여 있고 밀크, 아몬드, 땅콩 초콜릿이 종류별로 가득했다. 상품은 모자란 법이 없었고 물건이 다 소비되어도 언제나 신상품으로 채워졌다. 이것이 바로 자본주의가 돌아가는 방식이다. 하지만 사회주의 국가 쿠바에는 재화의 융통성이라는 것이 존재하지 않는다. 올드 아바나의 대다수 식품점들은 어둡고, 물건의 수나 질도 빈약하다. 슈퍼마켓의 투명한 쇼룸 안에는 웨하스가 마치 귀중품처럼 띄엄띄엄 모셔져 있다. 나는 제정신이 돌아왔다. '아, 잠시 잊고 있었군. 여기는 쿠바였지.'

쿠바는 멕시코와 여러모로 비교가 되었다. 길가에서 토르티야를 먹고 있던 여자들, 머리에서 번쩍번쩍 빛이 나도록 왁스를 바른 멕시코 남자들, 덥고 푹푹 찌는 지하철, 한국인 음식점 사이에 자리 잡은 분홍색 섹스숍……. 이런 것들이 추억처럼 떠올랐다. 멕시코 세븐 일레

븐에서는 클렌징 폼을 팔지 않는다고 불평했었는데, 쿠바에서는 비누가 단정히 놓여 있는 것을 보는 것만으로도 안심이 되는 것이다.

쿠바에는 유독 1950년대 미국산 시보레 자동차가 많다. 1961년 미국과 수교를 끊는 동시에 미국산 상품이 더 이상 들어올 수 없게 된 탓이다. 여기저기 땜질한 시보레 자동차 중에는 '시보레를 타면 미국이 보여요See the USA in your Chevrolet'라는 슬로건과 함께 등장한 1954년산도 있다. 이 미국산 차들은 50년대에 역사의 중심에 들어서서 60년대부터 서서히 퇴장하기 시작한 쿠바의 현대사를 한눈에 보여주는 듯하다.

나는 아바나의 부촌 중 하나인 베다도Vedado의 어느 카사 파르티쿨라르Casa particular에 머물고 있었다. 정부에서 허가를 내준 민박집이다. 처음 투숙을 하거나 체류 기간을 연장할 때마다 비자를 보여주고 숙박부에 사인해야 한다. 카사 파르티쿨라르의 마리아나 아주머니는 친절하고 배려가 깊었다. 그녀는 매일 손수 깎은 3가지 종류의 과일과 빵, 계란 등으로 넉넉한 아침을 차려주었다. 나는 빵에 독일산 버터를 발라 멕시코산 콜라와 함께 먹었다. 하지만 예약이 차 있어서 그녀의 집에 오래 있을 수 없었다. 새로 옮긴 민박집에서는 아침이 제공되지 않았다. 아침에 눈을 떴을 때 가장 먼저 생각나는 건 빵이었다. 빵을 먹으려고 길을 나선다. 아무리 찾아도 빵집이 없다. 우리 집 근처의 허름하고 조그만 빵집에도 있었던 새하얀 케이크와 설탕 도넛이 보이지 않는다. 이상하다. 사람들은 저마다 잘 먹고사는 것처럼 잘 차려입고 돌아다니는데, 아무도 불평불만을 하지 않는데, 왜 가게에는 그들을 배 불릴 음식이나 옷이 존재하지 않는 것일까.

나는 민박집 아주머니가 일러준 구둣방만 한 가게 앞에 섰다. 주인이 나무판자 위에 시커먼 구두를 꺼내놓을 것 같았다. 하지만 그의 투박한 손은 더러운 바구니 안에 든 두툼한 빵을 툴툴 털어 더러운 나무판 위에 올려놓았다. '대체 지린 걸 누가 사 먹어?' 하던 내 짧은 생각을 비웃기라도 하듯, 사람들이 줄을 서서 빵을 사 갔다. 나는, 자본주의의 달콤한 초콜릿크림 롤 케이크에 입맛이 길들여진 나로서는, 도저히 그 투박한 빵에 손이 가지 않았다.

그전까지만 해도 여행자를 힘들게 하는 것들은 날씨와 물가, 사기꾼, 앉아서 30시간을 가야 하는 긴긴 버스 여행 등이라고 생각했었다. 하지만 투쟁만큼 힘든 여행은 없다. 재화가 부족하다는 생각이 들자마자 여행은 투쟁으로 변한다. 살기 위한 투쟁. 아바나에서는 돈을 인출하는 것조차 전쟁이다. 아침 일찍 은행에서 긴 줄을 기다려야 할뿐더러, 여권과 민박집 주소 등을 카드와 함께 은행 창구 직원에게 건네주면, 직원은 카드 위에 종이를 대고 연필로 긁어댄다. 이미 자동화, 기계화의 노예가 된 나는 서서히 이 사회주의 국가에서 '없음'에 대한 공포를 느꼈다. 빵이 떨어지면 어떡하지, 먹을 과일이 없는데, 휴지는 어떡하고? 이 알 수 없는 숨 막힘, 공허감, 그리고 '없음'에 대한 공포는 쿠바에 한 걸음 다가가게 하는 계기를 만들어주었다.

체 게바라 알람

쿠바를 여행하기 전에 반드시 알아야 할 두 사람이 있다. 그들은 좋은 집안 출신의 이방인이며 이름의 어원이 같고 잘생겼고 멋진 수염을 가졌고 종군열이 강하고 골초에다 오지랖이 넓으며 총으로 생을 마감했다. 두 사람의 가장 결정적인 공통점은 쿠바를 지독히 사랑했다는 점이다. 그들은 에르네스토 게바라 데 라 세르나Ernesto Guevara de La Serna, 즉 체 게바라와 어니스트 헤밍웨이Earnest M. Hemingway이다.

오늘도 수많은 영웅이 하늘을 날아오른다. 하지만 이 시대의 영웅은 슈퍼맨도, 배트맨도, 스파이더맨도, 해리포터도, 인크레더블 헐크도 아닌 '체'이다. 체, 게바라. 어느 나라를 여행하건 단 한 번도 마주치지 않은 적이 없어서 나를 당혹스럽게 만든 인물. 예수, 메릴린 먼로, 밥 말리 다음으로 가장 많이 상품화되었을 인물. 영웅 가운데 가장 반항심이 강하고 그 반항심을 행동으로 연결한 인물. 쿠바를 너무도 사랑한 인물.

체가 쿠바의 모든 것을 만지고 느끼고 알고 싶어했듯이, 사람들도 그의 모든 것을 만지고 느끼고 알고 싶어한다. 왜 다시 체 게바라인가?

사실 쿠바의 역사는 콜럼버스가 쿠바의 이름을 지어준 때부터가 아니라 체 게바라와 피델 카스트로가 등장했을 때부터라 해야 맞을 것이다. 19세기 말부터 미국은 유럽 대신 라틴아메리카의 새로운 군주로 군림하기 시작했다. 미국은 제멋대로 카리브 해를 자신의 바다로 점했고, 이어 멕시코의 내정에 간섭하고 푸에르토리코를 속령으로 만들고 쿠바와 파나마를 독립시키고 과테말라의 진보주의 정부를 무력화시켰다. 체 게바라가 멕시코에서 피델 카스트로와 만났던 1956년은 라틴아메리카의 반미 감정이 극에 달해 있던 때였다. 그들은 부패한 바티스타 정권을 몰아내기 위한 쿠바 혁명을 계획한다. M26-7을 조직하고 150여 명의 동지와 함께 쿠바에 들어가지만 정부군에 전멸당하고 만다. 피델 카스트로가 특사로 풀려난 이후, 80여 명의 게릴라들은 시에라 마에스트라 산맥에서 활동을 벌이기 시작한다. 2년 만에 그들은 산타클라라 전투에서 승리하여 1959년 초, 드디어 아바나에 입성한다. 혁명의 승리 후, 체 게바라는 쿠바 국립은행 총재, 공업 장관 등의 위치에 올라 5년간 정치적 활동을 벌였다. 하지만 천성적인 혁명가 체질인 그는 자리를 박차고 나와 콩고 해방 투쟁과 볼리비아 게릴라전에 투신한다. 1928년 아르헨티나에서 태어나 의사를 꿈꾸었던 소년은 1967년 볼리비아 산골에서 총살당했다. 미국의 지원을 받은 볼리비아 정부군에 의해서였다. 30년 뒤에 발견된 그의 유골은 두 팔이 잘린 채로 아르헨티나가 아닌 쿠바의 산타클라라에 묻혔다. 살아생전 그는 말했다.

"나는 아르헨티나에서 태어나, 과테말라에서 혁명가가 되고, 쿠바에서 싸웠다."

여러모로 각박했던 쿠바 여행의 숨통을 틔워준 것은 숙소에 누군가 남기고 간 『카라마조프의 형제들』 상권과 쿠바의 음악이었다. 볼레로스페인에서 유래하여 라틴아메리카, 특히 쿠바에서 인기를 끈 4분의 2박자 노래 혹은 춤. 주제로 사랑을 많이 다루었다, 찬찬, 재즈에 이르기까지 다양한 음악들을 들을 수 있는 바가 아바나에는 많았다. 재즈 클럽 'La zorra y el cuervo여우와 갈까마귀'는 이름만큼이나 낭만적인 곳이었다. 라자로 발데스Lá zaro Valdés는 이미 여러 장판을 낸 재즈 피아니스트였다. 그는 볼레로의 대부이자 쿠바를 대표하는 뮤지션 베니 모레의 음악 감독을 담당하기도 했다. 짧게 솟은 흰 수염에 빡빡 민 머리, 푸근한 웃음이 〈괴물〉을 비롯한 각종 영화 OST를 작곡한 뮤지션 이병우 씨를 떠올리게 했다. 물론 음악 스타일은 전혀 달랐다. 발데스의 팀은 피아노, 베이스, 드럼, 팀파니, 콩가 등으로 구성되어 있었다. 시종일관 신 나는 음악들이었다. 탁음이 강한 여성 가수가 나와 베사메무초, 찬찬 등 귀에 익숙한 곡을 부르기 시작했다. 발데스는 손가락에서 팔꿈치, 심지어 발까지 이용해 키보드를 두드렸다. 다리도 쉼 없이 움직였다. 복 나간다며 다리 떨지 말라고 나를 그렇게 나무랐던 어른들이 미워질 정도로 발데스 아저씨는 다리를 정말 멋있게 잘 떨었다. 흥분한 그는 급기야 여성 가수와 자리를 바꿨다. 가수가 피아노를 치고 피아니스트가 춤을 추는 상황이 벌어진다.

나는 음악을 들으며 럼과 함께 쿠바의 2대 특산품 중 하나인 시가를 피워보았다. '로미오와 줄리엣'은 과연 물건이었다. 담배를 입에 대자마자 이별을 앞둔 로미오처럼 눈물이 주르륵 흐르고, 팔십 먹은 줄리엣처럼 기침이 수차례 터진다. 그것으로 끝이 아니었다. 일주일간 혀끝이 계속 덜덜 떨렸다. 이러다 언어장애가 오는 건 아닐까 싶을 정도였다. 이 무서운 담배를 입에 달고 살면서 몰스킨 노트에 끊임없이 메모를 끼적인 사람이 있었다. 미국의 문호 헤밍웨이이다.

헤밍웨이는 체 게바라만큼이나 극적인 삶을 살았다. 그는 제1, 2차 세계대전과 스페인 내전에 참전했으며 수많은 유명 인사들과 염문을 뿌리기도 했고, 비행기 사고로 두개골이 파열되었으며 최후에는 아끼던 엽총으로 스스로 목숨을 끊었다. 여행을 좋아한 그는 평생 유럽과 아프리카, 라틴아메리카 등을 누비며 글을 썼다. 아프리카의 수렵 체험을 바탕으로 한 「킬리만자로의 눈」과 쿠바 생활을 담은 『노인과 바다』는 그렇게 쓰였다. 그중에서도 쿠바는 그가 가장 아끼던 곳이었다. 노벨상 수상 소식을 들은 곳도 쿠바였다. 그가 쿠바를 좋아하는 만큼 쿠바도 그를 아꼈다. 그가 머물던 저택과 호텔 '암보스 문도스'는 쿠바의 주요 관광 명소 중 하나이다.

『노인과 바다』에는 이런 말이 나온다. '의지와 지혜밖에 없는 나에게 맞서고 있는, 모든 것을 가진 저 고기가 부럽구나.' 의지와 지혜가 있다는 것만으로 인간은 존경받을 수 있는 존재이다. 하지만 의지와 지혜는 아집과 잔꾀로 바뀌기도 한다. 인간을 끝까지 존경받을 수 있는 존재로 만드는 것은 힘없는 자들에 대한 태도이다. 노인은 한낱 자신의 저녁밥이 될지도 모르는 물고기에게 존경과 사랑을 표하고 있다. 이것은 인간에 대한 헤밍웨이 자신의 태도이기도 하다. 그는 의

사인 아버지의 반대를 무릅쓰고 평생 전쟁터를 누볐다. 자신과 전혀 상관없는 일에 끼어들지 않았다면 그는 훌륭한 기자로 늙어 죽었을 것이다. 같은 이유로 체 게바라 역시 훌륭한 의사로 편안히 아르헨티나 땅에 묻혔을 것이다. 그들은 남의 일에 끼어드는 것이 혁명의 시작임을 잘 알았다.

아바나를 떠날 때는 느낌이 이상했다. '방문해주셔서 감사합니다'란 말이 적혀 있어야 할 간판과 벽에는 온통 혁명에 관한 붉은 글씨뿐이었다. 기억에 남는 문구를 적어보겠다.

"Revolucion es: No mentir jamás ni violar principios éticos. Revolucion es igualdad y libertad plenas 혁명은 거짓말을 하거나 도덕적인 원칙을 파괴하지 않는다. 혁명은 평등과 자유의 완성이다."

쿠바 공항 출국장에서 나는 한 무리의 이스라엘인들을 만났다. 그들은 쿠바에서 일주일 정도 머물렀다고 했다. 쿠바 여행이 좋았냐고 묻자, 한 남자가 웃으며 대답했다. "일주일 전엔요." 나는 웃었다.

"쿠바의 음악적 센스는 인정해요. 하지만." 그는 덧붙였다. "공산주의는 좆 까라고 해요 Communism sucks!"

그는 유태인이었다. 유태인들도 한때는 국가 없는 설움과 멸시의 눈총을 받았다. 그들은 돈으로 서러운 세상을, 자본주의 사회를 거머쥐었다. 그 유태인에게 좆 까라는 말을 들어야 했던 공산주의는 미안하지만 체 게바라가 꿈꾸던 혁명의 결과물이 아니었다. 그는 말했다. '우리 시대의 딜레마는 민중을 헐벗게 만드는 자본주의와 자유를 억압하는 공산주의 중에서 택일해야 한다는 것'이라고. 대안을 갈구하는 듯한 그의 하소연은 일리가 있다. 사실 자본주의의 비인간성과 공산주의의 파쇼적 성격 중 하나를 고르는 일은 짬뽕과 자장면 중 하나를 고르는 일보다 훨씬 난도 높은 문제이다.

그러나 문제는 의외로 간단히 해결될 수 있다. 모두가 잘사는 국가를 지향해서 선택한 공산주의가 다수의 빈곤으로 이어졌다면 그 이념은 폐기해야 한다. 더구나 부의 일부를 누군가가 독점하는 공산주의는 이미 공산주의의 기본 이념을 상실한 것이다. 이념을 막론하고 한 국가의 부를 책임지는 소수의 부자들은 결코 다수의 가난뱅이를 뒤돌아보는 법이 없다. 오히려 그때까지 자신들이 부를 향해 올라갔던 사다리를 싹 치워버리고 마는 것이 그들의 버릇이다. '우리부터 일단 살고 나서'가 이뤄지고 나면, 전에 뭐라고 했는지 곧잘 잊어버린다. 그리고 그 약속은 영영 기억나지 않는다. 메멘토를 능가하는 치매 환자들이다.

세상은 체 게바라의 세기와는 많이 달라졌다. 21세기에 들어서면서 세계는 점점 복잡해지고 마이크로화되어 가고 있다. 미시사微視史가 또한 새 역사의 경향이 될 것이라는 것에는 의심의 여지가 없다. 시대가 갈수록 사회 구성단위는 점차 줄어들고 있다. 국가라는 단위는 이미 1980년대에 끝났다. 1990년대의 사회 구성단위는 개인이 되었고, 2000년대에는 말 못할 정도의 파편화가 일어났다. 사람들은 이제 타인의 일에는 관심이 없다. 모두의 관심을 받는 타인보다는 나의 관심을 끄는 한 명의 타인이 훨씬 더 중요하다. 이러다 진정 쿼크quark 단위의 사회로 갈지 모를 일이다. 게다가 인터넷은 사람들에게 역사를 재정의할 기회를 주었다. 미시의 시대, 현대인들은 저마다 각자의 역사를 써나가기 시작했다. 홈페이지에, 블로그에, 트위터에. 좀 더 여유가 있는 사람들은 미시사를 한 편의 책으로 펴내기도 한다. 이제 역사는 더 이상 승자들이 쓴 일기가 되지 못한다. 사람들은 각자의 역사를 꾸리기 시작했다. 타인의, 승자의, 가진 자의 역사가 아니라 나의, 우리의, 우리가 기억하는 사람들의 역사에 더 집중한다. 작은 사람들의 작은 이야기가 거대한 강물의 흐름을 이어나간다.

딜레마는 더 이상 자본주의와 공산주의의 택일에서 오지 않는다. 이미 자본주의의 승리는 밝혀졌다. 자본의 세계는 또다시 두 가지 축으로 나눠져 버렸다. 비이성적이고 냉소적인 세계와 이성적이고 혁명적인 세계. 어느 한 축이 계속해서 세계를 부수는가 하면, 다른 한 축은 부서진 세계를 재건하려 애쓴다. 그렇게 세계는 균형을 맞춰가는 것이다. 그러나 언제부턴가 우리는 균형추 빠진 세계에서 살아가고 있다. 이런 세계에서 우리는 좀 더 구체적이고 사변적인 딜레마에 처해지고 말았다. 그 딜레마는 2가지로 추려볼 수 있다. 첫 번째는 불안이 또 다른 불안을 낳게 되는 불안 가중이고, 또 다른 하나는 문제의 원인 제공자와 피해자가 불일치한다는 점이다. 현대사회에서 이 두 가지 짐을 떠맡게 되는 이들은 기본적으로 가난한 자들일 것이다. 그들은 언제나 불안해질 수밖에 없는 계층적 불합리성을 안고 있다.

이는 그들이 의도한 바가 아니다. 문제의 원인은 사회구조에 있는데, 문제의 해결은 피해자 개개인이 해야 한다는 모순. 이 딜레마에 대해 체 게바라라면 어떤 대답을 주었을까?

체 게바라는 "야수 같은 인간이 아니라 새로운 인간을!"이라는 말을 투쟁의 목표로 삼았다. 그는 소련, 중국과는 다른 쿠바만의 주체적 사회주의와 인간을 꿈꾸었다. 이윤 추구가 목표인 야수가 아니라 세계인과 연대하며 그들과 자유롭고 민주적으로 소통하는 인간. 노동의 결과를 양과 돈으로 따지지 않고 채산성을 공동체의 최대 목표로 여기지 않는 인간. 공동의 생산 과정과 그에 걸맞은 교육 수준을 갖추고 있는 인간. 이것은 사르트르가 '우리 세기에서 가장 성숙한 인간'이라고 칭찬해 마지않았던 체 게바라 본인의 모습이기도 하다.

세상이 거대한 커쿤cocoon으로 변하고 사람 간의 거리가 멀어질수록 오히려 사람들은 타인과의 공감을 원하는 이율배반적 태도를 보인다. 바로 이 점 때문에 사람들은 더욱 고독해지고 더욱 연대에 목말라 할 것이다. 마이크로 세계에서 가장 중요한 것은 두꺼운 벽 뒤에 숨은 개인과 손을 마주 잡는 일이다. 이것이 바로 연대이다. 연대의 목적은 혁명에 있다. 누군가 세계를 부수는 동안 다른 누군가는 망가진 세계를 재건해야 한다. 후자가 바로 혁명을 꿈꾸고 행동에 옮긴 체 게바라와 같은 자들이다.

왜 다시 체 게바라인가?

이 질문은 틀렸다. 왜 체 게바라가 아니면 안 되는가? 우리는 그렇게 물어야 한다. 체 게바라의 망령이 아직도 세계를 떠돌고 있다는 것은 우리가 여전히 환상을 그리워한다는 것을 입증한다. 그는 세계의 균형을 맞추려는 환상 속에서 본 듯한 균형추 자체였던 것이다. 그리고 사람들이 잊을라치면 깨어나 알람처럼 혁명의 중요성을 외쳐댄다. 그의 의지와 행동은 시대를 초월한 가치를 지닌다. 21세기를 살아가는 우리 모두가 체 게바라 알람에 익숙해져야 하는 이유이다.

나는 행려병자처럼 거리를 떠돌아다니다 도둑처럼 집에 돌아왔다. 세계를 더 많이 보았다고 해서 세상에 대해 더 많이 알게 되는 건 아니다. 나는 내 몸에 대해서조차 잘 알지 못하고 있었다. 여행에서 돌아온 직후 나는 갖가지 질병에 노출되었다. 몸이 미친 듯이 가려웠다. 나는 피부과를 다니며 매일 전신에 기생성 피부 질환 크림을 사서 발랐다. 옴벌레라는 이름의 기생충은 하필이면 성기 부근에서 극성을 부렸다. 맘 놓고 긁기도 민망한 상황이 여럿 있었다. 가려움은 쉬이 사라지지 않았다. 어떤 날은 징그러운 파충류 피부처럼 곳곳이 부어오르기도 했다.

더구나 나는 모기를 잡고 난 뒤 손바닥에 묻은 피를 보고서도 갑자기 엉엉 울고 싶어질 만큼 심신이 지쳐 있었다. 연약한 다리 하나가 서서히 내 손바닥을 향해 내려오며 숨을 거두는 모습. 어쩌면 죽음은 너무도 가까운 곳에 있는 것이 아닌가. 엘 칼라파테에서 감전을 당했을 때, 칠레에서 히드로스피드를 하다 급류에 휘말렸을 때, 하다못해 이스라엘에서 맨발로 성게를 밟아 발바닥에서 피가 흘러넘쳤을 때조차 죽음이 손에 잡힐 듯 가까이 있음을 느끼긴 어렵지 않았다. 여행이 끝나갈 무렵 인도의 어느 구루가 던진 말이 끝내 잊히지 않았다. 내 오라가 거의 다 죽었다는 말이었다(자신의 보석 목걸이를 사면 죽은 오라가 되살아날 거라는 말만 하지만 않았어도 그의 말을 귀담아들었을 텐데).

기생성 피부 질환이 거의 가라앉을 무렵, 나는 심한 우울증에 빠졌다. 『백년의 고독』의 레베까가 된 것 같았다. 레베까는 어느 날부턴가 억누를 수 없는 충동을 느끼며 흙을 먹기 시작했는데, 흙을 삼키고 나서야 마음의 평화를 느끼게 된다. 나는 어느 순간 흙을 먹고 싶을 만큼 불안해졌고 자주 자살 충동을 느꼈다. 처음에는 긴 여독이라 여겼다. 아직 여행이라는 마비에서 완전히 풀리지 않아서라 생각했다. 하지만 이상하리만치 나는 현실로 돌아오기가 힘들었다. 매일 눈물이 쏟아졌고 아침마다 구토가 나오기 시작했다. 병은 죽음의 징후라고 하는데, 우울증은 죽음으로 가는 고속도로나 다름없었다. 링거 없이 살고 있는 중환자가 된 기분이었다.

나의 외로움 해소법

내가 썼지만 실제로 출판하지 않은 『나도 말도 안 되는 상상이란 걸 알아』라는 소책자를 보면 '친구 전화'라는 것이 나온다. 그것은 애인이나 친구가 없는 사람이 이용하게 하는 것으로서, 고객이 전화를 걸면 상담 친구가 친절하게 받아준다. 기존의 전화방과 다른 점이 있다면 은밀한 대화를 하지 않는 것이다. 누구나 전화를 걸면, "밥 먹었어? 지금 뭐 해? 어디야?"라고 가볍게 물어봐 주고 마치 애인처럼 대해준다. 하지만 더 이상은 묻지 않는다. 우리 회사의 모토는 친절하게, 깨끗하게, 부담 없이, 이다. 그래서 노인부터 결혼 적령기가 지난 여자, 외로움에 찌든 사춘기 소년에 이르기까지 고객 분포도 다양하다. 이 책자 맨 마지막 페이지에는 20여 개 이상의 관련 회사 전화번호와 5백 개 이상의 회원 목록이 부록으로 들어 있다.

작가는 감정 노동자이다. 지나치게 많은 감정을 자주 밖으로 꺼내 놓아야 하므로, 어떤 면에선 피부 없이 살아가는 사람들이라 할 수 있다. 피부 밖으로 드러난 살은 세상의 상처를 고스란히 받아들이고, 어느 순간에 자신의 존재 이유조차 잃어버리는 모멸의 순간을 가져온다. 그리고 작가 자신은 마침내 철제 의자에 꼭 묶인 채 자유의지를 상실해버린 수감자 같은 상태에 빠지게 되는 것이다. 잠수함의 토끼처럼 그들은 외부의 변화에 민감하고, 남보다 더 많이 상처받고 홀로 있는 것보다 훨씬 더 고독해진다. 거짓말로 먹고사는 대가치고는 너무도 큰 희생이다.

나는 병의 원인을 찾기 시작했다. 그것이 미래에 있을 수는 없다. 문제를 해결하려는 자는 언제나 과거를 돌아보게 된다. 그런데 이 과정은 단순한 시간의 회귀가 아니다. 여기에는 자기 단죄라는 요소가 섞이고 만다. 과거는 자기반성의 시간이며, 피부 아래에 잠자고 있던 죄의식이 되살아나는 순간이다. 때문에 언제나 과거 속에 사는 노인들은 늘 죽음을 기다리는 것이다. 죽음은 곧 처형이다.

어느 날, 나는 가르마 중간에서 흰머리 한 가닥을 발견했다. 생애 첫 흰머리. 비참했다. 아, 이렇게 늙어가는구나. 나를 괴롭히는 온갖 질환, 즉 어깨 통증, 두통, 치통, 생리통, 발열, 구토증, 소화불량, 어지럼증, 눈 밑 경련, 발톱 무좀, 손가락 사마귀, 불면증 따위는 참을 수 있었다. 그런데 유독 이 노화라는 괴물은 참을 수가 없는 것이다. 나의 할아버지만 하더라도 아흔여덟로 돌아가시기 전까지 머리가 새카

맸다. 그런 조상을 둔 내게 흰머리는 용납될 수 없는 문제였다. 나는 이미 내 몸을 거쳐 간 무수한 질병이 실은 죽음의 징후였음을 뒤늦게 깨달았다. 노화는 우울증을 더욱 부채질했다.

나이 들어가는 몸과 달리 생각은 부지런했다. 생각은 왜 정물이 아닌가. 오늘은 이 생각을 하고 왜 다음 날은 다른 생각을 하는가. 이 책을 읽으면 왜 이 생각이 들고 저 책을 읽으면 또 저 생각이 맞는다는 생각이 드는가. 과연 인간은 외부 세계에 영향을 받지 않고 살아갈 수 있을까. 현실이 아무리 험난해도 자기 안의 투명성과 순수성을 간직한 인간이 되기란 얼마나 어려운가. 자꾸만 변하는 나와 변하지 않는 나를 어떻게 조화시킬 것인가.

나는 우울의 극치에서, 마치 죽기 위해 사는 사람 같았다. 여행 중에 명랑의 극치에서 살고자 미친 듯이 애썼던 나는 어디에도 없었다. 알레그리아기쁨 시절의 흥분은 멜랑콜리아우울 시절의 권태를 넘어설 정도로 날 흔들어놓았다. 나는 단지 미칠 대상이 필요했던 건지도 모른다. 그것이 여행이라는 수단으로 나타난 것이었다. 나는 이제 막 사막 한가운데에 심어진 한 그루의 나무처럼 고독하고 쓸쓸했다. 바람이 불면 금방 쓰러질 것 같았고, 어디론가 떠밀리다 흔적도 없이 사라질 것 같았다. 인간에게 필요한 유일한 것—삶에의 충동—이 사라지고 말았다. 영감의 기원이나 진정한 고향 따위, 나와는 상관없는 말잔치가 되고 말았다.

그 요상한 시간들이 지나고 여독이 가라앉을 즈음, 나는 가장 나답지 않은 것들에 도전하기 시작했다. 나에겐 어지러운 삶의 중심을 되찾을 만한 활력소가 필요했다. 마음이 아니라 몸을 괴롭혀보라는 친구의 말은 나를 전혀 다른 세계로 이끌어주었다. 나는 내적으로는 종교 생활을, 외적으로는 운동을 시작했다. 그즈음 내 눈에 들어온 것은 카포에이라였다. 카포에이라는 브라질에 끌려간 흑인 노예들이 지주들에게 대항하기 위해 만든 무술이다. 흑인들은 수련하는 모습이 지주들 눈에 띄지 않게 하기 위해 무술에 춤과 음악적 요소를 결합시켜 전혀 다른 무술을 만들어냈다. 전 세계적으로 카포에이라는 수많은 그룹과 지부들이 있고 각자 다른 스타일을 추구한다. 그러나 카포에이라가 무술이 아닌 예술이라고 생각하는 것은 모든 카포에이리스타 카포에이라를 하는 사람와 메스트리마스터의 공통된 믿음이다.

에콰도르에서 카포에이라 교습소를 본 적이 있었다. 무척 싼값이었지만, 그땐 생소하기만 한 이 운동에 그다지 끌리지 않았다. 〈철권〉이라는 게임에서 '에디'라는 캐릭터가 이 무술을 한다는 것도 나중에야 알았다. 사실 카포에이라를 처음 보았을 때는 무술보다는 춤에 가깝다고 생각했다. 비보이들이나 하는 동작들을 보고 '과연 내가?' 하는 생각이 들어 지레 겁을 먹었다. 게다가 나는 이제 흰머리가 나기 시작하는 나이가 아닌가. 과연 내가 물구나무를 서거나 한 팔로 땅을 지탱하며 발을 내지르는 동작을 할 수 있단 말인가? 나는 하루에 밥을 네 그릇씩 먹어치우는 10대 소년이 아니다.

그런데 놀랍게도, 맨발로 체육관을 내디딘 순간, 말도 안 되는 생각이 들었다. 어쩐지 나도 할 수 있을 것 같았다. 카포에이라를 한다는 것, 게다가 서른이 넘은 나이에 한다는 것은 세계의 편견과 나 자신에 대한 도전이었다. 나보다 열 살은 어린 친구들과 함께 본격적인 훈련을 받았다. 새로운 시도를 좋아하는 나로서도, 피가 거꾸로 서는 물구나무 자세로 걸어가는 동작을 익히는 것은 고역이었다. 손이 발이 되고, 발이 손이 되는 동작을 하는 내내 '내가 왜 이걸 하고 있지?' 하는 생각이 머리를 떠나지 않았다. 아마도 등산하는 사람들이 '어쩌다 여기까지 올라왔지?' 하고 생각하며 천 길 낭떠러지 밑을 보는 심정도 이와 흡사할 것이었다. 그렇다면 방법은 두 가지 중 하나이다. 계속 올라가거나, 다시 내려가는 것. 나는 전자를 택했다. 아니, 선택했다기보다는 카포에이라의 선택을 받았다. 마치 물살에 휩쓸려 떠내려가는 사람처럼 나는 카포에이라의 조형적 움직임에 도취되어버렸다.

카포에이라의 꽃은 호다roda, 원이라는 뜻이다. 사람들이 둥글게 모여 서서 박수를 치고, 베림바우박이 달린 긴 현악기와 아타바키타악기를 연주하는 사이, 두 사람이 호다 안으로 들어간다. 이때 두 사람이 하는 대련을 포르투갈어로 '조구Jogo'라고 한다. 일단 조구를 시작하면 딴생각할 겨를이 없다. 상대가 나를 공격하기 전에 막아야 한다. 막지 못하면 얻어맞는다. 조구를 하다 보면 격렬해져서 피가 나는 싸움이 되기도 한다. 그렇기 때문에 호다 연습을 할 때는 상대방이 피할 수 있을 만큼 공격하고, 공격할 수 있을 만큼 피하는 것을 원칙으로 한다.

호다는 눈물을 머금은 우물과도 같다. 흑인 노예들이 만들어낸 이

원은 공동체의 상징이다. 흑인들은 수련을 하면서 무수한 눈물을 호다 안에 흘렸을 것이다. 호다 안에 떨어진 눈물은 대부분 휘발되어버렸겠지만 혼은 그 안에 남아 있다. 카포에이라 인구가 점차 많아지면서 호다의 개수와 그 안에 담긴 액체의 질량도 늘어나고 있으리라.

나는 호다 안에서 내 안에 숨어 있넌 공격성과 절망감을 많이 털어버렸다. 에너지보존법칙에 따라 어디엔가 존재하던 양의 기운이 다시 내 안으로 돌아왔다. 몸을 괴롭히는 순간, 신기하게도 마음의 괴로움이 달아났다. 글 쓰는 작업이 우울을 붙잡고 빨랫방망이로 쳐내 결국 실신하게 만드는 것이라면, 카포에이라는 명랑이라는 빨랫감을 뜨거운 햇살 아래 널어 말리는 행위와도 같았다. 운동을 통해 죽어가던 피가 되살아났고, 살아가야 하는 목적을 깨달았고, 삶의 즐거움이나 사람들과의 만남에서 오는 기쁨을 되찾았다. 나는 그야말로 알레그리아의 상태에서 헤어나오지 못할 지경이 되어버렸다.

이듬해 나는 집에서 완전히 나왔다. 도저히 집에 있을 수가 없었다. 고3 수능이 끝난 날, 대학 졸업반 마지막 두 달을 남겼을 때와 마찬가지로 내가 몸담고 있는 공간이 나를 바깥으로 밀어버린다는 생각이 들었다. 독립하던 날, 나의 아버지는 말씀하셨다.

"인생엔 연습이란 게 없는 거야."

언제나 맥락과 상관없는 말씀을 하시던 아버지였다. 그리고 가끔은 그 무연관적 상황에서 놀라운 지혜가 튀어나온다. 조금 전까지만 해도 부녀는 어떻게 이삿짐을 옮기고, 가구 배치는 어떻게 할지에 대해 의논하던 중이었다. 맥락을 떠난 한마디 때문에 콩자반이 식도로 넘어가지 않았다. 그 말은 트라우마처럼 마음에 남았다. 그리고 정말로 나는 독립 후 두 달간 꼼짝없이 그 말에 지배당했다. 내가 30년 가까이 적을 두었던 나의 고향. 고향을 떠나자, 나는 이전과 달리 무척 두려워졌다. 옷을 하나도 입지 않고 밤거리를 배회하는 기분이었다. 그리고 실제로 밤에 혼자 걸어 다닐 때 종종 아버지의 그 말씀이 생각났다. 이 외로운 섬 같은 곳. 믿을 건 오로지 인간뿐이다. 그런데 문제는 바로 그 인간이란 존재가 도대체가 믿을 만한 구석이 없다는 점이다. 그 딜레마로부터 두려움이 시작된다.

얼마 후, 나는 성당에 갔다가 놀라운 일을 겪었다. 그날은 성령강림 대축일이었다. 봉헌을 할 때 나는 성당에서 마련한 작은 쪽지를 받았다. 성령을 형상화한 비둘기 모양의 종이는 반으로 접혀 있었다. 소풍날 보물찾기에서 쪽지를 발견한 것처럼 두근거리는 마음으로 종이를 펼쳤다. 거기에는 두 개의 단어가 적혀 있었다.

두려움

진실

그 두 개의 단어는 자유연상에 의해 이렇게 읽혀졌다.

'두려움 때문에 진실을 보지 못하는 것은 아닌가?'

참으로 희한한 일이었다. 바로 그즈음 나는 계속해서 두려움이라는 단어를 질릴 정도로 되뇌고 있었다. 밤마다 모르는 사람들이 내 사무실을 뒤지고 나의 생각 속 정보들을 다 빼내어가는 꿈을 꾸곤 하던 때였다. 그런데 '두려움'과 '진실'이란 단어를 보자마자 포커 게임에서 패를 들킨 사람처럼 가슴이 쿵쿵 뛰고 두려워지기 시작했다. '누군가 내 마음을 읽고 있는 것은 아닐까?' 하는 생각이 들 때마다 그 주체는 다름 아닌 성령이었던 것인가? 내가 도망가거나 피해 갈 수 있는 곳은 이 세상 어디에도 없었던 것이로군. 그렇다면, 어떻게 하면 두려움을 벗어던지고 오롯이 진실과 마주할 수 있을까? 할 수 없었다. 가장 쉬운 방법은 모든 문제의 원인과 책임이 나로부터 나오고 나에게도 돌아온다는 사실을 인정하는 일이었다. 그러니까 이 길고 긴 여행, 종종 인생에 비유되는 이 여행에서 벌어질 모든 사건이 전적으로 나의 것이란 사실을 받아들이는 것이다. 나에 의한, 나로 인한, 나를 위한 여행. 만일 그렇다면 나는 누구를 미워할 필요도, 분노할 필요도 사라지게 된다. 모든 건 나로부터 나오니까.

나는 여행 중에 세 개의 소요를 반복했다. 육체와 정신 안에서 작은 흔들림이자, 산책이자, 떠들썩한 소동이 번갈아 일어난 30년의 여행. 나는 나에게 좌절과 불가능과 용기와 희망을 안겨주었던 세계들을 용서하는 힘을 기르기로 했다. 내가 나 자신을 버리지 않는 이상

앞으로도 수없이 나와 세계의 충돌은 반복적으로 일어날 것이다. 한쪽의 세계가 나를 힘겹게 할 때마다 나는 유럽의 냉정함과 라틴아메리카의 고독, 아프리카의 배고픔과 아시아의 열정 따위를 떠올리며 다시 일어서는 꿈을 꿀 것이다. 타인의 기준과 상관없이 나만의 암보스 문도스 왕국에서 나는 가장 이상적인 인간이 될 것이다. 그런 꿈에 부푼 지금의 나는, 칠레인의 속담을 빌려 말하건대, 벼룩이 득실거리는 개보다 행복하다.

에필로그

'세계의 이 안裏面과 저 겉表面 중에서 나는 어느 한쪽을 선택하고 싶지도 않고 또 남이 선택하는 것을 좋아하지도 않는다.'

알베르 카뮈, 『안과 겉』

암보스 문도스 왕국에 걸려 온 전화

따르릉!

어느 날, 내 인생의 매니저가 내게 전화를 걸어왔다. 나는 당황했다. 그는 분명히 내게 잔소리를 퍼부어댈 것이다.

"당신, 요즘에 나사가 헐거워진 것 같던데?"

"그게 무슨 말씀이십니까? 전 아침 10시 18분 전에는 꼭 일어나고, 밥도 잘 챙겨 먹고, 양치도 꼬박꼬박 해요. 한 달에 한 번쯤은 아주 두꺼운 책을 읽고, 생소한 그림이나 제3세계 음악을 감상하려고 애를 씁니다. 충동구매도 많이 줄었고요, 같은 책을 또 사는 일은 이제 없어요. 예전처럼 감정을 낭비하지 않아요. 비가 온다고 급격히 우울해지지 않고요, 사소한 일에 불쾌해지거나 화를 내지도 않아요. 일주일에 한 번은 격렬한 운동을 하고, 부모님께 자주 전화 연락도 드려요. 존재 이유를 잃어버릴 만큼 상처 받지도 않고요, 문제의 원인은 그때그때 제거하려고 애써요. 자기반성은 일기 쓸 때만 하고요, 잔병도 많이 가라앉았어요. 예전처럼 등이 아파서 일주일 동안 누워만 있던 적은 절대 없고, 혼자 있어도 울지 않아요. 요샌 눈물샘이 말랐나 오히려 걱정하고 있다고요. 요컨대 전 나름대로 제 인생을 잘 관리하고 있단 말씀입니다."

나는 2.5퍼센트의 거짓말과 28퍼센트의 허풍, 그리고 8퍼센트의 눈물과 9퍼센트의 농담, 그리고 52.5퍼센트의 진심을 담아서 말했다.

"오해가 있는 것 같은데…… 난 자네를 다그치려고 전화한 게 아니야."

"그럼?"

"자네가 영감에 온 힘을 실어 독창적으로 살려고 애쓰는지 궁금해서 걸었을 뿐이야. 그러니까 오늘 이 전화는 '친구 전화'라고 생각해주면 고맙겠어."

"친구 전화……?"

"가끔 특정한 장소의 기억이 떠오르지 않나?"

"맞아요. 저는 아직도 카파도키아의 동굴에서 동굴 밖을 꿈꾸는 것 같아요. 갑자기 파리의 모퉁이 카페가 떠오르기도 하고요, 바르셀로

나의 어느 체스 무늬 거리를 걷는 기분도 들어요. 여전히 여행을 하는 기분이에요."

"그래, 아직 여행 중이구먼. 아마도 계속 여행하게 될 걸세."

"언제까지 이렇게 붕 뜬 기분으로 살아야 할까요?"

"자네의 영감은 어디서 나왔지?"

"여행과 책이죠."

"만물은 하나의 텍스트에 불과하다는 말을 들어봤는가? 책, 사람, 영화, 음악, 예술, 상상, 여행, 영감은 모두 하나의 텍스트에 불과하네. 그 텍스트를 얼마나 잘 읽고 못 읽었느냐가 사람의 행복을 결정하지. 만일 삶이 괴롭거나 조각배에 둥둥 떠다니는 것 같은 기분이 든다면 일시적인 '소화불량'에 걸린 것이라 생각하게. 내 경험상 겔포스로 치료되지 않는 소화불량은 거의 없네. 그러니 소화불량이 두렵다고 밥을 끊고 살진 말게."

"그 말씀대로라면 소화불량의 시간이 좀 길었네요. 좀 줄일 수는 없을까요?"

"지금 줄여가고 있잖은가? 이미 자네는 고향이 어딘지도 알고, 영감이 어디로부터 나오는지도 잘 알고 있어."

"하지만 전 언제나 두 세계 안에서 머뭇거리고 있어요. 인간의 삶은 느림과 빠름, 겉과 안, 멜랑콜리아와 알레그리아, 이 두 세계의 조화 속에서 완성된다고 믿어요. 그리고 언제나 그 양쪽의 세계를 오가며 살고 싶은데 어떡합니까? 양다리를 얘기하는 건 아니에요. 다만 어느 한쪽을 선택하기가 두려워요. 저에겐 두 가지 이름이 있어요. 저는 권리와 민성을 갈아타며 서로에게 수없이 간섭을 허용합니다. 권리와 민성은 서로를 모르는 세계이며, 아마도 영원한 평행선이 될 거예요."

"이런 노래 제목 들어본 적 있나? 〈평행선은 한 번도 만나지 못한 것이 아니라 한 번도 헤어진 적이 없을 뿐〉. 어쩌면 자네가 오가고 싶은 그러한 거리야말로 나를 이해하는 가장 큰 열쇠가 될 걸세."

"좋은 말씀이네요. 결국 전 길 위에서 살아야 할 운명이군요."

"이제부터 할 일은 과거와 작별하는 걸세. 그리고 그 길에서 받은 영감을 오롯이 길 위에 새로 심는 것이네. 자네만의 독창적인 꽃을 심는 거야."

"머리가 3개 달린 해바라기는 어떨까요? 감자꽃이 달린 라디오는요? 아, 껍질을 까면 소화제가 3알 들어 있는 콩도 괜찮을 것 같네요."

"농담이 나와 다행이군. 세상에 영원한 것은 없다네. 영원한 기쁨도, 슬픔도 없다는 사실을 잊지 말게. 그럼 다음에 또 전화함세."

나는 전화를 끊고 중얼거렸다.

"맞아요, 영원한 것은 없어요. 그 말, 영원히 잊지 않을게요."

작가의 말

이것은 여행기가 아니다

원래 이 글을 쓰기 시작한 건 2007년 가을 즈음이었다. 그땐 〈웹진 문장〉의 여행기 코너에 연재했고, 2008년 여행에서 돌아온 뒤 개작을 시작했다. 그러나 책은 2009년 출판사와 내 개인적 사정으로 인해 출판이 되지 못하였고, 결국 여행을 떠난 지 4년 만에 빛을 보게 되었다. 당초엔 여행기로 시작되었으나 긴 시간 묵혀두자, 글은 스스로 틀을 바꾸기 시작했다. 글은 유기체였다. 할 수 없이 나는 2002년으로 내 여행의 시작점을 되돌렸고, 급기야 도저히 여행기라고 할 수 없을 정도로까지 글의 성격을 바꾸어야 했다. 나는 이런 글쓰기 방식을

'부정합 글쓰기'라고 부르고 싶다. 고쳐 쓸 때마다 부정합의 단면처럼 균열이 일어나고, 생각이 계속 바뀌는 것을 막을 수가 없다.

어차피 이렇게 된 바에야, 나는 이 책이 서점과 도서관 직원들을 혼란스럽게 했으면 좋겠다. 여행기 코너에 놓아야 할지, 철학 코너에 놓아야 할지, 예술 일반에 놓아야 할지, 아니면 문학과 취미 코너 사이의 애매한 선반에 애매하게 놓아두어야 할지 토론이 벌어져도 괜찮다. 나는 이 책이 굳이 에세이처럼 읽힐 필요는 없다고 생각한다. 독자가 읽고 싶은 방식대로 장르를 만들어내도 좋다. 그리고 내 책들에 대한 바람과 마찬가지로, 사람들이 가장 많이 훔치고 싶어하는 책이 되었으면 좋겠다.

2011년 3월의 끝에서, 권리

본문 인용 도서

가브리엘 가르시아 마르케스, 『백년의 고독 2』, 조구호 옮김, 민음사, 2000, 81~84쪽

가브리엘 가르시아 마르케스, 『꿈을 빌려드립니다』, 송병선 옮김, 하늘연못, 2006

가브리엘 가르시아 마르케스, 『이야기하기 위해 살다』, 조구호 옮김, 민음사, 2007, 446~450쪽

루이스 세풀베다, 『연애소설 읽는 노인』, 정창 옮김, 열린책들, 2001

루이스 세풀베다, 『파타고니아 특급열차』, 정창 옮김, 열린책들, 2003

손창섭, 『손창섭 단편 전집 1』, 가람기획, 2005

손창섭, 『손창섭 단편 전집 2』, 가람기획, 2005

스티븐 킹, 『스탠 바이 미』, 김진준 옮김, 황금가지, 2010

알베르 카뮈, 『안과 겉』, 김화영 옮김, 책세상, 1988

알베르 카뮈, 『결혼 여름』, 김화영 옮김, 책세상, 1989

이사벨 아옌데, 『운명의 딸』, 권미선 옮김, 민음사, 2001, 21~22쪽

이사벨 아옌데, 『영혼의 집 2』, 권미선 옮김, 민음사, 2003, 225쪽

이사벨 아옌데, 『세피아빛 초상』, 조영실 옮김, 민음사, 2005, 127~128쪽

체 게바라, 『체 게바라의 모터사이클 다이어리』, 홍민표 옮김, 황매, 2004